Toulon, le 3/11/12

Cher Timothy

Pour fêter en ce jour anniversaire, le français que tu parles si bien reste dans ton esprit, les amis français dans ton cœur, et l'humour, qui nous aide dans la vie à prendre les choses du ~~~~~~~~~~~~~~~ et continue ~~~~~~~~~~~~~ de choix pour l'édification des humains que tu croises. Avec toute mon affection, je prie pour toi

JÉSUS LE DIEU QUI RIAIT

Écrivain français, Didier Decoin est né en 1945 à Boulogne-sur-mer. Auteur d'une œuvre importante, il a notamment obtenu le prix Goncourt en 1977 pour *John l'Enfer*. Didier Decoin est membre de l'Académie Goncourt.

Paru dans Le Livre de Poche :

Est-ce ainsi que les femmes meurent ?

DIDIER DECOIN
de l'Académie Goncourt

Jésus le Dieu qui riait

Une histoire joyeuse du Christ

STOCK

© Éditions Stock / librairie Arthème Fayard, 1999.
ISBN : 978-2-253-15194-4 – 1re publication LGF

Au chanoine Ernest Dejaifve

C'était un homme joyeux. Ce fut sur le chemin de la joie qu'il rencontra les tristesses de tous les hommes.

Khalil GIBRAN, *Jésus Fils de l'homme*

Un soir qu'il se trouve à la maison, ce qui est plutôt rare en ce moment, elle lui annonce qu'il va y avoir un mariage à Cana. Elle ajoute qu'elle y est invitée. Il sait, dit-il. Et il se renferme dans son silence. Il n'a jamais été particulièrement loquace. Et puis, que pourrait-il dire de plus ? La nouvelle de ce mariage n'a rien d'extraordinaire. Il y a toujours eu énormément de mariages au printemps. Quand les fiancés le peuvent, c'est-à-dire quand ils ont bon espoir que personne d'important dans leurs deux familles ne risque de mourir d'ici là, ils patientent jusqu'au printemps pour célébrer leurs noces. C'est la saison idéale, vraiment. Il ne fait pas trop chaud. Souvent, il y a même un peu de vent, juste ce qu'il faut pour faire frissonner les étoffes et chuchoter les feuilles. La lumière est très belle, alors. Elle est comme en Grèce où, disent les voyageurs qui sont allés là-bas, elle est si fluide et dorée qu'elle fait penser à du miel coulant. Au printemps, les légumes sont plus variés, plus vigoureux. Sans compter qu'il n'y a pas de meilleur moment pour se procurer du mouton. Non seulement il est moins cher que le reste de l'année, mais il est plus tendre, plus parfumé. C'est vrai aussi que le mouton de printemps, c'est souvent de l'agneau.

Donc, pour ce mariage, il savait. Mais savait-il aussi qu'elle était invitée? Elle s'étonne un peu qu'il n'ait eu aucune réaction. Si elle lui a parlé de cette invitation qu'on lui a faite, ce n'est pas pour se mettre en avant, c'est juste qu'elle a pensé que ça lui ferait plaisir. Comme ça, il voit qu'on n'oublie pas sa mère; qu'elle a beau être veuve, ça n'empêche pas qu'on la tienne au courant de ce qui se passe en Galilée; et même, on lui demande de venir, on lui réserve une place à table, on prévoit pour elle une part du repas.

Enfin, il sourit. Il est content, elle est rassurée.

– Mais je n'irai pas, dit-elle.

Cana n'est qu'à trois ou quatre heures de marche. Ça monte un peu sur la fin, mais le paysage est si joli, si verdoyant, si rafraîchissant après la poussière de Nazareth, quand on parvient sur le chemin qui suit la crête de la colline. Pourtant, Marie ne se sent plus assez jeune pour partir comme ça, tôt le matin, et rentrer tard le soir avec dans les jambes la fatigue du chemin et d'une journée de fête.

C'est que ça n'est pas rien, les fêtes juives. C'est un des domaines où les Juifs font nettement mieux que Rome. Aucune orgie romaine ne peut rivaliser avec une fête juive, les Romains sont les premiers à le reconnaître.

Les Juifs ont le sens inné des réjouissances.

Pour annoncer le nouveau mois, ils montent sur les hauteurs, ils agitent dans la nuit de longues perches en bois de cèdre auxquelles ils ont attaché des touffes de lin, ils font semblant de croire que la lumière de leurs perches sera vue par les autres Juifs dispersés jusqu'aux confins du monde. C'est d'une naïveté renversante, disent les Romains, l'Empire est tellement vaste, comment voulez-vous qu'une flamme allumée à Jérusalem puisse être vue à Rome ? Mais c'est dans la nature des Juifs de croire à des choses impossibles. Et même si c'est impossible, ces lueurs qui dansent sur les collines n'en sont pas moins très gaies.

Quand vient le temps d'Hanoukka, la fête des Lumières, les Juifs allument des lampes devant leur porte. Et alors, ils ne mégotent pas sur le nombre de lampes ni sur la quantité d'huile. Leurs rues, quand ils mettent toutes ces lampes dehors !...

Il y a une autre occasion où ils illuminent leurs maisons, cette fois à l'intérieur, pour y traquer la plus infime parcelle de tout ce qui aurait pu fermenter.

Le sommet, c'est la fête des Tentes. Elle dure sept jours pendant lesquels la joie est une obligation. D'ailleurs, la fête des Tentes porte aussi le nom de « Temps de notre joie ». Il n'y a que les

Juifs pour inscrire la joie dans leur Loi. Pendant les Tentes, on danse, on danse à s'étourdir, on fait des bouquets, on construit des huttes de branchages où l'on se serre en riant, on se lave à s'en user la peau, on jongle avec des torches qu'on se lance de l'un à l'autre.

Au soir du premier jour, au Temple, sur le parvis réservé aux femmes, il y a d'immenses chandeliers surmontés de coupes en or. Quand chaque coupe est enflammée, il n'y a plus un seul recoin dans tout Jérusalem qui ne soit envahi par cette lumière puissante, dorée, qui sent bon l'huile d'olive.

Pour allumer l'huile contenue dans ces coupes, on façonne des mèches avec les vieux caleçons des prêtres. Un prétexte excellent pour les obliger à en changer, et une autre occasion de bien rire – avec discrétion, quand même, la main devant la bouche. D'ailleurs, disent les Romains, les Juifs sont plus réalistes qu'il n'y paraît. Par exemple, ils ont raison de ne pas manger de porc, sa chair a si vite fait de tourner à la chaleur. Ils prétendent que l'interdit vient de Dieu, mais Dieu ou pas, c'est tout à fait justifié. Et à propos de Dieu, rien que le fait d'avoir réduit à un Dieu unique tous les dieux et déesses (qui coûtent à Rome une fortune en sanctuaires et en personnel) dénote chez eux un sens pratique remarquable.

Les Romains, qui sont pourtant des gens assez légers et superficiels, deviennent presque sombres quand ils font la fête. Et même lugubres quelquefois. Les Juifs, c'est le contraire : plutôt graves le reste du temps, on croirait des enfants quand ils se mettent tous ensemble pour faire une fête. C'est, disent les Romains, le seule chose un peu positive qu'on trouve dans ce pays. Sinon, la Palestine, comme c'est aride ! La terre est aride, les mentalités sont arides.

Les Juifs ont tellement le sens de la faute, aussi. Peut-être parce qu'ils ont le sens de l'harmonie, alors que les Romains n'ont que celui de l'équilibre. La faute brise l'harmonie, c'est pourquoi la faute, la moindre faute, même celle qui ne fait apparemment de tort à personne, arrache aux Juifs des lamentations poignantes.

C'est un peuple qui passe un temps fou à réparer, à recoudre, à ressemeler.

Si une maison juive est détruite par un incendie, ses habitants n'iront pas en rebâtir une autre un peu plus loin. Ils vont déblayer les ruines calcinées, très minutieusement les déblayer, et tout ça sans maudire rien ni personne, ils vont chasser les cendres, et puis refaire une autre maison exactement là où se dressait celle qui a brûlé. Pour un observateur non exercé, cette maison aura l'air semblable à la précédente. Eh bien, non. Elle sera très précisément là où elle se trouvait déjà avant l'incendie, mais elle sera un peu plus belle, un peu plus agréable à loger.

Les Juifs, disent les Romains, sont extrêmement déconcertants pour ceux qui veulent les vaincre et les asservir. Ils ne cherchent pas à s'étendre en repoussant leurs limites territoriales. Ils ne sont pas obsédés par l'espace. C'est le temps, plutôt, qui les préoccupe. C'est à travers le temps qu'ils semblent chercher à s'épanouir. Ils croissent, sans doute, ils se multiplient, mais selon des critères qui n'ont rien de commun avec ceux des autres nations. Ce ne sont pas des conquérants ordinaires.

Toujours est-il que leurs mariages durent plusieurs jours. Bien sûr, Marie n'est invitée que pour le grand repas. Mais on sait ce que c'est, le grand repas.

Cette invitation, dit-elle à son fils, est de celles qu'on est heureux de recevoir, auxquelles on pense pendant quelques jours en s'y voyant déjà, et puis qu'on décline tout soudain, avec cette brusquerie qu'on a pour jeter une chose dont on découvre qu'on ne s'en servira jamais et qu'on ne l'a déjà gardée que trop longtemps. Son refus, pense-t-elle, ne vexera personne. Elle connaît à peine ces gens qui l'ont invitée. Elle n'aura pas besoin de s'inventer une excuse. D'ailleurs elle ne sait pas mentir. Elle préviendra simplement qu'elle ne viendra pas. On n'insistera pas. Personne ne commentera ni même ne remarquera son absence.

Jésus continue de sourire à sa mère :

– Et pourquoi n'irais-tu pas ? Moi aussi, je suis invité.

Elle se trouble. Elle est toujours un peu désorientée quand il la regarde ainsi et que, sans rien lui commander ni lui défendre, il lui suggère simplement un autre choix. Elle a beau être sa mère, elle se sent alors comme une petite fille qui a encore bien des choses à apprendre. Ce n'est pas foncièrement désagréable, juste un peu inattendu pour la femme mûre qu'elle est devenue. Elle se demande si la manière très personnelle qu'a son fils de dévisager les gens et de leur parler produit sur les autres le même effet que sur elle.

La journée est finie, qui n'a été ni bonne ni mauvaise. Marie noue un voile sur sa tête à cause des chauves-souris qui volent dans le crépuscule. Elle sait qu'elles sont adroites, mais...

– ... j'ai toujours un peu peur qu'elles se prennent dans mes cheveux, confie-t-elle pour justifier le voile sur sa tête.

Elle pourrait avoir affaire à une chauve-souris vieillissante ou malade, qui serait moins dégourdie que les autres.

– Je vais un moment sur la terrasse.

Ce qu'elle appelle la terrasse n'est qu'un perchoir sur la partie maçonnée de la maison dont l'essentiel a été creusé dans la colline – en fait, on vit dans un terrier.

Jésus ne la suit pas. Il sait qu'elle aime se retrouver seule sur cette avancée qui domine la ruelle d'où monte l'odeur de la paille chaude, de l'urine des bêtes, du lait caillé, des fruits trop mûrs. Dans la pulpe des fruits, les premières guêpes de l'année creusent des cités molles et sucrées. Tout le monde est plus ou moins troglodyte à Nazareth. Du temps de Joseph, ça sentait en plus l'arbre travaillé, un mélange de sciure et de résine.

Depuis que cette terrasse a joué un rôle si considérable dans sa vie, Marie monte souvent s'y réfugier un moment. Elle s'assied sur un rebord de pierre, toujours le même. Elle regarde les ombres du soir envahir les collines. L'ocre des maisons vire au bleu, un bleu sec qui ternit peu à peu en se couvrant d'une obscurité veloutée, d'un gris poussiéreux comme celui qui poudre les ailes des papillons de nuit.

Il y a longtemps, c'est là qu'elle a reçu la visite d'un ange.

C'est-à-dire qu'elle a cru que c'était un ange. La plupart des gens, à Nazareth, pensaient plutôt que c'était un homme. Ils ne savaient pas exactement quel homme, bien sûr. Quand on lui a demandé de le décrire, elle n'a pas su. Il était beau, voilà tout ce qu'elle a trouvé à dire. Évidemment, qu'il était beau ! Pour une jeune fille à peine pubère, tous les hommes sont beaux, surtout quand ils escaladent le mur.

Elle a dit : « Oui, mais il s'appelle Gabriel. » Elle avait l'air de penser que c'était bien la preuve qu'il était un ange, puisque aucun des hommes de Nazareth ne s'appelait Gabriel. Mais non, lui a-t-on rétorqué, ça ne prouve rien du tout qu'il s'appelle Gabriel. D'abord, ce n'est peut-être même pas vrai. Un homme sournois ne va jamais dire son nom, tiens donc ! Il va s'en inventer un. Gabriel, ça sent l'astuce, la trouvaille. Et puis, si c'est son vrai nom, et si en effet ce Gabriel n'est pas de Nazareth, alors c'est probablement un voyageur. Ce qui ne contredit pas le fait dangereux qu'il soit avant tout un homme.

Elle a dit aussi : « Oui, mais il était radieux, il m'a éblouie. » Soit, il l'a éblouie. Parce qu'il se tenait dos au soleil. N'importe qui vous a cet air radieux quand il est midi et que le soleil vous environne de partout.

En désespoir de cause, elle a ajouté : « Oui, mais il m'a parlé avec beaucoup de respect. » Et là, elle ne croyait pas qu'on pût encore douter : jamais un homme qui s'introduit chez une femme, enfin chez une gamine, pour abuser d'elle, jamais cet homme ne parlerait avec beaucoup de respect. Ce genre d'homme, ça ne parle pas du tout : ça fait ce pour quoi c'est venu, ça le fait vite et brutalement, et ça s'en va. Mais, pour les gens, le fait que ce visiteur ait parlé et qu'il se soit exprimé « avec beaucoup de respect » était au contraire la démonstration qu'il s'était montré habile, tout simplement rusé. Il avait évité d'effaroucher sa petite proie. Il avait peut-être l'habitude d'escalader les terrasses pour lutiner les filles, ont dit les gens, et il avait mis au point cette stratégie trompeuse, fondée sur des paroles lentes et respectables.

On était monté sur la terrasse pour voir s'il n'y aurait pas des traces de quelque chose : un ange qui se pose sur une terrasse, ça doit laisser une empreinte particulière. Forcément. Une brûlure, une irradiation, une marque indélébile comme tout ce qui vient de Dieu. À défaut d'indices de ce genre, il faudrait en conclure que c'était bel et bien un homme qui était venu sur la terrasse. N'importe qui pouvait grimper là-haut, il y avait toujours, appuyée contre le mur de l'atelier, l'une ou l'autre de ces échelles dont se servait le charpentier pour son travail.

« Voilà, avait-elle dit, l'ange se tenait là, précisément là. » Elle désignait du doigt une partie de la terrasse, quatre dalles irrégulières, mais ni plus ni moins effritées que les autres. Elle avait eu un léger sursaut quand les gens s'étaient approchés de ces dalles et qu'ils avaient marché dessus. Depuis que l'ange s'y était tenu, elle s'était bien gardée de les fouler. Pour elle, ces pauvres dalles étaient devenues un peu sacrées.

Les gens s'étaient penchés, et même accroupis, pour les examiner de plus près. Certains crachaient dessus et frottaient, espérant sans doute faire apparaître des signes sous la poussière. Mais les dalles n'avaient décidément rien de remarquable.

Alors, ils s'étaient relevés les uns après les autres. Ils se regardaient en hochant la tête. Marie devinait leurs pensées.

Ce soir-là, le charpentier était rentré plus tard que d'habitude. Elle l'avait servi. Il n'avait pas faim. Il semblait préoccupé. Tout ça ne lui ressemblait pas. Elle avait attendu qu'il parle, mais il ne se décidait pas. Elle se doutait bien de ce qui l'agitait – la même chose agitait tout le monde à Nazareth.

– Tu te poses des questions, toi aussi ?

Il l'avait dévisagée avec beaucoup de douceur :

– J'y ai répondu, Marie. Je ne suis pas sûr que c'était un homme, bien que tout plaide en faveur de la présence d'un homme sur notre terrasse. Et je ne suis pas sûr non plus que c'était un ange.

– Alors, tu n'as pas de réponse...

– Si, j'ai une réponse, avait-il dit avec gravité. Ma réponse est que je crois, que je *veux* croire, que les choses se sont passées exactement comme tu les as racontées.

C'était d'autant plus méritoire de sa part qu'il était, par nature, peu enclin à l'inexplicable. Le monde du bois et des objets qu'on façonne avec le bois a ses lois, lesquelles ne laissent aucune place à l'irrationnel. Les charpentiers ont leurs secrets, mais ces secrets n'ont rien de magique. Ils ne sont là que pour protéger un savoir-faire. Toute connaissance est infiniment précieuse, et ceux qui en détiennent une parcelle évitent de la galvauder, voilà tout.

Lorsqu'il manipulait un outil, Joseph connaissait précisément les effets de son geste. Ni Dieu ni le hasard n'avaient leur mot à dire dans son ouvrage. Les tables et les tabourets tenaient sur leurs pieds, les meubles s'ouvraient, les charpentes épaulaient les maisons sans aucune intervention surnaturelle.

Joseph voulait bien admettre l'existence des anges – les textes saints en étaient remplis. Mais il y avait longtemps qu'aucun ange ne s'était plus manifesté de façon indubitable. Les anges appartenaient à une époque désormais révolue. Du moins cette sorte d'anges qui frayaient naturellement avec les humains. Seuls les prophètes disaient en voir encore quelquefois. Mais les prophètes eux-mêmes se faisaient de plus en plus rares. Le monde juif gisait dans un coin de l'univers comme la boule de terreau abandonnée par le scarabée qui l'a longtemps poussée devant lui. Certains disaient que le scarabée était mort. Sa carapace ne renfermait plus aucune palpitation.

Surtout, aucun texte n'avait jamais fait allusion à un ange capable de mettre enceinte une jeune fille. Même par procuration.

Mais ce n'est pas parce que quelque chose n'est encore jamais arrivé que ça ne se produira pas un jour. Joseph se disait que tout homme est probablement, une fois au moins dans sa vie, confronté à l'inconcevable. En ce qui le concernait, il semblait que le moment de cette confrontation fût arrivé.

C'était une échéance comme il y en a tant au cours d'une existence. Il avait décidé d'y faire face avec humilité. C'était un bon moyen de se préparer à cette autre échéance que serait sa mort – il y songeait souvent, désormais, car il vieillissait. L'humilité était l'attitude qu'il espérait avoir devant l'inéluctable.

Il aurait bien aimé pouvoir méditer tout à son aise sur ce qui était survenu à Marie. Avec du temps devant soi, du temps et du silence, qui sait ce qu'un pareil événement pourrait lui inspirer ? Mais il manquait de temps, et la nuit était bruissante de papotages, de rumeurs. D'évidence, les habitants de Nazareth voulaient qu'il prît une position nette et tranchée, et qu'il la prît vite. Avant que le jour se lève.

Par petits groupes, on se rassemblait dans les rues proches de la maison. On chuchotait. Des chiens errants s'étaient mêlés à la foule. Ces chiens avaient flairé le sang avant même qu'il eût commencé à couler. Ils venaient du désert. Ils étaient efflanqués, le pelage mité et poussiéreux. Ils s'enhardissaient jusqu'à l'aplomb de la terrasse. Ils avaient l'air de savoir que c'était de cette maison-ci que sortirait – quand ? cette nuit ? demain ? peu importe, les chiens n'étaient pas pressés – une fille tendre dont ils allaient dévorer la chair chaude quand les pierres de la lapidation l'auraient tuée.

Bien sûr, on essayerait de les en empêcher. C'était une obsession de la justice, en ce temps-là déjà, que d'apparaître toujours très digne et très décente. Après en avoir lancé sur la femme, c'est sur eux, les chiens, qu'on jetterait des pierres. Mais ils avaient l'habitude des pierres. Ils sauraient courir sans être touchés. De toute façon, des hommes qui viennent de lapider une femme n'ont plus autant de goût, après, pour tuer des chiens.

Joseph ne voulait pas que Marie fût suppliciée. Il l'aimait. Quand elle était entrée dans sa vie, à un moment de sa vieille vie où il n'espérait plus connaître l'amour, il avait éprouvé un mélange d'incrédulité et d'émerveillement. Alors, même si la loi ordonnait que la fiancée coupable d'inconduite fût traitée comme la femme coupable d'adultère, Joseph refusait de répudier la jeune fille. Pas sous le motif d'adultère, en tout cas, parce que cela revenait à la livrer aux jeteurs de pierres.

Joseph cherchait autre chose, un autre motif pour la renvoyer. Et ça n'était pas facile. Il ne pouvait pas dire qu'elle ne lui plaisait plus, parce que son regard d'homme amoureux aurait démenti ses propos. Il ne pouvait pas prétendre qu'il ne voulait plus d'elle à cause d'un plat qu'elle aurait laissé brûler, parce que tout le monde savait que Marie était beaucoup trop attentive et appliquée pour rater quoi que ce soit.

Finalement, il avait eu l'idée de dire qu'un ange l'avait convaincu de l'innocence de Marie.

Un ange ? Encore un ?...

Les gens avaient froncé les sourcils. Cela faisait décidément beaucoup d'anges. Il y avait des années et des années que personne n'avait été honoré d'une apparition, et voilà que tout à coup les anges se promenaient à Nazareth comme chez eux. Encore un peu, et ils viendraient par nuages, aussi banals que des vols de tourterelles ou des nuées de sauterelles. Et quels anges ! L'un séduisait la fiancée, l'autre persuadait le fiancé de fermer les yeux. Et bien entendu, l'ange de Joseph n'avait pas laissé plus de traces de son passage que l'ange de Marie ? « Non, avait confirmé Joseph, aucune trace. Mais c'est normal : il m'est apparu en songe. »

Une trouvaille, ce rêve. C'était reconnaître que l'ange n'avait pas existé pour de vrai, ce qui coupait l'herbe sous le pied des sceptiques, tout en laissant la porte ouverte à la possibilité d'une inspiration divine.

Il n'y avait plus rien à dire. Les Nazaréens avaient remis les pierres là où ils les avaient prises. Les chiens étaient repartis pour le désert – non sans avoir d'abord égorgé quelques volailles, histoire de n'être pas venus pour rien.

Le petit ventre blanc de Marie s'arrondissait. On allait avoir un enfant, ça n'était pas une affaire, après tout c'est pour ça qu'on se marie : « Quand tu as une postérité, la *Chekhinah* [*] veille sur toi. Si tu n'as pas de postérité, sur qui veillerait-elle ? »

Joseph et Marie étaient passés de l'angoisse au soulagement, du soulagement à la sérénité, de la sérénité à la joie. Une joie lisse et confiante chez Marie, une joie parfois traversée d'hilarité chez Joseph. Car, si Marie avait dit vrai, quelque chose d'inouï était sur le point d'arriver.

Sous les traits d'un bébé, Dieu allait venir au monde.

Pour un pareil événement, tel que l'humanité n'en avait jamais connu, on aurait pu s'attendre à une mise en scène à la mesure du prodige et de son auteur, à quelque chose de spectaculaire et d'inoubliable : des sonneries de trompette, le tonnerre des tambours, une danse des étoiles, un ruissellement de gloire irradiant la terre, les foules aveuglées de lumière s'aplatissant dans la poussière, offrant leur dos et leurs épaules à la marche irrésistible de l'Enfant.

Mais Dieu avait signé ce qui peut sembler la plus légère des comédies, confiée à l'incontournable trio de la tendre ingénue, du vieux barbon magnanime et du bel amant masqué.

Si l'on ne connaissait pas la suite du lever de rideau, si l'on ne savait pas que la comédie va tourner à la tragédie, que c'est non seulement l'avenir

[*] La Présence de Dieu.

mais le sens même de la destinée de l'homme qui va se jouer, et que c'est même la Création tout entière qui est engagée dans l'affaire, on trouverait ça frais et délicieux.

Au fait, c'est quand même frais et délicieux.

Après un moment (cette fois, la nuit est bien là), Jésus rejoint sa mère sur la terrasse :

– Tu sais, pour ce mariage, j'aimerais bien que tu viennes.

Bon, pense-t-elle, il décide à ma place. Elle en est très heureuse : d'une certaine façon, ce ne sont plus seulement des étrangers qui l'invitent à ces noces, c'est son propre fils qui lui demande d'en être. Elle chasse aussitôt tout scrupule, ne songeant plus qu'à se réjouir par avance.

Elle aime encore assez bien les fêtes – au nom de quoi, d'ailleurs, ne les aimerait-elle pas ? Il n'est écrit nulle part dans la Torah que le bonheur est défendu, qu'il est interdit de rire. Si l'on s'amuse à Cana, elle s'amusera aussi. Elle n'est pas du genre à regarder les gens de haut, elle prendra sa part de leur gaieté. D'avoir conversé avec un ange n'a pas fait d'elle une petite personne prétentieuse. Certes, quand elle était toute jeune, sa beauté la distinguait des autres filles. Ça la gênait. Elle fuyait les vasques, les fontaines, les flaques d'eau, tous ces miroirs de hasard où on surprend son reflet même quand on ne le veut pas. Les efforts qu'elle a dû faire pour cacher qu'elle était adorable ! Maintenant, cette beauté juvénile commence à s'estomper. Tout rentre dans l'ordre. Elle est devenue une femme comme les autres – à cette nuance près, peut-être, qu'elle ne peut pas s'empêcher de trouver que son fils, lui, est décidément de plus en plus beau.

– Puisque tu y tiens, dit-elle, alors je veux bien. J'irai avec toi. Nous bavarderons en marchant. Tu dois avoir tellement de choses à me raconter.

– C'est que, dit-il, je serai avec mes amis.

Il entend par là ces quelques hommes – ils sont cinq – qu'il a depuis peu réunis autour de lui. Marie ne sait pas trop ce qu'ils font, ni ce dont ils parlent ensemble. La seule fois où elle a osé lui poser la question, il s'est contenté de lui répondre :

– Ils me suivent.

Comme ils ne vont nulle part – on ne peut pas compter pour des voyages leurs brèves escapades dans les environs – elle en a déduit qu'ils suivaient simplement les conseils, ou peut-être les directives, de son fils. Encore que Jésus ne soit pas du genre à donner des directives. Il tourne toujours ses ordres sous une forme interrogative, comme s'il trouvait naturel qu'on pût choisir de ne pas lui obéir : me passerais-tu la cruche d'huile ? ne veux-tu pas prier avec moi ?

Elle ignore qu'il a simplement dit aux cinq : « Suivez-moi », et qu'ils ont tout laissé là pour le suivre. Sans même songer à discuter.

Elle s'était d'abord étonnée que son fils restât charpentier – qu'il le restât si longtemps, jusqu'à bientôt trente ans. Certes, l'ange n'avait pas vraiment dit qu'il dût être autre chose qu'un charpentier. D'ailleurs, quand elle se remémore les propos qui ont été échangés sur la terrasse, cet ange n'a pas dit grand-chose.

À présent, Jésus n'est plus charpentier. Il n'est plus que désœuvré. Lui et ses amis passent le plus clair de leur temps à se promener dans les environs de Nazareth. De la terrasse, Marie les aperçoit assis sous les arbres, les jambes repliées, le menton sur les genoux, à grignoter des olives. Quelquefois, pas souvent, ils ne rentrent pas de la nuit. Mais ils ne font rien de mal, elle en est certaine.

Elle ne peut s'empêcher de penser que Jésus et ces hommes qui le « suivent » ont tout à fait l'air de ces oiseaux captifs qu'on libère par inadvertance. Alors, on les voit quitter leur cage avec une sorte de frénésie qu'on comprend : ils étaient enfermés depuis si longtemps ! On s'imagine qu'ils vont s'élancer vers le ciel, partir très haut, très loin – mais non, pas du tout, ils se contentent d'abord de décrire d'interminables cercles au-dessus des terrasses, comme désorientés par cette liberté nouvelle.

Puis le moment vient où les oiseaux choisissent une direction, et cette fois ils disparaissent pour de bon.

Jésus et ses amis n'en sont pas là. Ils reviennent

souvent à la maison, un peu poussiéreux, un peu harassés. Ils disent – ou plutôt, Jésus dit pour eux, en étreignant sa mère :

– Tu sais quoi ? On a bien faim !

Ils rient en se mettant à table. Ils rient en dévorant à belles dents ce qu'elle leur sert. Ils échangent un clin d'œil et se donnent des coups de coude. Il y en a toujours un pour lever sur elle un regard content :

– C'est très bon !

Elle aime les servir. Ils font honneur à ce qu'elle prépare pour eux, même si c'est juste un plat de figues rôties, puis coupées en quatre, arrosées de miel et posées comme de grosses fleurs sombres sur un monticule de bouillie de fèves. Jamais ils ne laissent quoi que ce soit dans leur écuelle. Est-ce à dire qu'elle cuisine si bien que ça ? Avec amour, oui, ça c'est sûr – mais est-ce si bon que ça, ce qu'elle mijote à leur intention ? Les menus ne varient guère. La viande est rare, le vin est cher. Pourtant, chaque fois qu'ils se mettent à table, Jésus et les siens regardent Marie avec un pétillement dans les yeux. Elle pense, modeste, que les hommes, les vrais, ont toujours faim. Enfant, Jésus était déjà un fameux mangeur. Elle se souvient de sa joie le jour où, pour la première fois, elle lui a fait griller un poisson. Il ne faut pas s'étonner qu'il soit devenu si grand, avec des bras qui semblent interminables quand il les ouvre en croix juste avant de serrer sa mère contre lui.

Tandis qu'elle les sert, elle s'étonne de ce que celui-ci (mais c'est également vrai de celui-là, et c'est également vrai de n'importe lequel d'entre eux) ait un regard d'enfant.

Jésus aussi, bien qu'il soit un homme accompli, a ce regard d'enfant, et peut-être davantage encore que ses amis. Elle ne se rappelle pas avoir jamais vu autant d'enfance dans les yeux d'aucun homme. Elle ignore qu'il y en a tout autant dans les siens ; on se rappelle qu'elle ne se regarde jamais dans un miroir.

Quelques jours plus tard, elle se met en route pour Cana. Tôt ce matin, il a fait encore très froid. Mais à présent que le jour s'avance, la chaleur gagne. Ni les blés, ni l'orge, ni les vignes n'ont encore poussé. La plaine d'Esdrelon est nue et reflète la chaleur du soleil, crue et vive, sans rien pour la tramer. Parmi les verveines, des tourterelles se gavent de lumière.

Sur le sentier, elle rencontre des parents, des connaissances, des gens de Nazareth et des environs de Nazareth. Eux aussi vont à Cana. De toute évidence, ce seront de belles et grandes noces. Marie ne regrette décidément pas de s'y rendre. Elle marche vite, toute à la joie de retrouver là-bas son fils et ses amis.

De loin, Cana ressemble à Nazareth. De près aussi, d'ailleurs. Ces bourgades ont toutes la même apparence de carrés et de cubes, sans côtés ni arêtes, que seuls leurs dégradés de couleurs (de l'ocre, du blanc qui vire au gris, parfois du bleu) distinguent les uns des autres. On s'y hasarde comme dans une suite de dessins inachevés, dans une géométrie pâle et sans rigueur. Ici ou là, la coulure allongée d'un cyprès fait comme une tache d'encre sur le dessin.

À l'orée du bourg, Jésus s'arrête un instant pour écouter chanter la noce. Il tend l'oreille, cherchant à discerner la voix de sa mère, mais il ne l'entend pas. Elle a une jolie voix, pourtant. Mais sans doute est-elle trop timide pour chanter avec les autres.

Mêlées à la poussière, des fumées montent de la cour d'une maison – la maison des noces. Le vent les rabat sur la route, et avec elles des effluves de viande chaude et d'oignons. D'habitude, c'est l'odeur des oignons qui l'emporte. Mais là, la viande domine tout, puissante et vaste, signe que l'on a affaire à des gens riches.

D'ailleurs, cela se voit tout de suite à l'importance des grandes jarres de pierre qu'on a disposées à l'entrée pour les ablutions rituelles, au nombre et à la frénésie des serviteurs, à la présence d'un majordome qui, pénétré de sa fonction, veille à ce que tout se déroule à la perfection.

Commencé le mercredi, le mariage durera probablement jusqu'au sabbat.

En entrant dans la salle où se déroule le festin, la première personne que voit Jésus est sa mère. Au lieu d'occuper une des places d'honneur auxquelles ont droit les veuves, elle s'est installée à un bout de la table, à proximité de la porte. Elle est là comme un oiseau sur la branche. Elle n'a pas cette attitude lascive des autres convives qui se sont allongés mollement sur les banquettes avec l'air de dire qu'ils sont là pour un bon moment, en tout cas jusqu'à ce qu'il n'y ait plus rien à manger ni à boire.

Jésus lui sourit. Elle lui rend son sourire et lui fait un petit signe de la main. Elle n'a pas les doigts gras, ni le dessous des ongles incrusté de parcelles de nourriture. Elle n'a encore rien mangé, pense Jésus. Il devine qu'elle l'a attendu. Elle est comme ça : pour elle, la fête ne pouvait pas vraiment commencer tant qu'il n'était pas là.

Plus tard, sur les trépieds de fer et sur les pierres qui font saillie à l'intérieur des murs, on dispose des lampes à huile. On les allume. Le jour n'ayant pas encore sensiblement baissé, ces lampes qui brillent si tôt sont une façon élégante de signifier que la fête va se poursuivre jusque tard dans la nuit.

Pourtant, depuis un moment, les coupes sont vides. Au lieu de s'empresser de les remplir, les serviteurs se sont éloignés de la table pour se regrouper dans un angle de la salle, le plus sombre, où ils restent à se dandiner d'un air embarrassé. Ils évitent ostensiblement de regarder en direction des convives. Le majordome va et vient, grommelant des choses indistinctes.

Alors, Jésus voit sa mère se lever. Tous la suivent des yeux tandis qu'elle traverse la salle. « Elle va prévenir l'époux que nous n'avons plus rien à boire, pensent les gens. Ce n'est peut-être pas très poli de sa part, mais il faut bien que quelqu'un se dévoue, non ? Ces veuves sont décidément des femmes qui n'ont pas froid aux yeux. »

Mais Marie, ignorant l'époux, vient trouver Jésus. Il tressaille à son approche.

— Ils n'ont plus de vin, lui dit-elle, ni dans cette pièce ni nulle part en réserve.

Comment le sait-elle ? Eh bien, peut-être ne le sait-elle pas avec certitude, mais elle s'en doute : c'est la seule explication aux coupes vides que personne ne remplit plus. Quelqu'un – et qui d'autre que le majordome ? – a dû mal évaluer la soif des convives. Une chose pareille n'aurait jamais dû arriver, pense Marie en bonne maîtresse de maison qu'elle est (même si elle a toujours été trop pauvre pour donner des festins comme celui-ci), car tout le monde sait que l'on boit beaucoup au cours d'un repas de noces.

Jésus, lui aussi, a compris qu'il n'y avait plus de vin. Philippe et Nathanaël, les deux amis qui l'accompagnent ce jour-là, n'ont d'ailleurs pas manqué de le lui faire remarquer, ajoutant que le manque de vin semblait contredire la présence anticipée des lampes : dès lors qu'il n'y a plus rien à boire, le banquet va devoir en rester là et les invités se disperser. Dommage, mais qu'est-ce qu'on y peut ?

Doucement, Jésus rabroue sa mère : ce n'est pas à elle de s'occuper du vin, elle n'est pas chez elle, ici ; elle n'est pas l'hôtesse dans cette maison, mais juste une invitée parmi les invités. Alors, pourquoi vient-elle le prévenir que ces gens n'ont plus de vin ? Qu'elle reste donc à sa place. Lui, en quoi est-ce que cela peut le concerner ? Si le vin manque, il boira de l'eau. Ou bien il ne boira pas du tout.

Tout aussi doucement que Jésus l'a rabrouée, Marie répond qu'elle est sûre qu'il y peut quelque chose.

Il y a, dans les petites flammes dorées des lampes allumées en plein jour, quelque chose de lumineux et d'évident qui lui dit qu'il y peut quelque chose. Il y a, dans la soif de tous ces gens, quelque chose d'implorant qui lui dit que son fils y peut quelque chose. Il y a, dans la vision de toutes ces coupes vides, quelque chose de creux qui appelle un plein et qui lui dit que Jésus y peut quelque chose. Elle ne sait pas ce qu'il peut, mais il le peut. Il ne détient pas seulement le pouvoir de faire ceci ou cela, il est le pouvoir. Elle le sait, elle l'a toujours su, et depuis toutes ces années elle attend.

Bien sûr, il aura d'autres occasions de montrer ce dont il est capable, et surtout de laisser entrevoir qui il est. Mais aujourd'hui est une première chance à ne pas laisser passer. C'est une chance, dit-elle, parce que c'est toujours très beau de commencer par une fête.

– Commencer quoi ? dit-il.

Elle répond honnêtement qu'elle n'en sait rien, pourtant elle sent confusément qu'il est temps que les choses commencent.

Elle parle tout bas, mais d'une voix de plus en plus précipitée, car déjà certains invités se sont levés et s'étirent comme des gens qui s'apprêtent à partir.

– Et peut-être, conclut-elle malicieusement, est-ce pour ça que tu as proposé avec tant d'insistance que nous venions à Cana – non ?...

Comme elle est femme ! pense-t-il avec tendresse. Il doit se faire violence pour prendre un ton aussi sévère que possible et lui répéter qu'elle se soucie décidément de choses qui ne la regardent pas. Elle l'écoute qui la gronde – devant Philippe et Nathanaël, en plus ! Elle ne s'en formalise pas. Elle lui sourit. Il a ses certitudes, elle a aussi les siennes.

Elle se détourne, assez joliment ma foi, pivotant sur elle-même avec cette grâce de petite fille qui ne l'a jamais quittée tout à fait. Si elle portait autre chose que le vêtement étroit dont s'entravent les veuves, sa robe volerait en corolle autour de ses jambes.

Elle s'éloigne de Jésus. La lumière des lampes danse sur son visage au rythme de ses pas, souples et lents comme des pas de danse. Lorsqu'elle pénètre dans cet espace plus sombre, dans ce recoin où le majordome confère avec les serviteurs, la lumière devrait quitter ses traits. Mais il n'en est rien, l'éclipse n'a pas lieu. Même dans l'ombre, Marie reste claire.

Elle salue le majordome et chacun des serviteurs. Ne connaissant pas leurs noms, elle leur dit simplement : « Bonjour, mon ami. » Et ils en sont touchés car ils ne sont pas habitués à ce qu'on fasse tellement attention à eux. Puis elle leur désigne la longue silhouette un peu maigre :

– C'est mon fils, là-bas. Faites tout ce qu'il vous dira.

Elle n'a aucune idée de ce que Jésus va dire – ni même s'il va dire quoi que ce soit. Mais s'il parle, elle sait qu'il faudra l'écouter. Ne s'étonner de rien, ne pas poser de questions, seulement l'écouter.

– L'écouter à propos de quoi ? demande le majordome.

– À propos du vin, bien sûr, dit Marie.

– Votre fils est marchand de vin ? s'enquiert le majordome en reprenant espoir.

– Charpentier, dit Marie. Enfin, il l'était. C'est son père qui lui a tout appris, ajoute-t-elle avec fierté.

– Un charpentier, grommelle le majordome, nous voilà bien lotis avec un charpentier !

Il ne veut vexer personne, dit-il encore, mais il ne croit pas qu'un charpentier puisse remédier à la situation. La seule solution à laquelle il a songé, c'est d'envoyer les serviteurs à travers les rues pour supplier les habitants de Cana de leur céder du vin. Mais si des Cananéens sont chez eux, c'est parce qu'on ne les a pas invités ; et ces gens-là, il faut les comprendre, ne lèveront certainement pas le petit doigt pour favoriser une noce à laquelle on ne les a pas conviés.

D'après le majordome, le mieux est donc maintenant de trouver les mots pour s'excuser auprès des invités avant de les congédier. Il a l'intention de préparer un petit discours dans ce sens. Mais, comme il n'est pas particulièrement doué pour prendre la parole en public, il a besoin d'un moment de concentration, et qu'on ne vienne surtout pas le perturber avec des histoires de charpentier et des plans qui n'en sont pas.

Il remercie néanmoins Marie de s'être intéressée à son problème. Il essaye de mettre un peu de chaleur dans son remerciement, parce que cette femme est plutôt charmante et que son désir de l'aider paraît sincère, mais la vérité oblige à dire qu'il n'est pas convaincant.

À son tour, Jésus traverse la salle. Il a ce regard à la fois décidé et lointain que sa mère lui a vu quelquefois. Le regard de quelqu'un qui ferait un rêve qui serait vrai.

En passant devant la banquette où elle est revenue s'étendre, Philippe et Nathanaël adressent à Marie un petit signe de connivence qui semble vouloir signifier : « Vous allez voir, on dirait qu'il a une idée... »

Marie abaisse ses paupières. Elle cache sa bouche derrière sa main. Elle a envie de rire. Depuis la mort de Joseph, elle n'a jamais senti une telle bouffée de joie l'envahir.

En voyant venir Jésus escorté de ses deux compagnons, le majordome fronce les sourcils. Le charpentier, maintenant ! Si tout le monde passe son temps à interrompre ses réflexions, il ne parviendra décidément jamais à mettre au point son discours.

— Je n'ai pas le temps, dit-il à Jésus.

— Les jarres, dit simplement Jésus.

— Eh bien quoi, les jarres ?

— Les jarres de pierre qui sont à l'entrée. Remplissez-les avec de l'eau.

Inclinant légèrement la tête sur le côté comme le font les chats et les oiseaux perplexes, le majordome dévisage Jésus. Il pense qu'il a affaire à un simple d'esprit. C'est même sûrement pour ça qu'il est flanqué de deux hommes vigoureux qui doivent avoir pour mission de l'empêcher de trop délirer.

Les serviteurs se mettent à rire, secrètement réjouis de la tournure qu'ont prise les événements : plus de vin, plus de banquet; et plus tôt finira le festin, plus tôt ils pourront entreprendre de desservir, de démonter les tréteaux, de laver la vaisselle, et de se reposer. Un instant, ils ont eu peur que l'homme maigre n'ait une idée pour sauver la situation. Voyant qu'il n'a pas toute sa raison, ils sont soulagés, grandement soulagés, de l'entendre proférer des bêtises, à savoir qu'il suffit de remplir d'eau les jarres de purification.

En quittant le visage de Jésus, les yeux du majordome croisent ceux de la femme charmante de tout à l'heure, celle qui s'est présentée comme la mère du simple d'esprit. Elle est trop loin pour que le majordome puisse entendre ce qu'elle dit, mais il voit clairement que ses lèvres articulent une phrase : « Faites ce qu'il vous dira. »

— Remplir les jarres avec de l'eau ? répète le majordome.

« Faites ce qu'il vous dira », répètent, là-bas, les lèvres de la jolie femme.

— C'est absurde, dit encore le majordome, ça n'a ni queue ni tête.

« Faites ce qu'il vous dira », disent, là-bas, têtues, les lèvres de la mère du simple d'esprit.

— Remplissez les jarres avec de l'eau, dit alors le majordome aux serviteurs.

Les serviteurs cessent de rire. Pour une idée déplorable, ça c'est une idée déplorable. Ils font remarquer que la contenance de ces jarres est considérable. Pour les remplir, il faudrait organiser une véritable chaîne entre le puits qui est dans la cour et le péristyle où on les a alignées. Tout ça prendra beaucoup de temps. Ce sera épuisant et, à l'arrivée, parfaitement inutile. Quand on en aura fini, les invités seront partis.

Sans hésiter, Philippe et Nathanaël se proposent pour aider les serviteurs. Ils sont curieux de voir où Jésus veut en venir.

Quand les jarres sont remplies d'eau – ce qui, en effet, a demandé bien du temps et bien des efforts –, le majordome se tourne vers Jésus :

– Bon, voici vos jarres pleines à ras bord. On a fait ce que vous vouliez. Et maintenant ?

– Et maintenant, dit tranquillement Jésus, servez le vin.

– Le vin ? Quel vin ?

– Le vin qui est dans les jarres.

– Attendez, dit le majordome, c'est de l'eau qui est dans les jarres.

– C'est de l'eau, confirment les serviteurs qui sont en nage.

– C'est du vin, dit Jésus.

– C'est impossible, dit le majordome.

Mais alors même qu'il affirme que c'est impossible, quelque chose en lui crie le contraire.

Il quitte la salle du banquet, raflant au passage une coupe vide – il n'a que l'embarras du choix, elles sont toutes vides. Il marche vers les jarres, du même pas décidé que son propre père et deux de ses oncles ont autrefois marché sus aux légions de l'envahisseur. Des javelots les ont cloués au sol bien avant qu'ils aient pu seulement renifler ce fumet d'écurie mal entretenue que dégagent les légionnaires romains. Mais, à l'approche des grandes jarres, c'est une odeur de vin qui assaille les narines du majordome.

– C'est impossible, dit-il.

« Amen et amen, dit la voix qui crie en lui, ne sois donc pas stupide. »

Il plonge dans une des jarres la coupe qu'il a apportée. Il trempe ses lèvres dans le liquide ainsi recueilli. Il goûte. Le cri en lui avait raison mais, pour le principe, il répète :

– C'est impossible.

Il noie sa coupe dans la deuxième jarre, puis dans la troisième, et ainsi de suite jusqu'à la sixième. Chaque fois, toujours pour le principe, mais d'une voix de moins en moins assurée, il prétend que c'est impossible.

Quelque chose de joyeusement bondissant, quelque chose de chaud, de brûlant même, envahit ses veines, roulant et grondant dans tout son corps comme ces hautes vagues de tempête qui courent la mer sur des distances considérables sans pourtant se briser. Le vin produit parfois cet effet-là, mais le majordome sait qu'il n'en a pas bu assez pour cela.

Après un dernier regard sur les jarres, il quitte le péristyle et revient dans la salle du banquet. Tous les regards sont fixés sur lui.

La majordome se penche sur l'époux et, après s'être éclairci la voix, il lui dit :

– Je ne suis pas nouveau dans le métier : ce n'est pas le premier banquet de noces dont j'assume la préparation, l'organisation et la direction.

– Mais c'est sans doute le dernier, gronde l'époux d'un ton ulcéré, car tu as vraiment été en dessous de tout.

Le majordome fait comme s'il n'avait pas entendu, et il poursuit :

– Aussi loin que je remonte dans mes souvenirs, j'ai toujours reçu l'ordre de servir d'abord le meilleur vin. Puis, quand les gosiers sont suffisamment endormis par l'alcool, on offre un vin moins bon, et ainsi de suite. Les gens ne s'en aperçoivent pour ainsi dire pas. Mais, cette fois, le meilleur vin est pour la fin. Et quand je dis le meilleur, je veux dire sublime, tout simplement sublime.

– De quel vin parles-tu ? demande l'époux.

Il s'efforce de rester calme – c'est son mariage, il a fait beau, la jeune épousée est ravissante, sa virginité prouvée, les discussions sur le montant de sa dot n'ont pas été trop difficiles. Alors, à quoi bon se mettre en colère contre ce majordome qui, bouleversé par l'erreur d'appréciation qu'il a commise quant à la quantité de vin, n'est tout simplement plus maître de lui ? Déjà, rien qu'à le voir organiser cette stupide chenille de serviteurs entre le puits et les jarres de purification, l'époux a eu des doutes sur sa santé mentale.

– Je parle du vin qui est dans les jarres, dit le majordome.

L'époux veut répliquer – sans doute va-t-il s'écrier lui aussi que c'est impossible – lorsque quelqu'un, au bout de la table, éclate d'un rire très frais.

Toutes les têtes se tournent vers Marie qui, entre deux éclats de rire, ne peut que balbutier :

– Excusez-moi, oh ! excusez-moi, mais c'est plus fort que moi !

Jésus la dévisage avec amour. Ce n'est pas le premier rire qu'il fait naître, et ce ne sera pas le dernier, mais ce rire de sa mère, un rire émerveillé et confiant, est le plus beau.

Tandis que les serviteurs remplissent les coupes, tout le monde se met à rire avec Marie.

Et Jésus rit aussi.

Il y a quatre jours qu'il marche vers Jérusalem. C'est le temps qu'il faut pour monter de Galilée. Il n'est pas fatigué, il pourrait allonger le pas, mais l'âne ne suivrait pas. C'est un âne qu'il n'a pas payé bien cher, un âne efflanqué, un vieux petit âne qui a juste assez d'énergie pour porter le pain et les chapelets de figues sèches, les outres d'eau, le vin, les couvertures. Au départ, il y avait aussi une petite jarre d'huile d'olive. Mais l'âne l'a cassée en se frottant les flancs contre ceux d'un autre âne. Car il y a énormément d'ânes. Plus on approche de Jérusalem, plus il y en a. Sur leurs dos se balancent des femmes, des enfants, des arrimages de sacs, de paniers, d'ustensiles. Il arrive que tout ça s'écroule. Tintamarre. Les marcheurs s'entaillent les pieds sur les tessons. Jurons. Pour obliger les autres ânes à contourner l'obstacle, c'est toute une affaire : ou ils s'arrêtent net et refusent d'avancer, ou ils continuent droit devant eux, pataugeant dans l'énorme éparpillement, finissant d'écrabouiller ce qui ne s'était pas brisé en tombant.

Jésus se serait bien passé d'un âne. Il se serait senti plus libre. Les autres années, il n'en avait pas. Mais les autres années, il était tout seul à venir célébrer la Pâque. Cette fois, ses amis l'accompagnent. On se charge toujours plus, c'est-à-dire toujours trop, quand on voyage en groupe. On se dit : « Tiens, je vais emporter du vin. Oh, ça n'est pas pour moi, je peux très bien me passer de vin, mais ça fera plaisir à Barthélemy. » Et comme, de son côté, Barthélemy pense la même chose à propos de Thaddée ou de Matthieu, finalement tout le monde décide d'emporter du vin, et voilà comment on se retrouve, un matin, devant une montagne de choses empilées dans la cour, et qu'on doit se dépêcher d'aller acheter un âne pour porter la montagne.

Le jour est très avancé lorsque Jésus et ses compagnons arrivent à Jérusalem. La foule est partout. Les meilleures places, au pied des remparts, sont prises depuis longtemps.

Les corps recroquevillés de ceux qui dorment déjà, la palpitation rouge des braises sur lesquelles on a cuit les repas, les cendres chaudes qui s'en échappent, les bagages en désordre où l'on pioche avec des gestes de détrousseur, les cris d'angoisse des mères appelant les enfants égarés, les soldats romains qui se promènent parmi les gens pour prévenir un soulèvement toujours possible, les trompes qui sonnent pour annoncer le chant des lévites, tout ça fait comme un champ de bataille après le carnage.

Mais ce qui, plus que tout, évoque la guerre, c'est la puanteur qui monte de l'autre côté des murailles, les effluves de sang, de viscères, de chairs grillées.

L'odeur de la Pâque.

Les portes du parvis ont été fermées sur un premier groupe de six mille pèlerins. Aussitôt, on a entendu brailler les bêtes égorgées. Jésus et ses amis ont joué des coudes pour essayer de se glisser parmi ceux de la deuxième fournée, mais on ne les a pas laissés passer, ils devront attendre la troisième et dernière série d'immolations.

Aux yeux de Dieu, l'heure des sacrifices n'a pas d'importance. Mais à force de mises à mort, la fatigue du bras et du poignet aidant, le geste des prêtres perd de sa solennité. Les voix s'éraillent, la sonnerie des trompes en cornes de bélier paraît plus sourde. Éclaboussées du sang, de la graisse, de la bave et des déjections des animaux affolés, les dalles sont devenues glissantes. Emportés en tourbillons par le vent du soir, des toupets de poil, des lambeaux de laine, des duvets s'infiltrent sous les tuniques, pénètrent dans les bouches. Les gens toussent, éructent ou se grattent comme s'ils étaient dévorés par la vermine. Au fur et à mesure que s'enchaînent les immolations, les bêtes survivantes semblent deviner ce qui les attend. Il est de plus en plus difficile de s'en saisir, de les maîtriser pour les présenter aux sacrificateurs.

Le Temple, si majestueux aux premières heures du jour, n'est plus que le théâtre d'une empoignade entre des gens harassés et des bêtes paniquées.

Les portes du parvis s'ouvrent de nouveau, provoquant une bousculade entre ceux qui sortent en emportant leur quartier de viande sacrificielle et ceux qui se préparent à entrer.

– Ça va être bientôt à nous, dit Philippe à Jésus.

Jésus ne répond pas. Il y a un instant, un homme est passé près de lui, tirant et poussant un bélier dont les pattes arrière étaient entravées par une corde. Le nœud devait être mal assuré, car il s'est défait. La corde est tombée par terre où elle s'est lovée comme un petit serpent. Jésus la ramasse. Il la brandit, l'agite, la fait claquer dans l'air moite.

Il marche vers le Portique de Salomon qui domine la vallée du Cédron, et où grouillent les marchands d'animaux et les changeurs qui proposent de la monnaie locale contre des pièces étrangères, car seules sont acceptées dans le Temple les offrandes en argent juif.

Jésus marche et les gens s'écartent sur son passage. Même l'épaisse fumée grasse qui monte de l'autel des holocaustes semble refluer devant lui – en réalité, c'est parce qu'il la brasse en faisant des moulinets furieux avec son bras qui tient la corde.

– Dehors! crie Jésus. Tous dehors!

Il se sert comme d'un fouet de la corde qu'il a ramassée. Il en fustige la croupe des taurillons, le cul des chèvres, le museau des agneaux. Les bêtes lancent des ruades. Elles échappent à leurs gardiens. Les peureuses cherchent l'ombre, les recoins du Temple où elles se blottissent en tremblant. Mais les plus braves baissent le front et chargent.

La foule s'éparpille en piaillant.

Un petit taureau prend en enfilade les tables des changeurs. Ses cornes décorées de feuilles d'or font voler une première table, en pulvérisent une deuxième, en embrochent une troisième qui reste fichée sur son front noir et bouclé.

– C'est ça, le taureau, crie Jésus, c'est tout à fait ça! Vas-y, continue!

Et à son tour, Jésus attaque les tréteaux. Le long serpent de son fouet fauche à la base les colonnes de pièces soigneusement empilées. L'argent s'écroule dans un bruit de ferraille. Les pièces rebondissent et roulent sur le pavement. Des gens leur courent après, se précipitent pour les ramasser.

– Dehors! répète Jésus. Tous dehors!

C'est qu'il a l'air en colère pour de bon! Alors, il y en a quelques-uns qui préfèrent détaler – avec les fous, on ne sait jamais comment ça peut tourner. Mais d'autres l'entourent, tentent de le calmer. On commence par lui confisquer son fouet. Il ne résiste pas. Enfin, pas trop. Il se dégage de ceux qui lui tiennent les bras. Il dit qu'il ne supporte pas qu'on souille la maison de Dieu, qu'on en fasse une caverne de bandits. Ces marchands, ces changeurs – un ramassis de voleurs, voilà ce qu'ils sont tous.

On lui demande quelle mouche l'a piqué, de quel droit il se croit autorisé à provoquer un pareil désordre. Il s'appuie contre une des tables. Il regarde ceux qui l'ont maîtrisé. Il voit qu'il n'y a pas de haine dans leurs yeux. Juste de l'incompréhension, une immense incompréhension. Il y a si longtemps que les choses vont ainsi de pair, prêtres et marchands de connivence, Dieu et l'argent sous le même toit. Bon, et alors ? Ça ne fait tort à personne. Et tiens, l'ami, comment crois-tu qu'on ferait s'il n'y avait pas ces braves gens pour nous vendre des bêtes à égorger, pour nous donner du bon argent juif contre nos pièces romaines, grecques ou égyptiennes ?

– Détruisez ce Temple, dit Jésus. Et moi, je le reconstruirai en trois jours.

Il y a un instant de stupéfaction. Et puis la foule éclate de rire.

C'était donc ça, il blaguait ! Est-il drôle, celui-là ! Il est qui, vous dites ? Ah, Jésus ! Et ça nous vient d'où, ça, Jésus ? Nazareth ? Bof, Nazareth...

En tout cas, c'est un comique. Parce que, enfin, ça fait quarante-six ans qu'une armée de près de vingt mille ouvriers travaille à ce nouveau Temple voulu par Hérode, et qui doit, une fois terminé,

pouvoir rivaliser de magnificence avec celui autrefois bâti par Salomon. Quarante-six ans d'échines
brisées à creuser des fondations profondes comme
la géhenne, quarante-six ans de mains usées
jusqu'à l'os à tailler des pierres dont certaines
pèsent jusqu'à cinquante tonnes, quarante-six ans
de bras rompus à hisser et assembler ces blocs en
murs prodigieux atteignant parfois cinquante
mètres de haut, quarante-six ans d'hommes écra-
sés, de sueur et de peur, quarante-six ans de gigan-
tesques fortunes englouties – et on est encore loin
d'en voir la fin !

Et lui, en trois jours ?...

Le rire court maintenant la foule comme une
traînée de poudre, faisant se trémousser et danser
les franges rituelles qui bordent les vêtements.

Si les Juifs savent reconnaître le passage de Dieu
dans le plus léger souffle du vent, ils sont également doués pour débusquer l'humour n'importe
où il se trouve, et jusque dans l'enceinte sacrée du
Temple. La gaieté est en eux comme une source à
fleur de roche, prête à profiter de la moindre faille
pour s'échapper en cascade. Peut-être sont-ils
comme ça pour compenser le légalisme qui
accompagne le plus infime de leurs gestes.

Après un premier mouvement de stupeur, les
compagnons de Jésus rient de bon cœur avec les
autres.

– En trois jours ! s'esclaffent Pierre, Jacques,
Jean, André, Philippe, Barthélemy, Matthieu, Tho-

mas, l'autre Jacques, Thaddée, Simon le Zélote et Judas Iscariote. En trois jours ! Ah ! elle est bien bonne, celle-là, par exemple !...

En cette tiède soirée de nisan *, un plaisantin de grande envergure vient de se manifester parmi le peuple. On lui prédit un avenir radieux. Avec des reparties aussi impayables, il fera se tordre de rire même les Romains. Et même Ponce Pilate, l'intransigeant procurateur de Judée, dont on raconte qu'il se retient de seulement sourire en public de peur que les Juifs, avec leur manie de vouloir tout interpréter, n'en déduisent que les Romains sont finalement des occupants fréquentables – Pilate craint par-dessus tout qu'on parle de lui comme de « ce brave homme de procurateur ».

Il n'y a pas que la réplique de Jésus qui soit désopilante : en jetant les changeurs à quatre pattes à la recherche de leurs pièces qui roulent, en dispersant les animaux, l'excité a réussi un tableau d'un effet comique irrésistible. Partout ça bêle, ça meugle, ça roucoule, le parvis n'est plus qu'un méli-mélo de jambes et de pattes, on se chamaille, on se marche sur les mains, on roule dans la bouse, le désordre est grandiose. Le service d'ordre du Temple est dépassé. Ce qui ajoute à la rigolade générale, car rien n'est plus réjouissant qu'un ser-

* Mars-avril.

vice d'ordre qui gesticule et court en vain dans tous les sens.

Jésus, lui, ne rit pas. Mais ça, pensent les gens, c'est justement la signature des grands fantaisistes : ils sont d'autant plus inénarrables qu'ils gardent leur sérieux.

Il y en a bien quelques autres, notamment parmi les prêtres, qui ne rient pas non plus. Pour eux, Jésus a blasphémé. Mais ils sont peu nombreux. Et dans l'obscurité qui tombe, se voient mieux les dents blanches des hilares que les bouches closes, minces comme des gueules de serpents, des austères.

À côté des représentations hiératiques, figées, insensibles, que des siècles d'iconographie formaliste nous ont données de Jésus de Nazareth, cette autre image : jamais desséché, jamais onctueux, Jésus bouge, Jésus s'active, Jésus gigote, frétille, trépigne, se démène, Jésus ne tient pas en place – comment faire palpiter le monde sans palpiter soi-même ?

L'histoire de Jésus, c'est trente années d'une sédentarité obscure suivies de trois autres au grand soleil et sous l'orage, soit un peu plus de mille jours et mille nuits de remue-ménage et de voyage.

Depuis les noces de Cana, Jésus ne s'arrête pratiquement plus de marcher. Ses disciples l'accompagnent. Ils sont à présent douze, bien décidés à le suivre jusqu'au bout. De ce « bout », ils ne savent rien. Mais ils pressentent quelque chose de grandiose. La prise de quelque pouvoir suprême, l'accession à quelque royauté. Jésus n'est-il pas irrésistible au sens propre du mot ? Il leur a dit « Venez ! » et ils sont venus. À l'instant même, ils ont tout abandonné. Leur travail, leur famille, tout ce qui jusque-là avait tellement compté dans leur vie, tout ce pour quoi ils s'étaient exténués, ils l'ont abandonné. Pour le suivre, lui dont ils ne savent pas où il va.

En attendant d'arriver quelque part, on marche. Et comme tous les marcheurs, on bavarde. Encore que le petit groupe n'ait rien d'une université ambulante. Les discussions ne sont pas toujours d'un haut niveau – pendant trois ans de pérégrinations, on ne parle pas de Dieu jour et nuit, on échange aussi des histoires sur des choses qu'on a vécues ou entendues, tout un tas de petites choses du quotidien dont certaines sont divertissantes. Tout le monde a son bon mot à dire, une anecdote savoureuse sur son métier, sur son village, sur ses démêlés avec l'administration romaine. On ressort de vieilles plaisanteries que les autres ne connaissent pas, et qui les font rire.

Jésus n'est pas sourd, il marche au milieu d'eux et il les écoute. Il rit lui aussi, quand il trouve que c'est drôle, et ça l'est quelquefois.

On s'arrête dans une auberge, on s'assied à la table commune, et c'est bien rare qu'il n'y ait pas là un colporteur qui n'attendait que ça : un auditoire tout neuf auquel débiter ses blagues.

L'Orient aime les contes, et Jésus est d'Orient. Il sait que l'humour est le meilleur allié du conteur :

56

plus le conte est rude et dérangeant, plus le ton du conteur doit être léger et souriant – nécessaire équilibre entre la suavité de l'excipient et la puissance, souvent très amère, du principe actif.

Ses paraboles sont une suite de petites scènes si parfaitement ciselées, si admirablement vivantes, que ceux qui l'écoutent sont fascinés par les péripéties du récit imaginé – ce qu'on appelle le *corps* de la parabole; au point qu'ils n'en comprennent pas toujours du premier coup la leçon mystique – ou *âme*.

Avec son parti pris de concision, de course à l'essentiel, le style évangélique a ramené les paraboles à de brèves notules : leur *âme* demeure, mais leur *corps* a été réduit à sa plus simple expression. Il ne nous en reste aujourd'hui que quelques miettes qu'on avale trop vite, sans savourer, alors que chacune de ces saynètes devait être un festin.

Car Jésus a une connaissance si parfaite des hommes, et surtout un tel amour pour eux, qu'il a dû soigner le *corps* (qui est des hommes) autant que l'*âme* (qui est de Dieu) des paraboles. Qui pourra jamais raconter l'homme, dans ses splendeurs et ses défaillances, mieux que cet être qui a revêtu sa toute-puissance divine de notre impuissance humaine, et qui porte ces deux natures cousues l'une à l'autre de façon si étroite qu'aucune déchirure ne soit possible ?

Ça doit être quelque chose, vraiment, quand Jésus se glisse dans la peau de ses personnages !

Il commence à parler, on fait silence autour de lui, et c'est aussitôt merveille de le voir jouer tous les rôles, faisant de grandes gesticulations pour imiter l'ostentation des pharisiens, prenant tour à tour le ton joyeux des ouvriers trop contents de recevoir un bon salaire malgré leur embauche de dernière minute, et la voix pincée de ceux qui, bien qu'ayant trimé depuis l'aube, sont ulcérés de ne pas être rétribués plus grassement que les derniers arrivés. Quand il incarne ce malheureux voyageur qui, attaqué par des bandits, gît sur le bord du chemin et implore ceux qui passent de lui porter secours, son haleine devient brûlante comme s'il avait lui-même la fièvre, et une suée de souffrance coule sur son visage où, se mêlant à la poussière de la route, elle dessine des arabesques qui ressemblent à des croûtes de sang séché.

Il sait se montrer éblouissant jusque dans les rôles d'impitoyables, de cruels et de sans-cœur, qui pourtant sont pour lui ce que l'antimatière est à la matière. On n'en revient pas de le voir se glisser dans la peau de ce nabab qui laisse le pauvre Lazare mourir de faim devant sa porte et qui, une fois mort à son tour et aussitôt précipité dans le feu éternel, supplie qu'on permette à ce même Lazare de tremper son doigt dans l'eau fraîche pour venir lui humecter la langue.

Et quand il se compose une voix flûtée pour imiter la bande caquetante des vierges folles, un grand rire secoue ses amis.

Quand la nuit vient, Jésus s'arrête. Il l'a dit lui-même : la nuit n'est pas faite pour marcher.

Le trajet accompli pendant la journée a été calculé de façon à atteindre un village à l'approche du soir. Le plus souvent, quelqu'un est parti en éclaireur pour préparer la halte – peut-être Judas Iscariote qui fait fonction de trésorier, ce qui prouve que l'équipe s'est structurée.

Les villages de la Palestine rurale sont souvent des hameaux insignifiants, des ramassis de quelques maisons toutes simples, quatre murs surmontés de troncs d'arbres grossièrement équarris sur lesquels sont entrecroisés des roseaux, des branches, le tout recouvert d'une couche de glaise. Ces maisons n'ayant le plus souvent qu'une seule pièce, il n'est pas toujours évident de trouver de quoi loger Jésus et ses compagnons. D'autant que la place qui n'est pas occupée par les habitants de la maison est encombrée par la multitude des jarres où l'on garde l'eau, l'huile, le vin, les grains de la récolte, les cendres du foyer.

Treize hommes à héberger, cela représente parfois l'équivalent du dixième de la population d'un village. Ce n'est pas rien, cela coûte cher aux habitants, surtout que le paysan de Palestine met son point d'honneur à offrir une hospitalité bien souvent au-dessus de ses moyens. Il dit n'avoir que des sauterelles à vous offrir – mais avant de les griller avec des herbes parfumées, il a fait macérer les sauterelles dans son vin le plus précieux.

Ces treize hommes qui frappent aux portes ne constituent d'ailleurs que le noyau initial, celui des premières semaines de pérégrination : très vite, au fur et à mesure que grandit la réputation de Jésus et que se propage le récit de ses miracles, d'autres viennent s'agglutiner au petit groupe et former une véritable troupe.

Désormais, le moindre déplacement de Jésus se signale par le sillage de poussière que soulèvent tous ces gens qui marchent avec lui, par la fumée des feux qu'ils allument au flanc des collines lorsqu'on fait halte pour se restaurer. On n'a plus besoin d'envoyer d'estafette vers les villes où Jésus veut s'arrêter pour prêcher : le piétinement de la foule qui l'accompagne vaut tous les roulements de tambour.

Les nouveaux venus ne s'intègrent pas d'une façon permanente. La plupart ont une famille, un travail, des obligations qui les rappellent chez eux. Mais pour un qui s'en va, en voilà deux qui s'amènent. Il est bientôt impossible de fournir le gîte et le couvert à tous ces gens qui doivent alors se prendre eux-mêmes en charge.

Des femmes aussi, et de plus en plus nombreuses, rejoignent Jésus et les siens. On les accepte d'autant plus volontiers qu'on peut se reposer sur elles des soucis de l'intendance, notamment lorsqu'un incident a ralenti la marche – il suffit que Jésus se soit attardé à discuter avec quelqu'un rencontré sur le chemin, pour ça il est incorrigible – et qu'on voit qu'on n'arrivera pas à temps au prochain village.

Il faut alors se résoudre à passer la nuit en plein air, et c'est là qu'on apprécie le plus la présence de ces femmes qui s'y entendent pour organiser le campement et improviser un repas collectif.

Si la chaleur du jour est parfois accablante au point de faire enfler la langue et craqueler les lèvres, l'air s'engourdit dès la disparition du soleil, surtout sur les hauteurs des plateaux. Il y a parfois de la neige sur le sommet des montagnes. Alors, au petit matin, on est réveillé par le froid qui tombe sur les épaules et mord la nuque. Quand souffle le vent d'ouest, tout est saturé d'humidité, jusqu'aux vêtements dont la mouillure glacée vous pénètre jusqu'à l'os. On a vite fait, dans ces conditions, de prendre mal. Les femmes s'emploient alors à préparer des remèdes – fumigations de résine de pin, décoctions de racines, emplâtres faits d'un mélange de salive et de miel pour mettre sur les plaies, massages à l'huile d'olive sur les membres douloureux.

À ces cantinières, à ces guérisseuses (qui sont souvent des guéries, que Jésus a délivrées d'une maladie ou d'une hantise), s'ajoutent des « banquières » dont quelques-unes disposent d'une fortune personnelle ou de revenus assez conséquents pour leur permettre de mener l'existence qui leur plaît sans avoir de comptes à rendre. Mais ce n'est pas seulement parce qu'elles renflouent les caisses qu'elles sont admises. On n'achète pas Jésus. Elles sont là parce que celui-ci, en piétinant allègrement les habitudes de son temps et de sa culture qui n'accordent aux femmes aucun statut social, le veut bien. Et même parce qu'il le veut tout court.

Il y a chez Jésus davantage qu'une simple attention aux femmes. Elles ne font pas que croiser sa route : de Marie de Nazareth à Marie de Magdala, elles ont le privilège d'être les témoins des étapes les plus importantes de sa course. Une femme pour chaque heure de sa vie, une femme pour le bercer la nuit de sa nativité, une femme pour lui donner à boire à midi près d'un puits de Samarie, une femme pour essuyer son visage l'après-midi de sa montée au calvaire, une femme pour le prendre dans ses bras au soir où on le descendra de sa croix, une femme pour tendre vers lui une main tremblante à l'aube de sa résurrection.

Jésus aime les femmes et les femmes l'aiment. D'égal à égales, Jésus leur parle. Il leur réserve quelques-unes de ses révélations les plus inouïes. Il les rassure quand la vie les bouscule, il les arrache à leurs bourreaux quand on veut les supplicier, il les console quand elles désespèrent, et il sait les apprivoiser gentiment, délicatement, quand il va leur imposer des éblouissements trop intenses pour un regard et un entendement humains.

Mais elles seront quelquefois trop bouleversées

pour que les mots soient suffisants à les apaiser. Il ne sera pas si facile à la femme adultère de se relever et de reprendre le cours de sa vie après avoir failli de justesse être massacrée par des pierres. Il ne sera pas si facile aux sœurs de Lazare de rentrer à la maison avec leur frère ressuscité et de l'aider à plier ses bandelettes comme si de rien n'était. Il ne sera pas si facile à la veuve de Naïm de continuer d'élever comme un enfant banal le fils qu'elle menait au tombeau et qui lui est soudainement rendu. Il ne sera jamais facile à Marie d'être Marie.

Après avoir tellement pleuré, ces femmes ont bien le droit de rire. Et Jésus avec elles.

Car on rit beaucoup, lors de ces grandes récréations sous les étoiles, quand on installe des camps de fortune où l'on n'a pour maison que l'étoffe dans laquelle on s'enroule.

On rit de Suzanne qui, frileuse, a farci sa couverture avec de la paille et n'a pas vu que la paille était pleine de petites souris, on rit de ce poisson qu'on avait gardé pour le repas au bivouac (on n'aurait que ça, ce soir, à se mettre sous la dent), grand poisson qu'on croyait mort et qui s'échappe en frétillant dans l'herbe, et qui finit dans la gueule d'un chien qui passait par là, on rit de Simon dont la tunique s'est déchirée à des épines et qui s'est retrouvé tout nu, on rit de la cantinière enrhumée qui s'est trompée de jarre, qui a confondu l'huile et le parfum, et qui a touillé une soupe qui sent rudement bon mais qui est immangeable, on rit de cette giboulée inattendue qui, au milieu de la nuit, a éparpillé tout le monde sous les arbres, on rit comme rient tous ceux qui se trouvent bien ensemble.

Mais le plus souvent, et peut-être grâce à Judas qui aura au moins ça à son actif, on trouve à se mettre un toit sur la tête. Ce qui ne signifie pas qu'on y gagne en confort : les nuits en ville sont loin d'être de tout repos.

Parmi ces villes, Capharnaüm tient une place à part : Jésus y établit son quartier général. C'est à partir de là qu'il rayonne à travers toute la Galilée.

Située sur la rive nord du lac de Tibériade (qu'on appelle aussi lac de Génésareth ou mer de Galilée), Capharnaüm est une villégiature agréable.

La présence de l'eau y est pour beaucoup. Long d'une vingtaine de kilomètres, large d'une dou-zaine, le lac en forme de harpe fait vivre, plutôt bien d'ailleurs, une population de pêcheurs. Et donc de constructeurs de barques, de fabricants d'engins de pêche, de fournisseurs de saumure, d'osier pour les nasses, de fibres pour les cordages. Et puis, il y a le Jourdain lové au fond de sa vallée, la plus profonde du monde. S'ajoutant à celles du lac qu'il traverse du nord au sud, les eaux du fleuve ont fertilisé la région. Les plaines sont ver-doyantes, les collines ombragées. Ici, tout vient facile, en abondance et en saveurs : orge et blé, légumes et fruits, oliviers et palmiers dattiers. Les habitants qui ne pêchent ni ne récoltent taillent dans le basalte noir des pressoirs à olives et des meules pour la farine. Une spécialité locale, ces pressoirs, dont la renommée dépasse les frontières de la Galilée.

Capharnaüm est aussi une ville exclusivement israélite : seuls les Juifs ont le droit d'y vivre. Il y a bien une garnison romaine, mais c'est l'exception qui confirme la règle. D'ailleurs, peut-on parler d'une exception ? Les Romains ayant établi une fois pour toutes que le monde entier leur était soumis, ils sont partout chez eux. Ils sont comme l'air qu'on respire. Les Juifs de Capharnaüm ne vont pas s'arrêter de respirer sous prétexte que c'est un vent païen qui souffle l'air dont ils se remplissent les poumons. Et puis, les Romains ne se contentent pas de s'incruster passivement, ils font des efforts pour s'intégrer. L'un de leurs centurions a financé une part importante de la synagogue de Capharnaüm. De l'avis général, une bien belle synagogue.

Jésus a choisi de s'installer dans la maison de Pierre. C'est une maison de pêcheur traditionnelle. Elle n'aurait rien de remarquable si son toit n'était couvert de tuiles au lieu d'être simplement fait de torchis.

Pierre ayant une belle-mère (elle aura un jour une fièvre dangereuse dont Jésus la guérira), on suppose qu'il avait donc aussi une épouse. Celle-ci fait tourner la maison.

Quand Jésus s'y trouve, la maison de Pierre, autrefois paisible, devient le centre d'une folle effervescence. Tout ce que Capharnaüm et ses environs comptent de malades et de possédés vient s'y agglutiner. L'odeur douceâtre des plaies et les hurlements des démons incommodent le voisinage. Sans compter qu'il y a des gens malades, ou blessés, ou fous, à qui ça ne suffit pas de puer et de glapir, et qui trouvent encore le moyen de se conduire avec un sans-gêne incommensurable. Plus d'une fois, la femme de Pierre en a surpris en train de se soulager contre les murs de sa maison. Elle s'en est ouverte à Jésus. Ce sont ses clients, après tout. Le mot « clients » a fait sourire Jésus. Un rien le fait sourire. Et surtout, lui, rien ne le dégoûte. Les pisseux, passe encore. Mais il aime aussi les lépreux – non, non, ce n'est pas seulement qu'il a pitié d'eux, il les aime vraiment. Il les touche avec ses mains, il les caresse de ses mains nues, doucement, précautionneusement, comme s'ils étaient fragiles. Ou précieux. Quelquefois même, il les embrasse. Il est étrange. La femme de Pierre ne le comprend pas toujours. À dire vrai, peu de gens le comprennent.

Ce soir, la femme de Pierre a cuit plus de *mat-sot* * que d'habitude, en prévision de la réunion que doit tenir Jésus. Ça se prolongera jusqu'à une heure avancée de la nuit, probablement. C'est pourquoi elle a aussi préparé des lampes. Jésus appréciera. C'est une autre de ses étrangetés, il parle souvent de lampes qu'il faut tenir prêtes. Il semble attacher beaucoup d'importance à la disponibilité. Sa mère, dit-il, a toujours été une femme infiniment disponible. Mais ça, pense la femme de Pierre en s'essuyant le visage de ses doigts farinés, c'est normal pour une veuve : quand on n'a plus à satisfaire les innombrables exigences d'un homme, on n'a pas tant de mal à se rendre disponible.

Après les matsot, elle allume le feu pour griller des poissons. Quelques poissons seulement, il n'y en aura pas pour tout le monde : depuis que son mari a rangé ses filets pour suivre Jésus, la femme

* Galettes traditionnelles.

de Pierre doit acheter son poisson. Un comble pour une épouse de pêcheur. Heureusement, d'anciens collègues de Pierre lui en donnent quelquefois. Notamment ceux auxquels il prête son bateau dont il ne se sert plus.

Cette histoire, pense-t-elle, ne pourra pas durer toujours. En tout cas, pas sous cette forme. Cet engouement pour Jésus devra bien finir par déboucher sur quelque chose. Et c'est peut-être pour ce soir, justement. On attend en effet la visite de personnes importantes, des scribes de tous les villages de Galilée, de Judée, et même de Jérusalem, qui ont émis le désir de venir écouter Jésus. Du moins ont-ils envoyé des serviteurs pour dire qu'ils viendraient et qu'on leur réserve des places près du Rabbi.

Les scribes sont des experts de l'Écriture. Ils connaissent la Loi et ils l'enseignent. Ils portent des jugements, ils donnent leur arbitrage. Leur science est immense. S'ils trouvent le discours de Jésus réussi, il est possible qu'ils lui proposent quelque chose. Quoi, elle n'en sait rien. Mais quelque chose de concret, qui pourrait rejaillir sur Pierre.

Seulement, il se pourrait aussi que les scribes relèvent de graves erreurs dans la façon dont Jésus voit les choses. S'ils tiennent tellement à l'entendre et à le questionner, c'est peut-être qu'ils ont des doutes, des soupçons. Si c'est le cas, il est à craindre que l'aventure ne s'arrête là.

Et s'il valait mieux que ça s'arrête ? Comprenez-moi, dit-elle : la vie d'une femme de pêcheur n'est sans doute pas la plus enviable qui soit, il faut compter avec les tempêtes, les périodes de filets vides, celles de mévente – mais que dire de la vie d'une femme de... de quoi, au fait ? Comment appelleriez-vous ce que fait Pierre à présent ? Suivre un homme, est-ce un métier qui porte un nom ? Si Jésus était un scribe – un vrai, je veux dire, avec toute la reconnaissance officielle que ça suppose –, il pourrait pratiquer sur mon mari l'imposition des mains afin de lui transmettre son savoir. Et Pierre deviendrait scribe à son tour. Il voyagerait à dos d'âne comme font les scribes, et il s'envelopperait dans un de ces grands manteaux qui servent aux scribes à signaler leur haute dignité. Être l'épouse d'un scribe, voilà une position honorable. Mais Jésus n'étant que le fils d'un obscur charpentier, je vous parie que mon mari restera un obscur pêcheur.

La soirée est particulièrement chaude. Des phalènes se brûlent aux flammes des lampes. Aucune fraîcheur ne monte du lac où l'eau d'un gris de plomb est comme un miroir, si lisse, si parfaitement immobile que la poussière qui s'y dépose ne coule pas.

Une dernière fois, la femme de Pierre vérifie la

bonne ordonnance de sa maison. Elle est tendue, un peu angoissée à l'idée de recevoir ces scribes. Si Jésus les contrarie, qu'ils soient au moins satisfaits par l'accueil qu'elle leur aura fait. Qu'ils n'aient pas l'impression de s'être dérangés pour rien. Qu'ils n'emportent pas un trop mauvais souvenir de cette soirée dans la maison du pêcheur. Malgré son inquiétude d'avoir négligé quelque détail, elle a un léger sourire : recevoir sous son toit des personnages considérables, c'est toujours ça que Jésus lui aura apporté.

En dépit des guérisons spectaculaires qu'il a déjà effectuées, Jésus n'est pas lui-même un personnage considérable aux yeux de la femme de Pierre. Il intrigue les gens, c'est vrai, il les intrigue et il les attire – mais le lac de Tibériade opère la même fascination sur les petits garçons de Capharnaüm, et le résultat de cette fascination, c'est tout bonnement que les petits garçons se font pêcheurs, c'est-à-dire pas grand-chose quand on y pense. Pierre lui-même, quand sa femme lui demande à propos de Jésus : « Mais enfin, qui est-il, où va-t-il, que veut-il ? » Pierre lui-même semble quelque peu dubitatif.

Ce même soir, à l'autre bout de la ville, il y a quelqu'un qui ne se pose pas de questions à propos de Jésus. C'est un homme qui a perdu l'usage de ses jambes, un paralytique. Il a la certitude que

Jésus peut faire en sorte qu'il marche à nouveau. Pour lui, c'est une évidence.

Mais comment faire, avec des jambes qui ne vous portent plus, pour approcher le Rabbi ? Grande est la foi de cet homme, mais tout de même pas au point de croire que Jésus puisse le guérir à distance, sans savoir seulement qu'il existe et qu'il souffre. Aussi, à l'heure où la femme de Pierre empile ses matsot et les recouvre d'un linge pour empêcher les mouches de les souiller, essaie-t-il de convaincre un ami de l'aider : il suffirait à ce dernier de soulever le paralytique de son grabat, de le jucher sur ses épaules et de le conduire jusqu'à Jésus.

L'ami se gratte la tête. Il n'a aucune envie de traverser toute la ville avec ce poids mort sur son dos. Ce n'est pas une question d'amitié mais de force physique : depuis la perte de ses jambes, le paralytique ne quitte plus sa couche, alors il a pris de la corpulence. Disons les choses comme elles sont : il est devenu énorme au point d'avoir déjà écrasé trois grabats sous sa masse. Or les vertèbres de l'ami n'ont pas la résistance du plus fragile de ces grabats. Et puis, ce n'est pas le tout d'aller là-bas, il faudra en revenir.

— Mais non, voyons ! Je n'aurai pas besoin de toi pour me ramener, proteste le paralytique. Je rentrerai sur mes pattes. Forcément, tiens, puisqu'il m'aura guéri !

— Et pourquoi il te guérirait ?

– Pourquoi ? Tu me demandes pourquoi ? Mais parce qu'il a déjà guéri tout un tas d'autres malades, voilà pourquoi !

– J'ai entendu parler de ça, dit l'ami. Mais qu'est-ce qui te fait croire qu'il va faire la même chose pour toi ? Pourquoi spécialement pour toi ?

Le paralytique caresse pensivement ses joues râpeuses. C'est vrai qu'il n'a aucun motif particulier d'être guéri. Il n'a jamais vraiment causé de tort à personne, enfin jamais rien d'irréparable, mais il n'a jamais non plus cherché à se conduire mieux que la plupart des gens. Il a toujours fait l'aumône, mais de façon prudente et réfléchie, en évitant de donner au point de devoir ensuite se priver lui-même de ceci ou de cela. En cherchant bien, il est même très possible qu'il ait croisé des pauvres ou des malades sans rien faire pour eux – de ces malheureux trop pudiques pour demander de l'aide, et dont on se dit : « Bah ! s'ils n'appellent pas au secours, c'est sans doute qu'ils peuvent se débrouiller comme ça... » Et puis, on ne peut pas soulager toutes les détresses du monde. Il faut bien penser un peu à soi, se garder une poire pour sa propre soif, sinon on aurait vite fait de rejoindre la cohorte des réprouvés. Et au lieu de faire reculer la misère, ça ferait un infortuné de plus. D'ailleurs, il n'y a aucune raison de s'inquiéter : ce Jésus ne tient sûrement pas la comptabilité des mérites, sans quoi il ne guérirait pas à tour de bras. Aucun homme n'est censé comprendre le pourquoi des faveurs qu'il reçoit. Non plus que les raisons des épreuves qui l'affligent. Voyez ce pauvre Job, comme il a interpellé Dieu avec des mots qui auraient désarmé le pire des bourreaux, comme il a supplié Dieu de lui expliquer au moins pourquoi il le traitait si mal. Eh bien, que je sache, Dieu a gardé le silence. Dieu donne, Dieu reprend, et Dieu seul sait pourquoi.

– Dieu, Dieu, dit l'ami, Dieu n'a rien à voir dans tout ça. Dieu, c'est Dieu. Et ton Nazaréen, ce n'est qu'un Nazaréen. Un Nazaréen qui a des dons, j'en conviens, mais qui n'est après tout que le fils d'un charpentier.

Mais le paralytique n'en démord pas : qu'on le dépose aux pieds de Jésus, et Jésus le guérira. Si son ami n'a pas la force de le prendre sur ses épaules, qu'il aille chercher en renfort deux ou trois hommes vigoureux. En s'y mettant tous ensemble, il n'auront aucun mal à empoigner le grabat et à le porter comme une civière. Sans compter que, pour le paralytique, ça sera plus confortable d'aller là-bas sans quitter sa couche.

– Ce que tu peux être têtu ! dit l'ami.

– Je veux remarcher. Et je remarcherai. Pas plus tard que ce soir.

La foule est grande et la maison petite. Aussi, pour éviter une bousculade au cours de laquelle des personnes affaiblies ou âgées risqueraient d'être blessées, les compagnons de Jésus ont-ils eu l'idée de ceinturer la courette de la maison de

Pierre à l'aide d'une corde. Celle-ci délimite une enceinte à l'intérieur de laquelle les gens, admis en nombre limité, doivent observer la discipline du silence de façon que tout le monde puisse entendre ce que dit Jésus – après tout, c'est pour ça qu'on vient.

Mais ce soir, sans doute en raison de la présence des scribes dont la rigueur intellectuelle et la profonde connaissance de la Loi devraient faire de ce débat un affrontement particulièrement intense et passionnant, nombreux sont ceux qui ont profité d'un instant d'inattention des disciples pour investir en surnombre la courette, et surtout la pièce où se tient Jésus. Et pas question de les en chasser, sous peine de provoquer une houle qui pourrait tourner à l'émeute. L'affluence est telle que la lumière des lampes que la femme de Pierre a disposées un peu partout est arrêtée par des nuques, des épaules, des dos, créant des zones d'ombre où il n'est pas exclu que deux ou trois lépreux aient réussi à se faufiler.

Bien entendu, Jésus n'a élevé aucune protestation, manifesté aucune contrariété ni impatience. On peut compter sur lui pour bien des choses, sauf pour dire non aux gens. On lui volerait sa tunique qu'il courrait après son voleur pour lui donner aussi son manteau – à supposer qu'il en ait un, car il ne possède pas grand-chose. On lui fait des dons, pourtant. Peine perdue : on lui offre quelque chose, il s'en dépouille aussitôt au profit d'un miséreux. Il a un flair stupéfiant pour débusquer les pauvres – au milieu d'une foule de plusieurs milliers de personnes, il vous repère immédiatement le seul à avoir les pieds nus. Et encore, les pieds nus, ça peut se remarquer – mais comment s'y prend-il pour deviner ceux dont c'est l'âme qui est nue et meurtrie ?

Ceux qui sont trop petits ou placés trop loin pour discerner le Rabbi voient du moins son ombre projetée sur les murs par la lumière des lampes. Et ceux qui ne voient ni le Rabbi ni son ombre se font raconter ce qui se dit dans la maison, et la façon dont les choses se passent :

– Là, le Rabbi était assis sur un tabouret, mais il vient de se lever pour céder son siège à quelqu'un qui est venu de loin et qui avait l'air fatigué de rester debout. Eh bien, maintenant que je le vois debout, je peux vous dire que le Rabbi est plus grand que je ne pensais. Comme les scribes sont assis en face de lui, on dirait qu'il leur fait la leçon. Ils sont tous à manger des matsot. Ça a l'air bon. Dommage qu'on soit trop serrés, nous autres ici, pour que quelqu'un puisse arriver jusqu'à nous avec des matsot. Le Rabbi parle tranquillement, il a l'air sûr de son fait. Les scribes l'écoutent avec attention, la tête un peu penchée sur le côté. On dirait qu'ils approuvent ce qu'il leur raconte.

C'est alors qu'on entend des cris venant de la rue : « Libérez le passage ! Faites place, on a un malade avec nous ! »

On se retourne. Voilà quatre hommes – trois colosses et un malingre – qui portent une espèce de civière. Un lit, en fait. Sur ce lit, un paralytique. Il redresse son torse et oscille de droite à gauche comme font parfois les serpents. Il s'appuie sur ses coudes, sa bouche tremble et bave un peu :

– Y sommes-nous ? Y sommes-nous enfin ?

On y est. C'est-à-dire qu'on y est comme celui qui escalade une montagne et qui n'a plus qu'à allonger le bras pour toucher le sommet – sauf que son bras est trop court. De peu, de très peu, mais ce très peu fait toute la différence.

L'un des Douze, celui qui a pour mission de discipliner la foule qui s'entasse dans la courette, se fraye un chemin jusqu'au grabat. Le paralytique lance une main décharnée, croche dans la tunique :

– Le Rabbi, je veux voir le Rabbi !

Le disciple soupire. Combien de fois, ce soir, n'aura-t-il pas entendu cette petite phrase : « Je veux voir le Rabbi ! » ? Et sur tous les tons. Il y en a qui supplient, qui se traînent à vos genoux en rampant dans la poussière, il y en a qui exigent, qui vous menacent, il y en a même qui vous proposent de l'argent, beaucoup d'argent parfois. Le disciple dit qu'il ne demanderait pas mieux, bien sûr, que de permettre au paralytique d'approcher Jésus. Mais la foule est trop dense pour espérer seulement parvenir jusqu'au porche de la maison.

Comme si les gens allaient vous laisser passer sous prétexte que vous êtes malade ! Eux aussi sont malades. Il n'y a que ça autour de Jésus : des fiévreux, des suffoqués, des atrophiés, des variqueux, des ballonnés, des enkystés, des convulsifs, des fistuleux, des écorchés, des cyanosés, des desquamés, des goitreux, des diarrhéiques, des hébétés, des épileptiques, des pellagreux, des tétanisés, des pleurétiques, des glaireux, des amputés.

À croire que c'est toute la Palestine souffrante qui claudique vers Jésus.

À croire que la Palestine n'est *que* souffrance.

Le Mal se dépasse en mal comme pour provoquer Jésus, le déséquilibrer, l'effarer, le navrer, l'obliger à détourner son regard de cette humanité geignarde, nauséabonde, répugnante. Jésus va-t-il enfin l'entendre, cette voix qui ricane dans la nuit : « Et cette horreur-là, Rabbi, elle ne te soulève pas le cœur ? Non ? Tu es sûr ? Il t'en faut davantage ? Ô insatiable ! Mais qu'à cela ne tienne, nos magasins regorgent d'abominations, d'afflictions, de dérélictions. Ça pullule, ça se duplique, ça se multiplie à l'infini. Tu n'as encore rien vu... » ?

Pour réussir à pénétrer dans le rayon d'action (c'est-à-dire de compassion) de Jésus, les éclopés ont dû en venir aux mains. Enfin, ceux qui ont des mains. On s'est infligé des coups sournois qui sont venus s'ajouter aux blessures « officielles ». On parle de cheveux arrachés, de côtes froissées, de plaies qui se sont rouvertes. Petits miracles à l'envers. On a payé le prix fort pour arriver jusque-là, disent les gens bien résolus à ne pas bouger, à ne pas céder un pouce d'un terrain si durement conquis. Ils s'agglutinent les uns contre les autres, formant un barrage épais, un mur qui gronde et se rebiffe au moindre effleurement.

Mais le paralytique ne renonce pas. Un mur, dites-vous ? Si serré que même un lézard n'aurait aucune chance de s'y insinuer ? Bon ! Ce qui retient le lézard n'arrête pas l'oiseau : on franchira l'obstacle par la voie des airs. Il fait signe à ses porteurs de se pencher :

— Le toit, leur chuchote-t-il. Allez, vite, le toit !

— Quoi, le toit ?

— On va passer par le toit. Vous n'avez qu'à me monter là-haut.

Les quatre hommes se regardent. Pas convaincus, c'est le moins qu'on puisse dire. Sans un système de cordes et de poulies, il est impossible de hisser le grabat sur le toit.

— Eh bien, courez chercher des cordes et des poulies.

— Où veux-tu que nous en trouvions à cette heure-ci ?

— Sur le port. Sur les bateaux.

— Et ensuite ?

— Vous verrez. J'ai mon idée. Mais d'abord les cordes et les poulies.

Ils font ce qu'il leur demande. Avec le sentiment que ça ne servira à rien, mais ils le font quand même. Par amitié, d'abord. Un peu aussi parce qu'ils sont curieux de voir comment les choses vont tourner une fois qu'on sera là-haut, sur le toit. Et par-dessus tout parce qu'il est dans la mentalité juive de donner un sens à ce qui n'en a pas. Or ça n'aurait aucun sens d'avoir monté toute cette expédition pour en rester là.

C'est ainsi que le paralytique, qu'on a étroitement ligoté sur sa civière pour l'empêcher de glisser, commence à s'élever dans les airs. Il oscille au-dessus de la foule. « Amusant, pense-t-il. C'est donc ça qu'éprouvent les anges ? » Par instants, les cordes s'embrouillent, la civière tourne sur elle-même, le visage de l'homme vient cogner et racler le mur. Mais il s'en fiche, ce sont les derniers avatars de sa vie d'infirme : encore quelques efforts et il sera devant le Rabbi. Jésus étendra les mains sur les bâtons tordus, blanchâtres, qui servent de jambes à l'infirme. Celui-ci sentira de nouveau sa chair fourmiller de vie, ses os et ses muscles se délieront, il se relèvera, il marchera.

Du sommet du toit, on aperçoit sur la droite la synagogue, fermée à cette heure tardive. Plus loin, le lac en forme de lyre miroite sous la lune. C'est surtout à ces heures-ci, quand ses contours se perdent dans l'obscurité, qu'on dirait une vraie mer. Quelques bateaux sont en pêche, ceux de Magdala reconnaissables à leur silhouette plus lourde et à leur franc-bord plus important que ceux des barques à fond plat de Capharnaüm. La nuit est si limpide qu'on voit les courtes bouffées d'écume que soulèvent les rames en frappant l'eau.

— Ça va, dit le paralytique, ça va, on n'est pas là pour admirer le paysage. Faites un trou. Ne lésinez pas, il faut un trou assez grand pour laisser descendre mon grabat.

Les autres hésitent. Certes, ce toit-là est plus facile à percer que s'il était recouvert d'un amalgame de branches et de boue : pas besoin d'outils, il suffit d'ôter les tuiles une à une. Mais le propriétaire de la maison risque de ne pas apprécier.

— Et alors ? Je les lui remettrai en place, ses tuiles, dit l'infirme. Quand j'aurai mes jambes, ça me sera facile. Trop content de grimper à l'échelle, tiens ! Quand j'aurai mes jambes, demandez-moi de recouvrir de tuiles toutes les toitures de Capharnaüm et je le ferai. Même sans être payé, je le ferai. Je serai l'homme le plus serviable de toute la Palestine, moi, quand j'aurai mes jambes.

À la première tuile enlevée, il ne s'est rien passé. À la deuxième et à la troisième non plus. Mais à la quatrième, quelques gravats tombent dans la salle du bas. La femme de Pierre lève la tête. Elle voit une ouverture qui s'élargit au milieu de son plafond. À travers cette ouverture, elle aperçoit un salmigondis de mains, de bras, de visages. L'espace d'un instant, elle pense que ce sont des voleurs. Ils

80

ont dû s'imaginer que les gens couvraient le Rabbi d'offrandes et que celles-ci, avant d'être distribuées aux pauvres, s'entassaient dans la maison de Pierre. Pourtant, quels voleurs seraient assez insensés pour opérer ainsi, sous les yeux de tout le monde ?

Mais voleurs ou pas, la femme de Pierre ne voit qu'une chose : ils sont en train de lui démolir son toit, de lui grignoter sa maison. Elle vient se camper juste sous l'orifice, les poings sur les hanches :

– Eh ! là-haut, vous voulez qu'on vous aide ?

– C'est très aimable à vous, disent les démolisseurs de toit, mais on va bien finir par y arriver tout seuls.

– Que se passe-t-il ? demande alors Jésus en chassant de la main quelques fragments de tuiles qui viennent de tomber sur son épaule.

– Oh ! rien du tout, ironise la femme de Pierre, ne t'interromps surtout pas pour si peu : c'est juste une bande d'énergumènes en train de démantibuler mon toit. Je suppose que je ne devrais pas m'en faire pour ça, et prendre exemple sur les oiseaux du ciel et les lis des champs qui ne se soucient de rien, eux ; et qui ont bien raison, puisqu'il y a Dieu qui est là pour arranger leurs petites affaires – tu as bien dit quelque chose dans ce genre, non ? D'ailleurs, en ta qualité d'ancien charpentier, je veux croire que tu n'auras aucun mal à nous réparer ça.

Elle a parlé d'un ton acerbe. Elle connaît le Rabbi, son indifférence aux choses matérielles : avoir ou non un toit sur la tête est bien la dernière de ses préoccupations. Elle a failli ajouter : « Et puis, pour quelqu'un qui se prétend capable de rebâtir le Temple de Jérusalem en trois jours, qu'est-ce que c'est que quelques dizaines de tuiles à remettre en place ? »

Jésus sourit. À son tour, il regarde vers l'ouverture dans laquelle s'incrustent quatre visages ruisselants de sueur.

– Attention, là-dessous, garez-vous ! crient les hommes du toit. On vous envoie quelqu'un.

Dans un grincement de cordes martyrisées, le grabat descend lentement. Malgré les efforts de ceux qui le retiennent, il se balance dangereusement, menaçant de fracasser les têtes qui se trouvent sur sa trajectoire. Dans la pièce, c'est aussitôt un affolement de fourmilière : on se pousse, on se bouscule, on donne du coude, on se marche dessus.

– Remontez-le ! s'égosille Pierre. Remontez cet homme, vous voyez bien qu'il n'y a pas de place pour lui ! Allons, obéissez-moi, c'est ma maison, quoi, quand même ! Rabbi, ajoute-t-il en se tournant vers Jésus, fais quelque chose...

– Mais certainement, dit Jésus. Je vais les guider. Ils s'y prennent mal, ils vont finir par blesser quelqu'un. Ou par faire tomber leur ami.

– Merci, Rabbi, murmure le paralytique. Ce serait vraiment trop bête de me tuer juste au moment où j'arrive enfin devant vous. Il y a si longtemps que j'attends cet instant !

Sur les indications de Jésus, les porteurs s'arc-boutent pour ralentir la descente de la civière. Celle-ci touche le sol avec la douceur d'une plume. L'infirme ferme les yeux, tout entier concentré sur cet instant qui précède sa guérison, cet instant si fort, si intense qu'il veut le savourer pleinement. Pour un peu, il supplierait Jésus de le laisser quelques secondes encore en proie à la violence de son désir, ce désir qui n'est jamais si délicieux à vivre que quand on sait qu'il est au bord de disparaître en même temps que d'être assouvi.

Pendant la descente du grabat, le drap qui recouvrait le bas du corps de l'infirme a glissé. Ses jambes apparaissent, nues dans la lumière des lampes. Plus dorée est cette lumière, plus livides sont ces jambes. Et autant l'homme a un cou musculeux, des épaules de lutteur, un torse large et épais, autant ses jambes sont grêles. On dirait les pattes d'une brebis égorgée par le sacrificateur, des pattes nouées par la souffrance et la peur, raidies par la mort.

Jésus détourne les yeux. Il n'a pas besoin de voir pour savoir. La foule, en revanche, regarde avec délectation. Que ce soit à Capharnaüm ou ailleurs, les gens ont une prédilection pour les guérisons de paralytiques. C'est toujours un spectacle très apprécié que celui de l'infirme qui se dresse sur sa couche, qui pose d'abord un pied par terre, prudemment, puis le second pied, et qui se met à marcher. Il commence par tituber. On dirait un poulain nouveau-né, ou un homme pris de boisson, ça dépend, il y en a qui tremblotent avec grâce, d'autres qui vacillent de façon grotesque – les miraculés sont rares, et un *beau* miraculé c'est encore plus rare. Ensuite, d'habitude, il se risque à faire quelques pas flageolants en se retenant aux meubles, en s'accrochant aux tentures. Il promène sur l'assistance un regard éperdu, plein d'un mélange de joie et de stupéfaction. Et d'incrédulité, surtout : il était venu pour ça, d'accord, mais tout au fond de lui, franchement, est-ce qu'il y croyait vraiment ? Mais voilà, c'est arrivé, et maintenant il s'agit de faire avec. Quelquefois, il se flanque par terre. On rit. On se précipite pour l'aider, il repousse tout le monde : « Laissez-moi, je peux me relever tout seul ! »

Jésus sait parfaitement pourquoi cet homme est venu à lui. Tout le monde le sait. Même les aveugles, à qui il suffit d'expliquer qu'il y a là un malheureux recroquevillé sur son grabat, un pauvre bougre qui n'a pas marché depuis des années. Décidément non, le paralytique n'a pas besoin de demander quoi que ce soit : ses jambes crient pour lui.

Alors, Jésus sourit. « Ça y est, se murmurent les gens les uns aux autres, il va le faire ! Surtout, ne le quittez pas des yeux : vous allez voir, c'est très impressionnant... »

Sur le front de l'infirme, Jésus pose sa main fraîche. On fait silence. On guette la phrase rituelle (magique, disent certains), les trois mots qu'il ne manque jamais de prononcer dans ces cas-là : « Lève-toi et marche ! »

— Tes péchés te sont remis, dit-il.

Tête du paralytique. Son air ahuri. Son regard effaré. Il se dit que non, ça n'est pas possible, le Rabbi n'a pas pu se tromper. Pas à ce point-là. Le plus incompétent des Rabbis aurait compris, en voyant devant lui un homme paralysé des jambes, ce que cet homme attendait de lui. Un idiot congénital aurait compris. J'ai mal entendu, se persuade l'infirme. Après mes pauvres jambes, voilà que cette maudite paralysie s'en prend maintenant à mes oreilles.

— Vous avez dit quoi, là, Rabbi ?

— J'ai dit : tes péchés te sont remis. Pardonnés, si tu préfères.

Le paralytique regarde Jésus. Un peu comme on regarde un gouffre insondable, en se demandant comment ça peut exister quelque chose d'aussi noir, d'aussi vertigineux. D'aussi inhumain, en somme. Il écarte ses lèvres pour parler, mais aucun son ne sort de sa gorge. Mais il s'entend penser : « Bonne audition, mais horrible malentendu. Parce que ça ne va pas du tout, ça ! Mes péchés, vous dites ? Eh ! vous ne croyez quand même pas que j'ai fait tout ce cirque pour mes péchés ? Laissez-les donc tranquilles, mes péchés, je saurai toujours m'en arranger, et voyez plutôt du côté de mes jambes. »

Devant sa mine déconfite, la foule ne peut s'empêcher de rire. Sacré paralytique, quelle bouille irrésistible ! Et sacré Jésus, aussi ! Vous avez vu comment il vous retourne une situation, celui-là ? Cette fois, il a dû comprendre que sa magie n'allait pas opérer. Question de lune, peut-être. Et pour ne pas perdre la face, il a trouvé cette astuce : désolé, mon pauvre vieux, je ne peux rien faire pour tes jambes – mais pour tes péchés, alors là, aucun problème : tu repars à zéro, pur et innocent comme l'enfant qui vient de naître.

Et ça, qui peut le contester ? Les péchés, c'est invisible.

Sans doute cette histoire de péchés remis n'est-elle qu'un tour de passe-passe, une suprême habileté d'enchanteur pris en défaut, sans doute eût-il été plus excitant d'assister à une vraie guérison, mais le tout-Capharnaüm n'a pas fini de glousser en se rappelant les traits défaits du paralytique et sa grimace pétrifiée quand le Nazaréen, de sa belle voix caressante, douce et chaude, lui a annoncé qu'il était amnistié, pardonné, blanchi. C'est ça, un effet comique réussi : quelque chose à quoi personne ne s'attend – surtout pas la victime.

Seuls les scribes ne rient pas. Il est vrai qu'ils sont généralement de nature guindée et qu'ils n'ont pas pour habitude de plaisanter, mais là, tout à coup, ils semblent particulièrement sévères.

– Quelque chose ne va pas ? leur demande aimablement Jésus.

– Tu blasphèmes, chevrote un des scribes.

– Seul Dieu peut remettre les péchés, grommelle un autre scribe.

– C'est ça, renchérit l'infirme, je suis d'accord, on arrête de tout mélanger! Que Dieu s'occupe de remettre les péchés, et que le Rabbi s'occupe de mes jambes.

Jésus ne se départ pas de son sourire.

– Quel est le plus facile? interroge-t-il. Est-ce de dire : « Tes péchés te sont remis », ou de dire : « Lève-toi et marche » ?

Les scribes se dévisagent. La question a l'air toute simple, toute bête, mais attention! Le Nazaréen a la réputation de s'y entendre comme personne pour tendre des pièges barbouillés de miel où l'on a tôt fait de s'engluer. Soyons des scribes, pas des mouches. Étudions la question posée, étudions-la scrupuleusement (le scrupule est la seconde nature du scribe) avant de risquer une réponse. Mais Jésus est lancé. Il ne leur laisse pas le temps de réfléchir davantage :

– Eh bien, afin que vous sachiez que le Fils de l'homme a le pouvoir de remettre les péchés sur la terre...

Il se tourne alors vers le paralytique :

– ... je te l'ordonne, lève-toi, prends ta civière et rentre chez toi.

Je te l'ordonne. L'homme sent quelque chose qui part de sa nuque, une sorte de cri de toute sa chair, un galop de vie qui déferle et se propage au-dedans de lui, qui pulvérise et franchit cette barrière d'airain qui verrouillait le bas de son corps, qui se partage en deux comme un éclair et descend irradier chacune de ses cuisses, chacun de ses genoux, chacun de ses mollets, chacun de ses pieds, chacun de ses orteils. Lève-toi. L'homme bondit. Il est debout. Il danse. Prends ta civière. L'homme empoigne son grabat, cette literie moite et nauséabonde à quoi, pour lui, pendant si longtemps, le monde entier s'est résumé. Et rentre chez toi. Il s'avance. La foule s'écarte devant lui. Tu es béni, lui disent les gens en essayant de le toucher. Il ne les entend pas. Il ne les voit pas. Il court vers la porte. Dehors, les autres savent déjà. Tu es béni, lui disent aussi ces gens qui sont dehors. Ils agitent des torches. Il ne voit pas les torches. Voici la rue. Elle est en pente, elle donne l'impression de monter vers le ciel, de se perdre parmi les étoiles. Mais l'homme ne voit pas les étoiles. Il ne voit que ce ruban de terre et de caillasse qui file sous ses pieds. Il n'entend que le bruit de ses pas qui martèlent le sol en soulevant la poussière.

Il marche. Et, tout à sa joie, il éclate de rire.

Depuis qu'il a livré ses derniers clients, raccroché l'herminette, la scie et le rabot, depuis qu'il a balayé l'atelier de Nazareth de toute la sciure qui s'y était amoncelée, depuis qu'il a enfilé sa tunique et chaussé ses sandales, depuis qu'il est parti sur les routes de Galilée, Marie se demande si Jésus est heureux.

C'est pour elle une question maternelle, une question éternelle.

Elle l'a gardé près d'elle pendant trente ans. Rien que pour ça, bien des mères l'envient. Elle a eu là une chance exceptionnelle, elle est la première à le reconnaître. Elle a eu tout le temps de l'observer, de l'apprendre, de le découvrir. C'est vrai qu'il a encore bien des secrets pour elle, et lesquels ! Mais elle sait une foule de petites choses de sa vie quotidienne. Elle sait ce qu'il aime manger, les vins qu'il apprécie, la saison qu'il préfère, elle a veillé sur son sommeil, elle sait s'il dort en chien de fusil ou sur le dos, s'il aime les lits plutôt frais ou plutôt tièdes, s'il s'agite en rêvant, car Jésus rêve, elle sait les couleurs qui lui vont le mieux au teint, elle sait lire dans ses yeux le passage d'un chagrin ou le crépitement d'une étincelle de joie.

Elle ne peut pas être indifférente à son bonheur. Même si elle a plus ou moins compris que sa mission serait terrible, elle voudrait tant qu'il soit heureux. Forcément. Au moins quelquefois, en attendant la fin.

Les nouvelles qu'elle reçoit sont à la fois bonnes et mauvaises.

Elle se réjouit d'apprendre que son fils a du succès. Il y a longtemps qu'aucun prêcheur n'a soulevé un tel enthousiasme.

Le plus déconcertant, c'est qu'il semble réussir sans faire de politique. À sa place, pourtant, n'importe qui aurait exploité la situation. Une situation à la fois claire et confuse, c'est assez dire comme on pourrait en jouer.

Ce qui est clair, c'est que Rome règne sur la terre d'Israël. On sort d'une période d'insurrections suivies de répressions sanglantes. Deux mille crucifiés le long des routes, réponse de Rome au soulèvement d'un nommé Juda Gaulonite. Et ce n'est qu'un exemple. Hérode Antipas, tétrarque de Galilée, est un ami du pouvoir romain – une amitié docile, pour ne pas dire une soumission. Pas de contre-pouvoir : le grand prêtre Caïphe, qui préside le Sanhédrin, a été nommé par le gouverneur romain, Valerius Gratus, qui a déjà destitué trois autres grands prêtres. Gratus a même la garde des habits sacerdotaux, et Caïphe doit chaque fois lui demander la permission de les porter. Caïphe baisse la tête, rentre les épaules. Ses mains sont moites d'humiliation et de rage.

Ce qui est confus, et pour le pouvoir romain c'est même complètement abscons, c'est cette espèce de fièvre chronique qui enflamme les esprits juifs : la fièvre du Messie. Elle n'a jamais flambé avec autant d'ardeur. Ce Messie qu'on attend pour rendre sa liberté à Israël, lui restituer sa grandeur et permettre à Caïphe d'enfiler ses habits de grand prêtre sans en passer par Gratus.

La confusion vient surtout de ce qu'il existe du Messie plusieurs visions contradictoires. Le Juif manipule le contradictoire avec une dextérité d'artiste, le Romain s'y blesse comme un enfant avec le rasoir de son père.

D'après certaines prophéties, le Messie sera un roi de gloire, un guerrier victorieux, « il dominera d'une mer à l'autre ». D'autres textes, au contraire, l'imaginent « comme un rejeton qui sort d'une terre desséchée ». Il sera « méprisé et abandonné des hommes, un homme de douleur et habitué à la souffrance. [...] Il sera « maltraité et affamé [...], semblable à un agneau qu'on mène à la boucherie ».

Jésus n'est ni généralissime ni mouton – pour l'instant du moins.

Il n'appelle pas à la révolte, il suggère l'amour. Il

ne parle pas contre Rome, il parle pour Dieu. Et, contre toute attente, c'est avec ça qu'il séduit. Soyons justes, les guérisons qu'il opère sont aussi pour quelque chose dans cette séduction. Pour beaucoup, même. Et ces guérisons, pense Marie, doivent lui apporter de belles grandes joies, à mon fils ! Lui qui a toujours été si sensible aux détresses, il ne peut qu'éprouver un immense bonheur à soulager ces malades et ces possédés. Au moins pour cette part de son travail, dit Marie, mon fils Jésus est un homme heureux.

Mais il y a des nouvelles moins réconfortantes. Si Jésus se fait des amis émerveillés, il en exaspère d'autres. Particulièrement les pharisiens qu'il critique ouvertement et les autorités religieuses qu'il laisse pour le moins perplexes. Certaines de ses déclarations intempestives vont à rebours de la Loi. Ses guérisons le font passer au mieux pour un magicien, au pire pour un charlatan.

Des personnes bien intentionnées sont venues dire à Marie que son fils dépassait les bornes. Qu'il se conduisait comme quelqu'un qui a perdu la raison. Un illuminé. On la conjure d'intervenir avant qu'il n'aille trop loin, avant qu'il ne soit trop tard. Mais mon fils n'est plus un enfant, où avez-vous pris qu'une mère puisse dicter sa conduite à un fils de trente ans ? Il me regardera avec tendresse, il me sourira, il prendra mes mains dans les siennes, et il me dira qu'il sait ce qu'il fait. D'ailleurs, ajoute-t-elle, ce sont là des maladresses de néophyte. C'est normal, cet emballement, cette fougue : vous seriez bien comme lui, allez, si vous vous aperceviez tout à coup que vous avez le pouvoir extraordinaire de guérir des lépreux, de chasser des démons. Si la foule vous acclamait.

La foule, justement, voilà ce qui inquiète davantage Marie. Partout où il passe, Jésus attire à lui un nombre toujours croissant d'admirateurs. Quand il prêche dans les synagogues, celles-ci sont pleines à craquer. Quand il prêche sur les collines ou dans les champs, les gens venus l'écouter sont aussi nombreux que les brins d'herbe. Sans doute est-ce un grand bonheur pour lui que de constater l'effet qu'ont ses paroles. Mais tous ces gens ne vont-ils pas finir par l'étouffer ? Lui qui aime la solitude, lui qui a besoin de se retirer à l'écart pour prier, comment supporte-t-il ces bousculades, ces clameurs, ces questionnements incessants ?

Quand elle a appris qu'il avait demandé qu'une petite barque soit tenue prête en permanence au bord du lac pour pouvoir s'y réfugier au cas où il serait dangereusement pressé de toutes parts, Marie n'en a pas fermé l'œil de toute la nuit. Pour qu'il se laisse aller à penser à lui, à sa propre sécurité, faut-il qu'il se sente oppressé !

— Est-ce qu'il mange bien, au moins ?

Les pharisiens le traitent de glouton et d'ivrogne.

On ne verra nulle part Jésus lapant une soupe triste dans un réfectoire lugubre et plongé dans le silence. Ce n'est pas seulement pour se sustenter qu'il passe à table. Manger, c'est être ensemble. Être ensemble, c'est partager. Partager, c'est aimer. Et aimer, c'est Jésus.

S'il boit de l'eau, c'est après une marche éprouvante, parce qu'il a très chaud, très soif. Mais en société, pour le plaisir, ce sera du vin. Et il s'y connaît : « Jamais celui qui a bu du vin vieux ne désire du nouveau. Car il dit : c'est le vieux qui est bon ! »

Mais on n'a pas toujours la chance de faire bombance. Il arrive qu'on n'ait tout simplement rien à manger. Les disciples n'oublieront pas de sitôt le jour où, la bourse plate et le sac de voyage désespérément flasque, ils cheminaient sous le soleil, criant famine.

Ils racontent à Marie.

On traversait des moissons déjà hautes où les oiseaux festoyaient bruyamment. L'air était rempli de leurs pépiements de petites bêtes comblées auxquels nous ne pouvions répondre que par les borborygmes de nos estomacs vides.

Cette situation nous semblait d'autant plus cruelle que des pharisiens s'étaient joints à nous. Or les pharisiens, vous les connaissez : dans leur grande majorité, voilà des hommes dont une certaine propension à l'embonpoint témoigne qu'ils sont bien nourris – même s'ils ont l'hypocrisie de soutenir le contraire. Quand on est affamé, il est déjà débilitant de voir des corbeaux s'empiffrer. Mais il devient carrément exaspérant de devoir faire route en compagnie de pharisiens grassouillets.

– Rabbi, dit l'un de nous à votre fils, est-ce que tu n'as pas faim, toi aussi ?

– Si, admit Jésus.

– En ce cas, tu ne crois pas qu'un petit miracle... ?

– Pas de miracles pour moi ni pour mes amis, coupa Jésus. Les miracles sont faits pour manifester la puissance et l'amour de Dieu aux yeux de ceux qui n'y croient pas. Toi, tu crois à la puissance et à l'amour de Dieu, n'est-ce pas ?

– Bien sûr, dit le disciple.

– Alors, tu n'as pas besoin d'un miracle.

– Ma foi n'en a pas besoin, mais mon estomac...

Jésus laissa courir sa main sur les épis dorés au milieu desquels il avançait comme un bateau fend la mer. Il va les transformer en petits pains tout chauds, pensions-nous en salivant par avance, c'est toujours comme ça avec votre fils : il commence par dire non, mais il a un trop bon fond pour résister longtemps (à cet endroit du récit, Marie approuve d'un sourire). Mais Jésus continuait de laisser rêveusement sa main caresser le blé, et le blé continuait d'onduler tranquillement sans manifester aucune intention de se métamorphoser en pain.

Soudain, les doigts de Jésus – de longs doigts hâlés par le soleil, restés graciles et fins malgré le métier de charpentier qui les avait pourtant mis à rude épreuve – se refermèrent sur le blé. Sa main remonta le long des hampes, arrachant les épis. Il les froissa dans ses paumes, détachant les grains et les débarrassant de la peau qui les entourait. Il les porta à sa bouche et les mangea.

Manger des grains de blé n'est pas à proprement parler un miracle, pensions-nous, mais c'est une bonne idée. À dire vrai, cette idée nous avait effleurés nous aussi, mais nous l'avions repoussée : ce jour était jour de sabbat, pendant lequel la Loi ne permet pas qu'on récolte. Mais si votre fils était passé outre, quelles raisons avions-nous de nous montrer plus rigoristes que lui ?

– Aucune raison, confirme Marie. Lui, il sait.

Alors, nous nous mîmes tous à arracher des épis, à les froisser et à les manger. Le blé était mûr, tiédi par le soleil, il éclatait sous la dent en dégageant une merveilleuse saveur de farine.

Il en fallut moins qu'on ne croyait pour apaiser les coups de griffe dont la faim nous labourait le ventre. Parce qu'il fallait les mastiquer longuement, les grains de blé provoquaient assez vite une sensation de satiété. Après, on continuait à en manger, mais par pur plaisir.

Immobiles au milieu du champ, leurs ventres proéminents chatouillés par les plumes légères des épis, les pharisiens nous regardaient avec réprobation. Ils étaient choqués de nous voir faire ce qui n'est pas permis pendant le sabbat. Ils ne se gênèrent pas pour le dire. Votre fils leur répondit que le roi David et ses compagnons avaient eu un jour tellement faim, eux aussi, qu'il avaient dévoré les pains d'oblation que seuls les prêtres sont autorisés à consommer. Et il ajouta que le Fils de l'homme était le maître du sabbat.

Là, les pharisiens n'avaient plus rien à répliquer. Ou alors, des choses tellement désagréables et agressives qu'eux-mêmes préférèrent s'en tenir là. Pour se donner une contenance, ils continuèrent de nous dévisager sévèrement. Avec Jésus, on jouait à se picorer les petits grains dodus dans les mains les uns des autres.

– Comme les oiseaux du ciel, récite Marie en fermant doucement les yeux pour mieux retrouver en elle l'écho de la voix de son fils, ces petits oiseaux qui n'ont nul besoin de semer ni de moissonner, qui ne possèdent ni cellier ni grenier, et qui n'en sont pas moins parfaitement nourris par Dieu...

Au fond d'eux-mêmes, tout au fond, là où palpite la parcelle d'enfance qui résiste en chaque homme, fût-il un vieux scribe ventripotent, les pharisiens nous enviaient. Mais pas un n'osa refermer sa main sur des épis et les arracher.

Jésus, lui, rayonnait de bonheur. Pas tant d'avoir habilement répondu aux critiques des pharisiens (ça, il en avait l'habitude) que du plaisir simple d'être avec nous, ses amis, au milieu d'un grand champ de blé au soleil, à grappiller des épis pour les croquer, et à rire en jouant aux oiseaux. Peut-être pensait-il que jouer aux oiseaux était un moyen d'apprendre la légèreté aux hommes.

– Est-ce qu'il mange bien, au moins ? a demandé Marie.

Ce n'est pas seulement de la sollicitude maternelle. La nourriture est une grande affaire. Dieu n'est jamais très loin de la table juive, domaine où la Torah est particulièrement prolixe et précise. Il ne s'agit pas de manger n'importe quoi, n'importe comment ni à n'importe quel moment. Seuls les païens cuisinent le hasard.

Et puis, si les propos gourmands sont tellement importants, c'est parce que bien rares sont ceux qui ont, à cette époque, la certitude de manger à leur faim. La nourriture est une bénédiction. Le bruit de fond des Évangiles, c'est celui des pas qui claquent sur la route et des mâchoires qui mastiquent.

Jéricho se reconnaît de loin : une ville de palais et de palmiers dont les silhouettes, tout aussi élégantes et légères qu'il s'agisse des pierres ou des arbres, se détachent sur le bleu profond du ciel. S'il fait nuit, c'est à son parfum qu'on l'identifie : Jéricho sent bon, Jéricho est une ville odorante, délicieusement, grâce aux baümiers qui fournissent un parfum fameux dont la Judée a le secret et grâce à une certaine rose qui fleurit au solstice d'hiver et qui rend, dit-on, les femmes fécondes.

Mais cela vaut pour le voyageur de passage. Car, comme la plupart des habitants, Zachée, à force de vivre à Jéricho, ne sent plus l'odeur suave des baumiers ni des roses.

Il est vrai que Zachée ne sent vraiment que l'odeur de l'argent. Un fumet de métal tiède. Ou bien, si l'argent est au fond d'une bourse, l'émanation musquée d'un cuir pas toujours bien tanné. Ou encore, si l'argent repose dans un coffret, l'arome du cèdre dont est faite la précieuse boîte. Métal, peaux de bêtes et bois de cèdre : à ces trois senteurs se résume tout l'univers olfactif de Zachée.

Les autres exhalaisons lui font à peine tourner la tête. Il est complètement indifférent aux haleines de chacal des gens qui meurent de faim comme aux puanteurs fades, douceâtres, qui suintent des corps malades. Ce n'est pas qu'il ait le nez bouché : pour lui, la misère et la maladie n'existent tout simplement pas.

Zachée travaille à Jéricho comme collecteur d'impôts. Il est ce qu'on appelle un publicain. Il est même le chef des publicains. Tout le monde le déteste pour sa dureté, pour sa façon de faire rendre gorge aux contribuables. Il donne davantage l'impression d'être un juge impitoyable, inique, quelquefois même un bourreau, qu'un percepteur. Il ne tolère aucun retard, ne consent aucune remise, n'accorde aucun sursis. Jamais. S'il ne faisait qu'appliquer la loi fiscale, on supporterait peut-être son intransigeance. Mais Zachée est un homme riche, très riche – alors, de là à penser qu'il se sert un peu au passage...

Et s'il n'y avait que ça ! On le soupçonne aussi d'être un séide de l'occupant, un collaborateur sans vergogne qui fait systématiquement passer l'intérêt de Rome avant celui de ses compatriotes.

Heureusement, le destin a voulu que Zachée soit de petite – très petite ! – taille. Pas vraiment un nain, non, mais il s'en est fallu de peu. Du coup, ses victimes ne se gênent pas pour se moquer de lui. Dans son dos, bien sûr. Les quolibets dont ils le gratifient ne valent sans doute pas tout l'argent que Zachée leur extorque, mais ça les soulage.

La perception des impôts à Jéricho, c'est comme la pêche sur le lac de Tibériade : il y a des jours où ça rend mieux que d'autres.

Ce matin, Zachée a des raisons de s'estimer satisfait. Encore quelques heures à courir la ville écrasée de soleil, quelques jérémiades à supporter, quelques outrages à recevoir, et il aura bien rempli les caisses de la trésorerie – et sa caisse propre. Exténué mais enchanté de lui-même, il décide de s'accorder un moment de repos mérité en allant s'asseoir à l'ombre fraîche de la palmeraie.

Il longe la rive sud du wadi Qelt et arrive à proximité du jardin tropical et du plan d'eau du palais d'Hérode, lorsqu'il est comme avalé par un grand mouvement de foule.

Subitement, sans avoir rien vu venir, il se retrouve au milieu de centaines d'excités qui bondissent et glapissent.

Zachée n'aime pas la foule, surtout lorsqu'il transporte sur lui des sommes importantes. Et puis, il redoute toujours qu'un de ses « clients » ne profite de ce genre de grouillement pour lui faire un mauvais parti. N'importe qui peut lui porter un coup de poignard dans le dos et se perdre aussitôt dans l'anonymat de la cohue.

Mais personne n'a l'air de vouloir s'intéresser à lui. Les gens ne scandent qu'un seul nom : Jésus ! Jésus ! Jésus ! Tout en essayant de résister au flot humain qui l'emporte irrésistiblement dans ses tourbillons, Zachée fouille dans sa mémoire, passe en revue tous les Jésus qu'il a rançonnés. Une vingtaine au bas mot – sans être trop courant, c'est un nom qui n'a rien d'exceptionnel. Mais il n'en trouve aucun qui puisse justifier une telle fièvre populaire. Il essaye de s'informer auprès de ses voisins de cortège, mais ceux auxquels il s'adresse ne savent pas plus que lui qui est ce Jésus : ils ont suivi le mouvement pour le seul plaisir de se mêler à une foule en liesse, et ils n'ont pas la moindre idée de la raison pour laquelle tous ces gens sont dans la rue.

Se laissant déporter vers l'avant, Zachée remonte ainsi jusqu'à ceux qui ont pris la tête de la procession. Ce sont des pêcheurs du lac de Tibériade. Ceux-là ne font aucune difficulté pour renseigner le chef des publicains :

– Jésus ? C'est un jeune Rabbi qui parle au nom de Dieu.

– Je vois, dit Zachée. Encore un de ces illuminés qui cherchent à entraîner le peuple d'Israël dans une aventure sans lendemain. Et qu'est-ce qu'il veut, celui-là ? Se faire couronner tétrarque à la place d'Hérode ? Ou carrément rejeter les Romains à la mer ?

Zachée en frissonne. Se serait-il mêlé – très involontairement, bien sûr – à une manifestation séditieuse ?

– Jésus ne fait pas de politique, dit le pêcheur.

– Et... est-ce qu'il paye l'impôt ?

– Il préconise de restituer à César ce qui appartient à César.

– Ça me le rendrait plutôt sympathique, admet Zachée.

– Si tu l'entendais parler, si tu voyais les prodiges qu'il accomplit, toi aussi tu serais de ses amis. Range-toi sur le bord du chemin, et regarde-le bien quand il passera devant toi.

Maintenant que Zachée y pense, il lui semble avoir en effet entendu parler d'un faiseur de miracles parcourant la Palestine pour guérir les malades et chasser les démons. Certains prétendent même qu'il aurait ressuscité des morts – mais ça, se dit Zachée, c'est à mettre sur le compte de cette fichue propension qu'ont ses compatriotes à rêver l'impossible. L'histoire juive n'est ainsi qu'un long songe obstiné, celui d'un tout petit pays dont le peuple, depuis toujours, est persuadé d'avoir été choisi par Dieu. Si c'était vrai, il n'y aurait pas ces trompettes guerrières ni ces cris de douleur qui, à intervalles réguliers, arrachent Israël à son rêve. Si c'était vrai, les Juifs ne seraient pas soumis à la *pax romana*, mais à la *pax divina*. Bien sûr, tout n'est pas joué encore. Il y a toujours cette vieille lune, cette antique promesse d'un Messie qui doit apparaître parmi le peuple et établir son règne sur le monde. Zachée n'a rien contre : percevoir l'impôt pour un césar ou pour un messie, c'est toujours manipuler de l'argent. Sauf que Zachée ne voit pas comment un homme, fût-il sacré roi des Juifs, fût-il suivi par tout Israël, pourrait ébranler la puissance de Rome. Zachée est un pragmatique. Un éveillé. Il vit les yeux ouverts.

Mais pour apercevoir Jésus, ce n'est pas le tout d'avoir les yeux ouverts. Du moins quand on est Zachée, le petit Zachée. Le chef des publicains a beau se hausser sur la pointe des pieds et sautiller comme un criquet, son regard placé trop bas bute contre une muraille de fesses, un rempart de dos, des créneaux d'épaules et de cous.

Et voilà la clameur qui augmente, qui devient assourdissante. Jésus doit être maintenant tout près. Renonçant à voir par-dessus les têtes, Zachée change de méthode, s'accroupit pour essayer d'entrevoir quelque chose à travers les jambes des spectateurs. Mais ces jambes forment une forêt plus dense que les palmeraies de Jéricho. Sans compter que ces centaines, ces milliers de jambes qui trépignent au rythme des Jésus ! Jésus ! Jésus ! soulèvent un formidable nuage de poussière ocre qui aveugle Zachée, étouffe sa respiration, lui fait une bouche terreuse au goût de tombeau.

Il recule. Et en reculant, il se heurte à un sycomore. C'est un arbre de la famille des figuiers, qui porte de belles feuilles épaisses. D'ailleurs, les Romains l'appellent aussi figuier de Pharaon. Les Juifs, qui n'aiment pas l'Égypte, en restent à sycomore. Zachée, lui, n'a aucune idée du nom de cet arbre. Seul l'intéresse le cours auquel sont vendus les arbres abattus et débités en planches.

L'avantage, quand on est petit, c'est qu'on est souvent agile. En quelques secondes, Zachée grimpe dans le sycomore, atteint une branche maîtresse et s'y juche à califourchon.

Il a à peine le temps de chercher Jésus des yeux que Jésus est là, juste à l'aplomb du sycomore. Zachée devine tout de suite que c'est lui à ces mains innombrables qui se tendent, frémissantes, pour tenter au moins d'effleurer sa tunique, et à ce silence ébloui qui l'entoure comme une bulle alors que le reste du cortège continue de scander Jésus ! Jésus ! Jésus !

Malheureusement, de son perchoir, Zachée a une vue trop plongeante qui ne lui permet d'apercevoir de Jésus que le sommet de son crâne.

– Raté ! fulmine-t-il. Je vais être le seul habitant de cette ville à n'avoir pas réussi à voir cet homme en face !

Ce n'est pas qu'il pense perdre grand-chose, mais rien ne l'exaspère davantage que d'être privé de ce dont les autres profitent. Si tous les hommes mouraient au même instant et que Zachée fût le seul à être épargné, il trouverait ça injuste, intolérable, et il exigerait de mourir sur-le-champ lui aussi.

Jésus s'arrête. Lentement, il lève la tête vers le sycomore.

Alors, si intense est son regard que Zachée doit étreindre sa branche de toutes ses forces pour ne pas tomber – comment un homme peut-il en dévisager un autre avec un pareil regard ? se demande le collecteur d'impôts.

– Zachée, dit Jésus, descends vite, car il me faut aujourd'hui demeurer chez toi.

De mémoire de Juif – et si un peuple a de la mémoire, c'est bien le peuple juif –, on n'avait encore jamais vu quelqu'un descendre aussi vite d'un sycomore. Ni d'ailleurs de n'importe quel autre arbre.

– Chez moi ? balbutie Zachée. Dans ma maison à moi ? Sous mon propre toit ? Ô Dieu, toi qui as eu l'idée grandiose et originale de faire tomber la manne pour nourrir tes pauvres chers Hébreux, inspire-moi un menu qui plaise à cet homme-là ! Fais que mes serviteurs, dont tu sais comme moi qu'ils sont des ânes mollassons, aient la vélocité de la gazelle pour dresser la table et tout préparer pour le repas !

Puis, se tournant vers Jésus :

– Tu m'accordes combien de temps ?

– Le temps d'arriver, sourit Jésus.

Les murailles de Jéricho se souviennent-elles des trompettes de Josué qui les abattirent après avoir tourné sept fois autour d'elles ? Il faudrait d'abord que cette histoire fût vraie. Mais ce qui est indéniablement vrai, c'est que ni les rues ni les places de Jéricho n'oublieront jamais la façon terrible dont elles furent, ce matin-là, martelées par les petits pieds de Zachée.

Autour de Jésus, les gens sont sidérés. Il est tout à fait inconvenant pour un Rabbi qui prêche au nom de Dieu d'entrer chez un pécheur comme Zachée, de s'allonger près de lui sur un lit de table, de piocher de la nourriture dans le même plat que lui. Si Jésus avait été invité, on aurait pu, à la rigueur, comprendre qu'il ait accepté par délicatesse, pour ne pas froisser son hôte. Mais l'horrible Zachée, agrippé comme un singe à son sycomore, ne demandait rien à personne. Alors, pourquoi avoir levé les yeux vers lui ? Pourquoi l'avoir choisi, lui qui est précisément le moins digne d'être choisi ? Le Rabbi, dont tout le monde est persuadé qu'il peut lire dans les pensées, a-t-il perdu son don de discernement ? N'a-t-il pas deviné à quelle sale bête il avait affaire ? Des coups pareils, franchement, ça vous effrite la confiance. Dommage, car le voyage à Jéricho avait bien commencé – à l'entrée de la ville, Jésus avait rendu la vue à un mendiant aveugle, ce qui avait émerveillé la foule et aussitôt provoqué cet immense élan populaire qui devait bousculer et emporter Zachée comme un fétu.

Les disciples eux-mêmes, qui savent pourtant à quel point Jésus est imprévisible, estiment que, cette fois, il aurait mieux fait de s'abstenir. Passe encore qu'il se moque des convenances quand on fait halte dans un village perdu au fin fond de la Galilée, mais on est ici à Jéricho, et Jéricho n'est pas n'importe quelle ville. Les rois de Judée l'ont choisie pour en faire leur résidence d'hiver. Il ne s'y passe rien qui ne soit aussitôt connu – et amplifié ! – à Jérusalem.

Zachée, de son côté, a lui aussi quelques angoisses.

Celle, d'abord, de préparer un festin digne de cet homme qui s'est invité chez lui. Pas facile de faire plaisir à quelqu'un dont on ignore tout ! Ne sachant pas ce que Jésus aime, Zachée décide de charger ses tables de tout ce qu'on peut trouver de bon à manger et à boire. Tant pis, ça coûtera ce que ça coûtera.

Son autre souci, c'est le ridicule. On n'a pas fini de rire de la façon dont il a grimpé dans son sycomore. Comme un gamin déluré. Ou comme un chat coursé par un chien. Lui, le chef des publicains ! Après ça, comment sera-t-il reçu quand il ira frapper aux portes pour exiger l'impôt ? Il pourra toujours s'évertuer à froncer les sourcils, prendre sa voix sévère, menacer : est-ce qu'un enfant farceur ou un chat poursuivi ont jamais impressionné qui que ce soit ?

Plus il voudra avoir l'air féroce, moins les gens vont le prendre au sérieux : Zachée, l'homme qui fait trembler Jéricho, ne sera plus que Zachée, l'homme qui se perche dans les sycomores.

Il entend déjà les histoires drôles (enfin, ça dépend pour qui) qu'on ne va pas tarder à faire courir sur son compte : « Figurez-vous que Zachée, un jour qu'il se trouvait perché sur son sycomore... » Il entend les mères menacer leurs loupiots : « Gare à toi, David ! Si tu ne manges pas ta bouillie, Zachée va descendre de son sycomore... » Qui sait si quelque bijoutier ne va pas acheter l'arbre et le débiter pour y tailler une ligne de pendentifs à l'intention des soldats romains désireux de rapporter à leur mère, leur sœur ou leur femme un souvenir de Palestine – pendentifs qui seront accompagnés d'un certificat d'authenticité du genre *Bijou de Jéricho, garanti issu du bois du fameux sycomore où grimpa Zachée.*

Le chef des publicains est conscient d'avoir fait à sa dignité le genre d'accroc qui ne pardonne pas. Non seulement il va devenir la risée de toute la ville, mais il est en train de pulvériser l'image qu'il s'était forgée, celle d'un homme farouchement hermétique à toute forme de bonté.

Car, durant ce bref instant où leurs deux regards se sont rencontrés, Zachée a compris que Jésus n'attendait pas seulement de lui une table chargée des mets les plus exquis.

— Rabbi, lui dit Zachée en l'accueillant au seuil de son logis, voilà ce que je vais faire : je vais donner aux pauvres la moitié de tout ce que je possède.

Les gens qui ont accompagné Jésus jusqu'à la maison du collecteur d'impôts ne peuvent s'empêcher de rire. Ça, c'est bien du Zachée dans toute sa splendeur ! Sa générosité ne cache-t-elle pas un de ces calculs tordus dont le publicain a le secret ? Que lui restera-t-il, en effet, quand il aura renoncé à la moitié de sa fortune ? Oh ! pas la peine de chercher loin : Zachée sera toujours l'un des hommes les plus riches de Jéricho. Et sans doute certains sont-ils tentés de rappeler au collecteur d'impôts que le don ne se mesure pas, qu'on donne tout ou rien, et qu'il y a quelque chose d'un peu choquant dans cette façon de limiter ses libéralités à cinquante pour cent.

Tous les regards se tournent vers Jésus dont personne n'oublie qu'il a dit un jour – un jour où il n'avait aucune envie de rire – qu'il fallait *tout* vendre pour gagner sa part de Royaume.

Mais Jésus se tait. Il fixe Zachée droit dans les yeux, comme s'il attendait une suite. Et la suite vient en effet. Zachée essuie la sueur qui perle à son front et reprend :

– Il y a autre chose, Rabbi : si j'ai extorqué quelque chose à quelqu'un, je m'engage à lui rendre quatre fois le montant dont je l'ai dépossédé.

Or c'est pratiquement tout Jéricho que Zachée a pressuré. Une part du butin est allée droit dans les caisses d'Hérode, et surtout dans celles de Rome, mais Zachée en a largement prélevé au passage pour son usage personnel. S'il multiplie par quatre ces sommes acquises sous le manteau, c'est l'autre moitié de sa fortune, celle qu'il n'aura pas distribuée aux pauvres, qui va passer tout entière à dédommager ses victimes.

Tout le monde comprend alors que Zachée donne aujourd'hui son dernier festin. Demain, quand il aura fait ce à quoi il vient de s'engager, on dira de lui « le pauvre Zachée ». Qui sait s'il n'en sera pas réduit à s'asseoir au bord d'un chemin et à tendre la main pour mendier sa subsistance ?

Les disciples respirent. Une fois de plus, Jésus a sauvé la situation : le peuple, plus que jamais, est à ses côtés. Car pour les habitants de Jéricho, aucun miracle ne peut être plus spectaculaire que la vue de ce publicain rapace et cupide dont un simple regard et quelques mots du Rabbi ont suffi à faire l'homme le plus charitable – et bientôt le plus fauché – de la ville.

Les yeux de Jésus brillent quand il s'étend sur le divan de table, à cette place d'honneur à laquelle le convie Zachée. Il lève la main pour imposer silence à la foule qui s'est massée devant l'entrée de la salle du banquet et qui manifeste bruyamment son enthousiasme. Et il dit simplement :

— Aujourd'hui, le salut est entré dans cette maison...

Ce mot « salut » ne recouvre pas qu'une idée de sauvetage. Ce mot « salut » veut dire bonheur éternel. Jésus, lui, sait en quoi ça consiste, le bonheur éternel. Mais il sait aussi que ce bonheur est trop éblouissant pour le regard de l'homme, trop assourdissant pour les oreilles de l'homme, trop bouleversant pour la sensibilité de l'homme, et qu'il est tel, en somme, qu'aucun homme ne sera jamais capable de seulement le concevoir. C'est pourquoi Jésus n'en dit pas plus.

Alors, il regarde la table du festin. C'est très bon, tout ce que Zachée a préparé pour lui. Et Jésus a faim. C'est la joie qui lui donne faim. Il mange et rit de bon cœur. Comme chaque fois qu'il ouvre à quelqu'un les portes du Ciel.

Une jeune fille est morte. Elle avait douze ans. À cet âge-là, on est déjà beaucoup plus qu'une petite fille, on est une espérance de femme, une espérance très forte : à douze ans, on est souvent fiancée. Cette enfant aurait eu de belles noces : son père s'appelle Jaïre, c'est le chef de la synagogue, un notable. Peut-être la longue démarche (*qiddouchin*) qui devait conduire cette petite au mariage était-elle déjà engagée. Mais tout va finir. Et toute l'importance du père est impuissante contre le fait que sa petite est mourante.

Jaïre, quand il a vu sa fille si malade, est venu vers Jésus, il l'a supplié d'empêcher cette horreur, et Jésus a dit :

– Bon, c'est entendu, je viens.

Un frémissement a parcouru la foule. On se régale par avance de ce qui promet d'être un grand prodige, tellement plus excitant que le train-train habituel des paralytiques qui se mettent à courir, des aveugles qui voient, des muets qui parlent.

Plus le mal est virulent, féroce et dramatique, plus le miracle est attrayant.

Et puis, si la maladie est décidément trop avancée pour que Jésus puisse faire quelque chose, il sera intéressant d'apprécier la façon dont il s'en sortira pour expliquer son impuissance. Nombreux sont ceux qui attendent de le voir enfin trébucher.

Un peu plus loin, on rencontre des serviteurs qui cherchent Jaïre. Ils sont essoufflés, livides et bouleversés :

– Ce n'est plus la peine que tu déranges le Rabbi, pauvre Jaïre ! Il est trop tard, ta fille est morte.

Jaïre semble se vider comme une outre. Il regarde Jésus. Il lui en veut de l'espoir fou qu'il lui a donné en acceptant de venir au chevet de sa fille. Pourquoi n'a-t-il pas eu le courage d'avouer que, cette fois, il n'était pas de taille ?

Mais Jésus insiste pour y aller quand même :

– N'aie pas peur, Jaïre. Il y a encore un instant, tu croyais que je pouvais sauver ta fille, n'est-ce pas ?

– Mais tu ne l'as pas sauvée !

– Continue de croire, Jaïre, continue...

De plus en plus passionnant, pense la foule. Voilà qu'il prétend ressusciter une fille morte. On a rudement bien fait de venir.

En entrant dans la chambre où repose l'enfant, Jésus voit tout de suite qu'elle n'est pas morte. Mais elle est tombée dans un coma si profond qu'elle montre en effet toutes les apparences de la mort : sa poitrine ne soulève plus le drap, son visage charmant est d'une pâleur extrême et elle est insensible à tout.

Jésus ordonne qu'on fasse reculer tous ces gens qui se bousculent sur le seuil de la chambre. Il n'admet avec lui que les parents de la fillette et trois de ses disciples, Pierre, Jean et Jacques.

Oh! il n'a rien à cacher, mais ne comprenez-vous pas que l'enfant a besoin d'air ?

Et puis, il sait combien les foules sont promptes à s'enflammer et à déformer la vérité. Or il ne veut pas qu'on prenne pour une résurrection ce qui ne sera qu'une réanimation – même si c'est bien à la mort qu'il va reprendre cette enfant, car s'il n'intervient pas, elle sera ensevelie, et c'est alors qu'elle mourra pour de bon, d'étouffement sinon d'épouvante.

– Ne pleurez pas, dit-il aux parents. Elle n'est pas morte, elle dort.

Il croit les réconforter, mais eux, le visage défiguré par la douleur, lui crient dessus qu'il n'est personne, qu'il ne vaut rien, que le peuple a tort de se fier à un charlatan qui confond le sommeil et la mort.

Jésus ne se défend pas. Ce n'est ni la première ni la dernière fois que des hommes mettent sa parole en doute. Même quand il leur annonce une bonne nouvelle.

Ils ont tellement souffert, aussi ! L'Ennemi leur a tellement fait mal qu'ils ont acquis une sorte de méfiance instinctive vis-à-vis de la joie. Même Dieu, ils le croient méchant. Au mieux, injuste. Il sera long et difficile de leur rendre l'espérance. Si long, si difficile et si douloureux. Il faudra mourir pour ça. Et l'espérance, ça n'est pas encore la joie. Juste l'étincelle avant le brasier. Il y a du chemin de l'une à l'autre.

L'Ennemi mise là-dessus : d'ici à ce que les hommes soient aptes à la joie, il a encore largement de quoi nourrir sa haine. Il sait qu'il a perdu la partie, mais il la jouera quand même jusqu'au bout.

Comptez sur lui, il y aura encore des enfants morts.

Mais revenons à celle-ci qui n'est pas morte.

Jésus s'approche du lit. Il prend la main de la fille de Jaïre. Il l'enferme, petite et froide, dans sa grande main à lui. Il la réchauffe comme un oiseau tombé. Dans l'affolement général, personne n'a pensé à lui dire quel était le nom de la jeune fille, alors il l'appelle enfant :

– Enfant, lève-toi.

Elle se lève. Elle ne se contente pas d'ouvrir les yeux, de murmurer maman, où est ma maman, je

116

veux ma maman, de se redresser pour s'asseoir sur sa couche – non : elle se lève.

Elle est debout sur ses pieds nus. Des pieds qui étaient d'une blancheur et d'un froid effrayants il y a encore un instant, et qui redeviennent roses et tièdes.

Elle regarde Jésus. Elle n'a aucune idée de qui il peut être. Elle se sent intimidée. À part ça, elle va très bien.

– Donnez-lui à manger, dit Jésus.

D'abord chuchoté, puis clamé, crié, hurlé, l'ordre court dans toute la maison. Branle-bas de combat aux cuisines. On rallume les feux qu'on avait éteints en signe de deuil. On ne va pas seulement lui donner à manger, à la petite, on va lui préparer un festin inoubliable. On s'interroge, on se presse de questions : es-tu sûre, Sarah, que ce soit son poisson préféré, aide-moi, Jézabel, où ai-je mis la recette du gâteau au miel qu'elle aime tant, le plat de viande sera-t-il assez copieux, et qui se charge d'éplucher les fèves et de moudre les amandes ? Ce sera délicieux, l'enfant battra des mains tellement elle sera contente !

En même temps que les fumées qui sentent bon les aromates, la joie de tous ces gens s'engouffre dans le conduit de cheminée et monte vers le ciel bleu. Jésus sent des petits doigts se nouer aux siens. C'est la fillette revivifiée, encore un peu pataude, un peu engourdie après ce sommeil si profond dont il l'a tirée – elle a l'impression d'être un seau d'eau fraîche remonté de la nuit du puits, avec son rire qui éclabousse partout.

Jésus la regarde et rit avec elle.

L'enfant l'entraîne dans la cour, vers une bâtisse en torchis, longue et basse, où Jaïre, les soirs d'été, aime à réunir toute sa famille, ses amis proches, ses serviteurs. C'est là, dans la pénombre aux odeurs de terre chaude, qu'a été dressée la table pour le festin. Celui-ci va durer jusqu'à une heure avancée de la nuit. La petite fille s'endort, sa tête sur la poitrine de Jésus.

– Repousse-la si elle te dérange, dit Jaïre.

– J'aime les enfants, sourit Jésus.

– Même quand ils sont turbulents, confirme Pierre, le Rabbi nous défend de les chasser. Laissez donc, nous dit-il, laissez venir à moi tous ces petits enfants.

Il y a peu de livres où l'on mange autant que dans les Évangiles. Conviviaux, chaleureux, les repas ont manifestement revêtu une grande importance. Ils ont été pour Jésus à la fois des occasions d'enseigner et de se réjouir. Ensemble, sa parole et sa joie. C'est d'ailleurs sous le nom d'agape, mot issu du grec *agapê* qui veut dire amour, que les premiers chrétiens désigneront le repas qu'ils prennent en commun.

Mais l'Église n'existait pas encore, évidemment, et nul n'aurait pu prédire que le christianisme existerait un jour, lorsque, sur la rive du lac de Tibériade, pas très loin du village de Bethsaïde, se déroulèrent les agapes les plus stupéfiantes et les plus irrésistibles.

Il y a là une montagne qui n'en est pas une. Disons que c'est un lieu élevé, escarpé. Désert, en tout cas. Mais un désert riant, un désert d'herbe fraîche et verte, de ces herbes larges, incurvées en leur milieu pour mieux recueillir l'eau des pluies et la conduire jusqu'aux racines. La pente descend doucement jusqu'au bord du lac.

Un soir, sur cette pente, Jésus se retrouve entouré par une foule considérable. Parmi ces gens, beaucoup de malades qui ont été amenés là par leurs proches. La routine. Jésus va d'un groupe à l'autre. Ses disciples le précèdent, lui préparant le terrain en s'enquérant des besoins de chacun :

— Et celui-là, qu'est-ce qui ne va pas ?

— Tu vois : il perd sa peau par lambeaux, comme un serpent. Crois-tu que le Rabbi pourra faire quelque chose pour une peau comme ça ?

Les gens sont drôles, ils ont l'air de penser que Jésus est plus doué pour guérir certaines maladies que d'autres. Ils le prennent pour un de ces médecins syriens (ce sont de loin les meilleurs) qui ont chacun leur spécialité. Les gens n'ont pas encore compris que chaque souffrance est un rameau d'un seul et même arbre. Ils ne se figurent pas le Mal comme une entité. C'est pourquoi ils trouvent moins terribles les maux qu'ils infligent que ceux qui les affligent. Ils s'imaginent souffrir autrement – traduisez : davantage – que les autres. Celui qui est aveugle assure qu'il aurait préféré, tant qu'à être frappé, être comme son voisin le cul-de-jatte.

Le jour décline. L'ombre s'étend sur la montagne.

C'est l'heure mauve, l'heure des lépreux. Ils attendent toujours le soir pour se glisser parmi la foule. Sinon, dans la journée, on ne les aperçoit jamais que de loin. Ils ne s'approchent pas. Les bien-portants ont tellement peur d'attraper leur maladie qu'ils leur jetteraient des pierres pour les chasser, ce qui est parfaitement légal et même vivement conseillé, mais il y a aussi que les lépreux n'aiment pas exhiber leurs plaies.

Sauf ceux qui sont malades depuis peu et qui sont encore révoltés que ça leur soit arrivé à eux. Ils n'admettent pas d'être devenus des gens à part, des gens dont on ne veut pas. À défaut de pouvoir repousser leur lèpre, ils en repoussent l'idée. Pour eux, le monde est resté le même, et ils ne peuvent pas comprendre que la plus grande partie de ce monde leur soit désormais interdite. Ils disent que leur lèpre se voit à peine, que c'est si peu de chose encore.

Les lépreux plus anciens, eux aussi, sont impudiques. Mais pour d'autres raisons : ils se sont habitués, ils ont perdu tout sentiment de honte. Ça fait si longtemps qu'ils ont plus ou moins l'impression d'avoir toujours été comme ça, avec des bouts de chair en moins, des moignons d'un rose nacré, des bandelettes d'étoffe un peu partout pour cacher les ravages. Surtout, ils en arrivent à penser que tous les autres aussi sont plus ou moins comme eux. Jésus dit qu'ils n'ont pas forcément tort de penser ainsi, que c'est souvent vrai que les hommes ne sont en fait que des moignons d'eux-mêmes. Des moignons du bel enfant, du bel espoir qu'ils étaient. Et ils n'ont pourtant pas l'air d'en souffrir, pas plus en tout cas que les lépreux de la disparition d'un orteil, du nez ou d'une oreille. Quand ils se regardent, ils ne voient même pas que quelque chose d'eux s'est perdu, peut-être à jamais.

Dans la pénombre, les lépreux ne sont pas faciles à repérer. Ils cachent leurs infirmités derrière leurs manteaux. Comme il se met à faire plus frais avec le soir qui tombe, bien des gens s'enveloppent dans leurs manteaux, et alors il n'est pas évident du tout de séparer les lépreux des frileux.

Jésus se penche, Jésus se redresse, se penche de nouveau, se redresse encore : de loin, on croirait voir un grand oiseau qui pêche, surtout que sa tunique a vaguement la couleur de cendre fraîche des hérons.

Ce n'est pas seulement pour des guérisons que Jésus est monté sur la colline. Il a aussi, et même surtout, des choses à dire à ces gens. Mais les gens, eux, sont venus pour leurs maladies, et ils se plaignent d'attendre depuis trop longtemps, que le Rabbi consacre trop de temps aux éclopés de peu, aux malades imaginaires. Alors les disciples circulent parmi eux en s'efforçant de calmer les plus mécontents :

– Ne vous en faites pas, vous le verrez demain. Demain, il empruntera telle route, traversera tel village, s'arrêtera pour se reposer à tel endroit. Vous pourrez l'approcher et toucher son vêtement. D'ailleurs, il le dit lui-même, il vous suffit de croire et vous serez guéris. Oh ! bien sûr, ce n'est pas pareil que quand il pose la main sur vous. Mais quelle injustice ce serait si seuls ceux qui peuvent le frôler recevaient quelque chose ! Et tous ceux qui sont morts avant de le connaître, alors ? Et tous ceux qui naîtront quand il aura disparu – car il finira bien par disparaître d'une manière ou d'une autre ? Et ceux qui vivent à l'autre bout de l'empire et qui n'auront jamais la chance de l'apercevoir, ni d'entendre seulement le son de sa voix ? Il est venu dans ce petit pays, mais ça ne veut pas dire que les autres pays n'auront pas droit, eux aussi, à ce qu'il promet. Il faut y croire. Mais faites silence, à présent. Il étend les bras, voyez, c'est signe qu'il va parler.

Et Jésus parle. Les paraboles s'enchaînent les unes aux autres. Les auditeurs sont des personnes simples, qui ont besoin que la même idée leur soit répétée, assenée, martelée selon des points de vue différents mais qui tous concourent à la même révélation. Cela prend du temps. Et l'ombre s'avance. Elle devient vineuse. Une brume grise s'élève du lac, dont elle masque la rive opposée.

Profitant de ce que Jésus s'interrompt un instant pour humecter sa bouche pleine de la poussière que dégage toute cette foule qui ne cesse pas un instant de remuer (les gens ont des crampes, à force ; ceux qui étaient assis se mettent debout, ceux qui étaient debout s'asseyent), Philippe lui glisse à l'oreille :

— Tu devrais les renvoyer, Rabbi. Il se fait tard. Laisse-les partir, qu'ils aillent chercher de quoi manger, de quoi se loger, dans les villages au bord du lac. À Bethsaïde ou ailleurs. Ici, il n'y a rien, c'est le désert.

— S'ils ont faim, donnez-leur à manger, toi et les autres.

Philippe laisse son regard errer sur la foule. Réputé pour être celui des Douze qui calcule le mieux, il évalue cette foule à environ cinq mille hommes. Sans compter les femmes et les enfants. Ni les lépreux, bien sûr. En somme, la population d'une belle ville.

— Tu veux dire qu'on devrait aller leur acheter du pain ?

Philippe fronce les sourcils. Il ignore combien il y a d'argent dans la caisse – seul Judas le sait, et ce soir le trésorier a son visage morose des jours de caisse vide. Mais même s'il y avait deux cents deniers, ce qui représente déjà une somme considérable, ça ne suffirait pas à acheter de quoi les nourrir tous.

Avec deux cents deniers, calcule rapidement Philippe, on pourrait avoir du pain pour très précisément deux mille quatre cents personnes. Le double si, au lieu de froment, on se contentait de pain d'orge. Mais ce serait de toute façon un ridicule petit morceau de pain pour chacun. Le genre de mise en bouche qui vous excite l'appétit au lieu de le calmer.

– On pourrait se contenter d'acheter de la farine, suggère quelqu'un, et faire les pains sur place. Il y a ce qu'il faut de broussailles et de belles pierres plates pour les cuire. En s'y mettant tous, on en viendra bien à bout.

Mais comment remonter de la vallée l'énorme quantité de farine nécessaire pour faire des pains pour plus de cinq mille personnes – si tant est que ceux de la vallée aient assez de farine pour ça et assez de sacs pour l'y mettre ? En organisant une noria à la façon des Égyptiens quand ils élevaient leurs pyramides degré après degré ? D'abord, il n'est pas sûr du tout que les Égyptiens aient procédé ainsi...

– ... et puis, je ne me vois pas, dit Philippe, demander à des Juifs d'imiter les Égyptiens.

Les Juifs ont bien assez de leurs propres et innombrables traditions à perpétuer. L'ennui, c'est qu'ils n'en ont aucune qui traite d'une méthode efficace et rapide pour nourrir cinq mille personnes. Sauf si l'on excepte l'étrange affaire de la manne tombée du ciel. Mais la manne venait de Dieu. Et dans le désert, Dieu n'avait pas le choix, il fallait qu'il fasse quelque chose sous peine de voir tout son peuple mourir de faim. Ce soir, Dieu n'a aucune raison de se sentir concerné : cette foule n'est pas « tout son peuple », et elle n'en est quand même pas au point de périr d'inanition. C'est arrivé à tout le monde de sauter un repas. Le jeûne fait partie des pratiques les plus courantes. Tout ce qu'on risque, c'est que des gens s'en aillent. Avec, comme toujours, des grincheux pour répandre le bruit que Jésus et les siens se sont encore une fois montrés en dessous de tout :

– C'est à peine croyable, mais ils n'avaient tout simplement pas prévu de quoi donner un petit quelque chose à manger à ceux qui les avaient suivis !

Une manque d'organisation véritablement confondant. On rappellera les bousculades de Capharnaüm. On dira que ce n'est pas avec des collaborateurs aussi légers et incompétents que le Nazaréen peut espérer prendre le pouvoir à Jérusalem et débarrasser la Palestine de l'occupation romaine. Ce n'est pas à ses discours qu'on reconnaîtra le vrai Messie, mais aux moyens qu'il mettra en œuvre pour affermir sa puissance. Et là, franchement...

– Bah ! dit Philippe. Laisse tomber, Rabbi.

— Mais non, dit Jésus, pas du tout. Si ces gens ont faim, il faut qu'ils mangent.

C'est toujours comme ça, avec lui. Le jour où vous lui faites part de vos petits soucis existentiels, il vous rétorque que l'homme ne vit pas que de pain. Et le jour où vous lui dites que ce n'est pas si grave si cinq mille personnes doivent se priver de repas, il proteste que cette seule idée lui est intolérable.

— Est-ce qu'il nous reste quelques provisions ?

Philippe hausse les épaules :

— Autant dire des miettes ! Qu'est-ce que tu veux faire avec cinq pains et deux poissons ?

— Apporte-les-moi. Et invite ces gens à s'allonger comme s'ils prenaient place pour un festin.

Philippe hésite. Inviter la foule à s'étendre sur l'herbe sèche, c'est lui laisser espérer qu'on va lui servir un repas. Et ensuite, on fait quoi ? On éclate de rire en disant : « Allons, relevez-vous, c'était une blague ! » ? Méchante blague.

Mais Jésus insiste :

— Eh bien, Philippe, qu'est-ce que tu attends ? Ne m'as-tu pas dit qu'ils avaient grand-faim ?

Philippe soupire. Il appelle les autres :

— Ordre du Rabbi : dispersez-vous parmi la foule et dites aux gens de s'allonger sur l'herbe.

— Pourquoi ?

— Il va leur donner à manger.

— À manger ? Mais quoi, à manger ?

— Cinq pains et deux poissons.

– Pour eux tous ? Tu as dû mal comprendre.

– J'ai très bien compris, s'énerve Philippe.

– Il a fait quelque chose du même genre à Cana, rappelle Nathanaël. Tu t'en souviens certainement, Philippe, on y était tous les deux.

Ils regardent la foule, si nombreuse qu'elle couvre la colline. Depuis qu'ils sont avec Jésus, il a accompli pas mal de prodiges. On ne compte plus les guérisons qu'il a opérées. C'est toujours très impressionnant, mais ça ne fait pas vaciller la raison. Ne pas pouvoir expliquer ne prouve pas qu'il n'existe aucune explication. Qui peut dire ce qui se cache à l'intérieur du corps humain ? Mais on n'a jamais vu que cinq pains et deux poissons puissent nourrir cinq mille personnes.

Il faut du temps aux Douze pour faire s'allonger tous ces gens. Quand c'est fait, les corps étendus font comme si la colline était couverte d'une multitude d'écailles humaines qui palpitent doucement. Et maintenant, il fait presque nuit.

Un disciple apporte à Jésus les paniers contenant les cinq pains et les deux poissons. Il propose aussi son couteau :

– Tiens, Rabbi. Pour partager.

Il se demande de quelle taille seront les cinq mille parts de pain et les cinq mille parts de poisson. Ça ne devrait pas excéder la dimension d'un grain de sable – et encore !

Mais Jésus ne prend pas le couteau.

Il regarde vers le ciel. Non pas pour faire croire aux hommes que Dieu réside vraiment dans le ciel au-dessus de la terre, que Dieu vole comme un oiseau ou flotte comme un nuage, mais parce que le ciel est la seule chose qui puisse suggérer aux hommes une idée de l'infini. Et Jésus est toujours très beau quand il lève ainsi les yeux au ciel, très beau et très émouvant.

Ce soir sur la colline, il ne se contente pas d'élever son regard, il élève aussi la corbeille avec les cinq pains et les deux poissons, et il la bénit, c'est-à-dire qu'il demande à Dieu de regarder cette corbeille comme contenant des choses immensément bonnes et précieuses.

Ensuite, il rompt les pains et déchiquette les poissons de façon à en faire des parts qu'il répartit dans autant de corbeilles qu'il y a de disciples – ça ne fait pas beaucoup par corbeille, juste un petit tas de pain et quelques parcelles de chair de poisson.

– Servez ces gens, dit-il.

– Tous ? Avec ça ?

Les disciples examinent ce qu'il y a au fond de la corbeille que chacun a reçue.

– Oui, tous.

Ils hésitent. Pourtant, ils ont compris : le peu de nourriture qui se trouve dans les corbeilles va finalement se révéler suffisant pour rassasier tout le monde. Seulement, ils préféreraient que Jésus aille lui-même distribuer la nourriture. Jusqu'à présent, le Rabbi a accompli ses miracles sans l'aide de personne. Tout seul face à l'impossible. Ce soir, c'est la première fois que ce ne sont pas ses propres mains qui vont matérialiser le prodige. Ce soir, il semble vouloir remettre son pouvoir entre leurs mains à eux. Bon, c'est beaucoup d'honneur qu'il leur fait, beaucoup de confiance qu'il leur accorde – mais si ça ne marchait pas ?

C'est quand même un peu paniquant, tout ça. Ne nous emballons pas, Rabbi : nous sommes pour la plupart d'humbles personnes qui n'avons jamais rien accompli d'exceptionnel si ce n'est de réussir à survivre dans un monde hostile. Les plus évolués d'entre nous sont de petits fonctionnaires, les autres se débrouillent comme ils peuvent en pêchant dans le lac, en moissonnant, en récoltant des fruits et des légumes. Tout ça avec plus ou moins de bonheur. Mais de là à multiplier des bouts de pain et des bouts de poisson...

– Allez, dit Jésus, allez donc.

Il sourit. Sa façon à lui de dire qu'il a tout dit.

Alors, ils se dispersent parmi la foule. Ils se penchent, présentent leur corbeille :

– Tenez, servez-vous.

Au début, ils n'osent pas trop regarder la corbeille par peur de la voir se vider du peu qu'elle contenait. Ils la soutiennent du bout des doigts, par peur de la sentir s'alléger. À tout instant, ils s'attendent à entendre quelqu'un leur dire :

– Eh! tu me tends une corbeille vide.

Mais les corbeilles ne s'allègent pas. Les gens y plongent la main, en retirent du pain et du poisson, et remercient chaleureusement. Il y en a même qui demandent :

– On choisit pain ou poisson, ou on a droit aux deux ?

Au fur et à mesure que les disciples s'avancent, ils entendent des rires fuser derrière eux. Ce sont les gens qui viennent d'être servis qui manifestent bruyamment leur plaisir. Ils ne s'attendaient pas à être si bien traités quand ils ont gravi la colline pour entendre le Rabbi.

Le vent qui monte du lac se charge d'une odeur de poisson grillé, une odeur que tout le monde aime et qui donne encore plus faim.

À présent, toute appréhension envolée, les disciples rient avec les gens. Ils les encouragent à se servir sans retenue :

– Prenez donc plusieurs poissons si vous avez faim, ils sont délicieux.

– Mais il n'en restera pas pour les autres : la corbeille est presque vide.

– Presque vide, mais jamais vide.

Quand ils se retournent, ils peuvent voir Jésus, là-bas sur le sommet de la colline. Il est trop loin et il fait trop sombre pour qu'on puisse distinguer son visage, mais les disciples sont sûrs qu'il continue de sourire.

– Il faudra en garder pour le Rabbi, dit Jacques à un moment où il croise Pierre.

– J'y ai pensé, dit Pierre en montrant sa corbeille presque pleine.

– Alors ça va, dit Jacques, qui ajoute à voix basse : Toi, Pierre, tu expliques ça comment ?

Pierre répond qu'il ne l'explique pas. Que ça le dépasse, une fois de plus. Et qu'on n'a encore sûrement rien vu. Qu'il ne cherche pas à comprendre, surtout pas. Que c'est le plus époustouflant banquet en plein air auquel il lui ait été jamais donné d'assister. Que c'est magnifique, tout simplement magnifique. Et qu'il a entendu des gens dire qu'avec à leur tête un chef comme le Rabbi, les Juifs ne feraient qu'une bouchée des Romains. Certains parlent même de marcher dès cette nuit sur le palais d'Hérode et de déposer le tétrarque.

– Mais je n'ai pas l'impression que c'est ce que cherche le Rabbi, dit Pierre.

– Je n'ai pas non plus cette impression, dit Jacques.

Et tous deux rient très fort en se donnant des bourrades.

Quand ils rejoignent Jésus, les disciples constatent qu'il leur reste assez de pains et de poissons pour remplir encore douze corbeilles. Au-dessous d'eux, à perte de vue, la foule immense n'en finit pas de manger.

En se levant tout à l'heure, la lune illuminera la colline. Sa lumière se reflétera sur les milliers d'arêtes luisantes, sur les millions d'écailles qui jonchent l'herbe. La colline sera comme un énorme dôme scintillant. Et les miettes de pain attireront une multitude de petits animaux dont les yeux phosphorescents se mêleront aux éclats des arêtes et des écailles. Les petits animaux seront repus eux aussi. Si bien que certains s'endormiront sur place, dans l'herbe froissée. Alors les rapaces fondront sur eux et les emporteront, encore tout endormis, tout béats, pour les offrir à leurs oisillons, à leurs poussins qui seront rassasiés et heureux à leur tour.

Peu à peu, le vent chassera les dernières miettes du miracle, le piétinement des troupeaux les dispersera, la poussière les recouvrira. Mais il faudra du temps avant qu'il n'en reste rien, ce qui vraiment s'appelle plus rien. Aujourd'hui, si l'on connaissait la place exacte où ça s'est passé, si quelqu'un pouvait dire avec une absolue certitude que c'est là, précisément là que c'est arrivé, on découvrirait peut-être encore, mêlés à la terre, d'infinitésimaux vestiges – des traces, comme disent les comptes rendus scientifiques – des cinq mille pains et des cinq mille poissons.

Mais on n'a pas besoin de gratter, de griffer, de fouiller, pour retrouver l'écho de la plus joyeuse des multiplications : celle des cinq mille rires émerveillés des invités du plus grand pique-nique improvisé du monde.

Jésus a-t-il jamais vu la mer, la vraie ? De loin, peut-être. Du côté de Tyr ou de Sidon, comme un arc bleu et mince oublié dans le sable.

Il était plus familier de ce que les gens appelaient la mer de Galilée. Mais on l'a dit : ce n'était que le lac de Tibériade. Douze kilomètres seulement dans sa plus grande largeur. De l'eau douce, des roseaux. L'appel des oiseaux lacustres, une sorte d'aboiement plaintif, une stridulation qui ne ressemble pas au cri des mouettes et des cormorans. Et le lac n'est jamais aussi nu, aussi désert et vide que peut l'être la mer quelquefois. Il y a toujours, mêlé au lac, quelque chose du monde de la terre – une feuille d'eucalyptus ou de dattier, un nid à la dérive, un éclat de bois, un brin de laine. Il y a aussi qu'on peut boire ses eaux. Elles sont fraîches, avec un petit goût pierreux, un goût vert de silex.

Si Jésus n'a pas vu la vraie mer, il a fait du bateau sur le lac, assez souvent. Il semble même qu'il ait aimé ça.

Jésus et ses amis embarquaient sur le bateau de Pierre. Depuis que Jésus l'avait attiré, Pierre n'allait plus à la pêche, mais il avait gardé son bateau, même s'il le prêtait occasionnellement à d'autres pêcheurs.

C'était un bateau de travail, une barque ventrue et lourde. Elle avait une voile gréée sur une longue antenne, mais elle marchait surtout à la rame. Comme tous les bateaux en bois, elle faisait un peu d'eau dans les fonds. Quand on était assis sur les bancs de nage, on avait les pieds mouillés. Ce n'était pas forcément désagréable, car l'eau stagnait là depuis longtemps, le soleil l'avait tiédie. Et c'était assez commode pour conserver les poissons qui n'étaient pas morts, on les mettait à nager dans cette espèce de vivier naturel jusqu'à ce qu'on revienne au rivage.

Une partie de la barque avait été arrangée de façon confortable, il y avait des coussins. S'agissant de pêcheurs aux moyens limités, c'étaient des coussins plutôt rustiques, plutôt de simples sacs de toile grossière, rembourrés d'herbes sèches. C'était là, à la poupe, sur les fameux coussins, que Jésus se tenait le plus souvent. Parfois, il s'y endormait.

Le bateau de Pierre servait surtout à Jésus pour s'échapper. C'était le seul moyen de fuir la foule. D'être un peu tranquille. Les gens n'en avaient jamais assez. Depuis cette soirée de Capharnaüm où un paralytique avait eu l'idée de se faire descendre à travers le toit, tous les malades impotents exigeaient d'être eux aussi portés sur leurs grabats jusqu'aux pieds de Jésus. L'affaire des tuiles descellées avait dû faire du bruit, car un semblant d'organisation avait succédé à l'improvisation brouillonne de Capharnaüm. À présent, on alignait les grabats sur les places publiques, et Jésus passait lentement parmi les allongés qui n'avaient qu'à lever leurs mains tremblantes pour toucher son manteau.

Mais ceux qui ne pouvaient pas marcher restaient une minorité. Il y avait surtout les autres, sur leurs deux jambes, qui assaillaient Jésus au point presque de l'asphyxier. Avec la maladresse et l'entêtement des papillons de nuit. Ils le frôlaient, le palpaient, le tiraient, le pinçaient. Ils l'assourdissaient de « Moi, Rabbi, moi, moi ! »

– Je ne sais même plus qui m'a touché, disait Jésus.

– Moi, Rabbi, moi, moi !

La Galilée est un pays qui sent l'arbre chaud, le suc des herbes, le parfum poivré et grillé des plantes aromatiques. Mais Jésus vivait dans des relents de plaies purulentes, d'haleines écœurantes, de linges imprégnés de déjections. Ces odeurs lui étaient vite devenues aussi familières que celle du pain l'est au boulanger. Il ne les sentait plus, sinon le matin quand il quittait la chambre fraîche où il avait passé la nuit et qu'il s'avançait vers la foule, et que le cercle des malades se refermait sur lui. Alors, il retrouvait les remugles tels qu'il les avait laissés la veille.

On apprécie différemment les odeurs selon la culture à laquelle on appartient, et ce qui empeste pour l'un peut sentir très bon pour l'autre, mais c'est quelque chose de fétide pour tout le monde qui émane de la souffrance. La signature du mal n'est jamais aussi volatile et légère que celle du bien. Il y a dans le mal un besoin irrépressible d'appuyer, d'en faire trop. Il écrit gras.

Jésus, pourtant, ne s'offusquait pas des mauvaises odeurs qui montaient de la chair blessée des hommes. C'était l'Ennemi qui les affublait de ces puanteurs, qui les en barbouillait pour mieux les humilier, pour essayer de les faire passer pour répugnants. Et encore aujourd'hui. On se débrouille pour que la victime soit souillée, pour qu'elle sente fort, c'est une des premières tâches auxquelles on s'attelle. On la prive d'hygiène. On la laisse croupir dans ses déjections. On ne donne pas de savon, pas de dentifrice aux suppliciés. Jésus n'était pas dupe. Ni de ça ni du reste. Il les respirait calmement, les odeurs. Et même, il les aimait sans doute, comme tout ce qui vient des hommes. Ce qui *vient* des hommes, et qui n'est pas ce que *sont* les hommes. Jésus les voyait – les sentait – tels qu'ils étaient. Il ne nous a pas dit comment. Mais on ne fait pas tout ce qu'il a fait, on ne souffre pas tout ce qu'il a souffert pour une poignée de fumier.

Toujours est-il qu'il a vécu dans une promiscuité effarante. Il était au milieu de la foule comme le jaune au milieu de l'œuf. Différent mais solidaire. Englobé. Ça ne l'a jamais empêché d'être gai. Mais il était épuisé, ça oui. Le soir, ses mains et ses bras devaient être lourds sous leur couche de sang, de bave et de pus.

Alors, on ne sait pas mais on peut supposer, il espérait peut-être au terme de sa journée un peu de fraîcheur et de vent. Un peu de silence. Un peu moins de tiraillements. Il avait besoin de prier, ça on le sait. C'est-à-dire de raconter à Dieu ses rencontres avec les hommes.

Des fois, il disait à ses proches qu'il allait pour un moment à l'écart dans la montagne. C'était toute une affaire pour empêcher le peuple de le suivre. D'autres fois, il disait :

— Pierre, ton bateau. Éloignons-nous sur la mer.

Ce qu'il appelait la mer, donc. On lui ouvrait un chemin au milieu de la multitude qui continuait de scander :

— Moi, Rabbi, moi, moi !

Mais lui, passant au milieu d'eux, allait son chemin. Ce *passant au milieu d'eux* doit-il laisser entendre qu'il usait parfois de ruses pour se faufiler et s'échapper sans être aussitôt reconnu et de nouveau happé ? Cachait-il son visage sous un grand capuchon, se déguisait-il d'une façon ou d'une autre ? C'est alors qu'ils devaient bien rire de ses stratagèmes, ses amis, tous autour de lui.

Enfin, il atteignait le rivage. En catimini ou poursuivi par la meute des « Moi, Rabbi, moi, moi ». La barque était là, les avirons parés, prête à prendre le large. Il sautait à bord. Il s'affalait sur les coussins. Pierre déhalait le bateau. En quelques coups de rame, on s'écartait du rivage.

Bientôt, on n'entend plus que le froissement de l'eau courant contre la coque épaisse. On voit, là-bas sur la rive, la foule qui se disperse. L'éloignement et la brume légère qui monte du lac avec le soir donnent l'illusion que ces petites silhouettes sont toutes vêtues de la même tunique d'un bleu fragile, ce bleu qui a si vite fait de tourner au gris triste. Les gens sont maintenant à peine plus grands que des fourmis, mais Jésus continue de voir derrière ses paupières closes (il a fermé les yeux, il n'en peut plus) leurs regards enflammés par la fièvre, leurs plaies, leurs moignons, leurs infirmités. Il ne cessera jamais de les voir, autant dire qu'il ne cessera jamais de les aimer, même quand il s'endormira enfin, vaincu par la fatigue. Même dans ses rêves.

Tiens, oui, ses rêves. À quoi Jésus pouvait-il bien rêver ?

La barque gagne le mitan du lac. Pierre ordonne

de lever les avirons et de laisser dériver. Il propose de manger.

Jacques, ou André, ou un autre, sort d'une corbeille le pain soigneusement enveloppé d'un linge pour le protéger contre l'humidité.

Une fois, il arriva que les disciples oublient d'acheter de quoi manger pour quand on serait sur le lac. Ils fouillèrent partout, dans tous les coins et les recoins de la vieille barque, et finirent par dénicher un pain qui restait du dernier voyage. C'était ridiculement insuffisant. Et puis, ce vieux pain était moisi, devenu aigre au point que le seul fait de le renifler leur mettait des picotements dans les narines.

Ils se mirent à se disputer, se rejetant les uns sur les autres la responsabilité du désastre. Où Judas avait-il donc la tête pour n'avoir pas remarqué que, ce soir, personne ne lui avait demandé d'argent pour le repas ? Et Pierre, en tant que patron de cette barque, ne devait-il pas s'assurer avant d'appareiller que tout était en ordre pour une navigation de nuit ?

Ils piaillaient, s'invectivaient, et comme d'habitude ils prenaient Jésus en otage : c'était pour lui qu'ils se désolaient, bien sûr, c'était lui qui souffrirait de la faim – ou de maux de ventre s'il mangeait le vieux pain moisi ; lui qui pensait toujours et d'abord aux autres, pas un de ses soi-disant disciples et amis n'avait songé à son bien-être. Et ils se renvoyaient ses paroles comme on se renvoie des flèches : ah! le Rabbi avait bien raison de dire que les renards ont des terriers, que les oiseaux du ciel ont des nids, mais que le Fils de l'homme n'a pas même une pierre où reposer sa tête...

Ils s'agitaient tellement que la barque oscillait dangereusement, roulant d'un flanc sur l'autre. Jésus les regardait. Le pain n'était pas son problème. Le pain n'avait jamais été son problème. Il avait établi sa domination sur le pain comme sur tout — ils ne s'en souvenaient donc déjà plus ?

— Ne vous rappelez-vous pas les cinq pains pour les cinq mille hommes ? Combien avez-vous ramassé de corbeilles pleines de ce qui restait ?

— Douze corbeilles, Rabbi.

— Et vous ne comprenez pas encore ?

— Si, si, Rabbi. C'est très clair. Limpide, même.

Ils riaient, maintenant, et se poussaient du coude :

— Sommes-nous bêtes! Un pain pourri, voire pas de pain du tout, c'est vrai que ça n'a pas d'importance. Pour toi, Rabbi, aucune importance.

Sans doute croyaient-ils qu'il allait refaire pour eux le prodige des pains qui se multiplient à l'infini. Ils espéraient seulement qu'il penserait à assainir d'abord le vieux pain qui servirait de matrice aux autres.

Il ne fit rien de semblable. Il leur parla. Et ils en oublièrent complètement qu'ils avaient faim. La lune était apparue à l'horizon du lac, mais il ne fai-

sait pas encore tout à fait nuit. Des oiseaux conti-
nuaient de pourchasser les insectes au-dessus des
eaux. On était bien.

C'est souvent, au cours de ces brèves années que
Jésus passa avec eux, qu'ils se dirent comme ça
qu'ils étaient bien. Ils auraient ronronné s'ils
avaient été des chats. Mais ils n'étaient que des
hommes simples qui ne savaient pas toujours le
pourquoi des choses.

Les gens avaient fini par comprendre le coup
de la barque. Quand la lumière commençait à
décliner et qu'ils voyaient Pierre gagner discrètement le bord du lac pour dédoubler les amarres
et préparer l'appareillage, ils savaient que Jésus
n'allait plus tarder à s'en aller. Ils comptaient
bien le revoir le lendemain, mais ils n'en étaient
pas sûrs. Un jour viendrait où il les quitterait
pour de bon pour aller aimer d'autres estropiés,
les laissant là avec leurs membres torses, leurs
écoulements nauséabonds, leurs démons. Et puis,
il y avait ces bruits qui couraient, de plus en plus
insistants, sur une éventuelle arrestation. Il fallait
profiter de lui tant qu'on pouvait. La nuit tom-
bait, et alors ? L'obscurité ne l'empêcherait pas de
parler ni de guérir. Si nécessaire, on allumerait de
grands feux. Et s'il avait tellement besoin de
prier, il n'avait qu'à prier au milieu d'eux. Ils
n'avaient évidemment aucune idée de ce qu'était
la prière de Jésus. Ça comme le reste, ils rame-

naient tout à leur échelle, qui était une échelle trop courte, aux barreaux tordus. Et donc, pour le retenir, ils manœuvraient de façon à interposer une véritable muraille humaine entre lui et le rivage. Mais c'est alors qu'il rusait pour passer au milieu d'eux.

Eux aussi mirent au point des stratagèmes. Ils pensèrent à le suivre à bord d'autres bateaux. Ils n'eurent pas trop de mal à s'en procurer. Pour les pêcheurs, c'était une aubaine : quand la journée passée à tendre les filets n'avait pas rapporté grand-chose, ils pouvaient se rattraper en emmenant ces gens sur le lac. Et du même coup profiter eux aussi de Jésus. Sans doute faisaient-ils payer les passages, demandant un peu plus cher quand il fallait embarquer un grabataire sur sa civière à cause de la place que ça prenait.

C'était une navigation facile, il ne s'agissait pas de disputer une course avec la barque de Pierre, mais simplement de s'en approcher pour dériver de conserve avec elle. On emportait des torches à la lumière desquelles on pouvait voir Jésus étendu sur les coussins.

— Pitié, Rabbi, aie pitié de moi !

Pierre et les autres faisaient de grands gestes pour signifier aux bateaux de s'écarter. À cause des torches, on aurait dit qu'ils s'évertuaient à chasser de grandes lucioles.

De temps en temps, d'une des barques, montait un cri éperdu : un aveugle voyait (on l'entendait compter le nombre de bateaux, les torches, les maisons blanches sur le rivage), un muet parlait, un sourd entendait.

Un soir, Jésus s'est endormi. Pierre s'est adressé à la flottille qui se balance doucement autour de sa barque :

– Le Rabbi se repose un peu. Restez là si vous voulez, mais au moins ne faites pas de bruit, ne le réveillez pas.

On se répète la consigne de bateau à bateau. On se tait. On évite de heurter les rames contre le bordage. De se retrouver comme ça au milieu du lac incite à une sorte de discipline spontanée. Personne n'est très faraud, car personne ne sait nager.

C'est alors, dans ce silence à peine troublé par le clapotis de l'eau, qu'on entend naître un souffle profond, puissant. On dirait qu'il y a sur le lac, tout près mais invisible, un être gigantesque qui respire. Au même moment, des rides plissent la surface de l'eau qui jusque-là était lisse comme un marbre noir. Les flammes des torches s'inclinent. Quelques-unes s'éteignent.

– Le vent ! dit Pierre.

Il a reconnu le vent d'ouest. Malgré un ciel sans nuage, malgré la pureté de la lune et des étoiles, il sait ce que cela présage : la tempête. Celle-ci sera d'autant plus forte que la journée a été parti-

culièrement chaude, creusant davantage la différence de température entre les hauteurs et la
dépression de Tibériade, créant ainsi un violent
appel d'air.

Sur le lac, les bourrasques sont toujours redou-
tables. Le vent ne peut pas, comme il le ferait sur
une vraie mer, courir des espaces infinis. Jusqu'à ce
qu'il s'épuise, il est prisonnier de la cuvette où il
est venu s'abattre. Ne trouvant pas d'issue, il
s'enroule sur lui-même en un immense tourbillon
qui soulève les vagues et les fracasse les unes
contre les autres. En quelques instants, le lac n'est
plus qu'un chaudron empli d'un bouillonnement
furieux.

Le souffle du vent monte en puissance jusqu'au
paroxysme de l'aigu, puis, devenant rugissement, il
redescend dans les graves – une sorte d'éructation
dont la vibration monstrueuse secoue les barques
au moins autant que les soubresauts de l'eau. Ses
longs doigts glacés qui ne faisaient d'abord que
griffer se transforment en poings serrés, des poings
énormes dont il frappe tout ce qui lui fait obstacle.

– Au rivage! crie Pierre. Rapprochons-nous du
rivage, vite!

Tous les pêcheurs savent que la tempête d'ouest
concentre sa fureur sur le mitan du lac. La première et sans doute la seule chose à faire est donc
de s'en écarter jusqu'à rencontrer des eaux toujours sauvages, certes, mais dont les ruades seront
moins brutales, moins tueuses qu'ici. Mais, pour

avancer, il faudrait que les avirons puissent s'appuyer sur une résistance constante. Or les creux sont tels qu'on rame autant dans l'air et l'écume que dans l'eau.

Les barques sont ingouvernables. Entraînées par la folle giration du vent, elles tournent sur elles-mêmes, presque chavirées, un flanc soulevé et l'autre au ras des flots, embarquant des quantités d'eau chaque fois que le plat-bord est submergé. Cette eau forme une carène liquide dont le balancier augmente encore l'instabilité des embarcations.

Alourdi, déséquilibré, le bateau de Pierre a déjà les sursauts saccadés d'une épave qui va s'engloutir. Ce n'est plus qu'une question de minutes, de secondes peut-être.

À la poupe, sur les coussins, Jésus n'a pas réagi aux paquets d'eau froide qui s'abattent sur lui, trempant son vêtement et sa chevelure, ruisselant sur son visage, coulant dans ses narines, forçant ses lèvres à s'écarter comme pour noyer sa bouche. Il n'a rien entendu du vacarme formidable ni des cris de terreur que poussent ses compagnons.

Il dort.

Entre deux giclées qui l'aveuglent, Pierre le regarde. S'il était capable de ressentir autre chose que cette peur bestiale qui le tenaille, Pierre éprouverait une immense déception : celle d'être abandonné. S'agrippant d'une main à ce qu'il peut, de l'autre il secoue Jésus, le réveille :

— Mais enfin, Rabbi, quoi! Ça t'est donc bien égal que nous mourions?

Jésus se redresse. Très beau malgré ses cheveux collés sur la figure et sa tunique bonne à tordre. Il est debout dans la barque, de l'eau jusqu'aux cuisses. Les rafales écartent son manteau, dont les pans claquent et ondulent comme des ailes.

Jésus regarde le lac où le vent ouvre des blessures blanches, qu'il referme aussitôt pour les rouvrir ailleurs. Ce qu'il y a de plus angoissant dans la tempête, c'est la sensation que plus rien n'existe vraiment, que tout équilibre, toute stabilité, toute certitude ont disparu du monde, que tout n'est plus que leurre, mensonge et illusion.

Jésus dit au vent:

— Tais-toi, silence.

Jamais l'expression « le vent tombe » n'a été plus juste. À peine Jésus lui a-t-il intimé l'ordre de se taire que le vent, avec une sorte de couinement prolongé, un cri blessé, s'abat comme si une force irrésistible le plaquait sur le lac et l'y maintenait étalé, frissonnant comme un oiseau frappé en plein vol par la pierre d'une fronde.

Jésus dit aux flots:

— Assez.

Le vent qui s'arrête d'un coup, on peut comprendre, puisque c'est aussi d'un coup qu'il s'est déchaîné. Comme il est apparu, il disparaît. Quelquefois, c'est ce qui se passe avec la pluie. Ou avec la brume. Ou avec l'amour. Ou avec la vie.

Mais la fin du vent, ça n'est pas la fin des vagues. Tous les marins le savent, Pierre lui-même l'a vérifié plus d'une fois : la houle continue de rouler longtemps après que le calme est revenu dans le ciel. Ça peut prendre toute la nuit, et même davantage.

Or cette fois, Jésus dit « Assez ! » et le lac se calme à l'instant même.

Les masses d'eau qui s'étaient soulevées retombent et se réorganisent sans même une dernière convulsion. Au fracas assourdissant succède un silence parfait. Le lac redevient marbre noir, absolument lisse. La barque immobile semble posée dessus comme sur un socle.

Pierre se gratte la tête. Ensuite, il se frotte le menton. Puis il fait des bruits avec sa gorge comme quelqu'un qui sent bien que ça serait le moment de dire quelque chose, mais qui ne trouve pas ses mots.

Une même stupéfaction règne dans les autres barques.

Aussi vif soit le raisonnement humain, aussi vaste le champ des hypothèses qu'il est capable d'envisager, il n'existe aucune explication à ce qui vient d'arriver cette nuit sur le lac. Le monde était déjà plein de mystères, et maintenant il y a un mystère de plus : cet homme debout dans la barque à moitié remplie d'eau, cet homme dont les mains retombent lentement (il les avait étendues pour soumettre le vent et les vagues), cet homme qui s'ébroue comme un chien mouillé et qui sourit, cet homme est un nouveau mystère.

Et s'il n'était pas humain malgré ses cheveux et sa barbe qui n'en finissent pas de lui dégouliner sur la poitrine, malgré ses grands yeux bruns et vifs comme les yeux des chevaux, malgré son goût pour les poissons grillés et le vin vieux, malgré qu'il ait des bouffées de colère, de fatigue aussi, des soirs où il ne trouve pas le sommeil et des moments où il a comme tout le monde un peu froid, malgré toutes ces années qu'il a passées à n'être personne en particulier, juste quelqu'un qui sait travailler le bois, mais pas mieux que d'autres, enfin pas au point qu'on lui commande des meubles pour les palais d'Hérode, ni même seulement des râteliers à javelots pour les casernes romaines, malgré sa mère, une femme charmante et douce, qui a été jolie, qui l'est encore, Marie, que tout le monde connaît – et s'il n'était pas humain ?

Mais alors, que peut-il bien être ? On a une réponse sur le bout de la langue, mais c'est une réponse impossible – car il n'y a qu'un seul Dieu.

C'est l'originalité d'Israël d'affirmer qu'il n'y a qu'un seul Dieu. Pour croire en un seul Dieu, il faut un schéma de pensée vraiment très particulier. Nous sommes les seuls, disent les Juifs, à penser de cette façon. Aucun autre peuple n'est jamais parvenu à apprivoiser cette idée. Les Égyptiens ont essayé, mais ils ont fini par renoncer. Pas seulement parce que les prêtres de leurs différents dieux avaient tout à perdre dans cette aventure, mais parce que ça ne faisait qu'épaissir des choses qui étaient déjà très obscures, on ne savait plus comment justifier l'alternance du bien et du mal, les petits serpents mortels qui se cachent dans les figues, la maladie des feuilles de lotus, la grande diarrhée des bœufs. Une foule de dieux permet de répondre à une foule de questions.

Mais les Juifs n'ont qu'un seul Dieu. Un Dieu sans enfants ni rien, un seul Dieu très seul, et sur lequel personne ne peut poser les yeux sans mourir – c'est lui-même qui les a prévenus du danger. Alors, ils savent bien que cet homme mouillé, dans la barque de Pierre, ne peut pas être Dieu.

Ni homme ni Dieu, il ne lui reste plus qu'à être un ange.

Sauf que les anges ne font que passer. À peine posés que déjà envolés, et on ne sait pas d'où ils viennent, ni où ils s'en retournent. On n'a jamais vu un ange prendre seulement le temps de s'asseoir pour grignoter quelques olives. On dirait que les anges n'ont jamais le temps de rien. On a intérêt à les comprendre du premier coup : ils ne répètent jamais.

Tandis que Jésus, c'est Jésus la patience. Comme s'il avait l'éternité pour lui.

Trente ans de réflexion avant de se lancer, ça n'est pas rien. Même quand il vous répond du tac au tac, vous sentez que ça vient de loin. Que chacune de ses paroles a été longuement pensée. Il parle comme le blé mûrit. D'ailleurs, quand il dit quelque chose, même si on ne saisit pas toujours, on voit bien que ça ne pouvait pas être dit autrement. Ses mots sont des fruits arrivés à maturité. Ce qui les rend si savoureux. Quelquefois, on voudrait mordre dans sa bouche comme pour cueillir les fruits sur l'arbre, les fruits tout chauds.

Ils ne savent pas qui il est et ils sont saisis d'une grande crainte, disent les Évangiles. Peur de lui, eux ? Intimidés et déroutés, plutôt. Le mot peur n'est pas très bien choisi. Disons que peur n'est qu'une des variantes du sentiment que les navigateurs ont éprouvé à ce moment-là et qu'on peut lui en préférer d'autres comme déférence et vénération. Car c'est surtout quand les éléments se déchaînaient, quand leur vie était menacée, qu'ils ont eu vraiment peur, la peur qui assèche la bouche, tord le ventre, donne à l'haleine cette odeur d'entrailles si caractéristique.

Ce qu'ils éprouvent maintenant, c'est du respect. Les pêcheurs surtout, qui mesurent mieux que quiconque la réalité du danger auquel ils ont échappé. Ils ont déjà invectivé le vent, injurié le lac, ils ont hurlé : « Assez, assez, que ça s'arrête ! », mais quand c'était eux qui braillaient, ça ne s'est pas arrêté. Jamais. Jésus, lui, il a suffi de sa voix calme et posée.

On fait route vers l'autre rive, en ramant prudemment pour ne pas risquer de réveiller la colère du lac. Les premières lueurs du jour sont sur les pentes du mont Arbel et des cornes de Hattin. Jésus s'est rendormi. Dans les barques, on chuchote. On se raconte ce qui est arrivé comme pour s'assurer qu'on n'a pas rêvé. Et au fur et à mesure qu'on reprend tout point par point, le respect devient émerveillement.

Il n'a fallu qu'une fraction de seconde à Jésus pour juguler la tempête, mais il faudra des jours et des jours aux hommes du lac pour épuiser l'événement.

Sous les eucalyptus et les palmiers, quand ils mettront leurs filets à sécher à l'abri des chats et des chiens, ce sera le sujet de toutes les conversations. À Magdala, dans les grandes halles où l'on sale le poisson, sur les chantiers où l'on construit les bateaux, ils repenseront à ce qui s'est passé, à leur terreur devant les murailles d'eau prêtes à s'écrouler sur eux, au cri désespéré de Pierre : « Tu dors et nous mourons ! », ils reverront le prodige qui a soudain couché ces murailles sur le lac comme une huile légère et fluide qu'on étale sur le pain.

Alors ils ne pourront pas se retenir de rire, enfants éblouis.

Le lac de Tibériade est réputé pour ses poissons, au moins quarante espèces plus excellentes les unes que les autres, qui se vendent à prix d'or sur les marchés de Jérusalem. Lorsqu'ils sautent au-dessus de l'eau, certains de ces poissons font avec leur bouche un petit bruit. Quelle sorte de petit bruit, là-dessus les avis des pêcheurs sont partagés. Pour les uns c'est du genre sifflement, les autres trouvent que ça ressemble davantage à un rire pointu. « Ce qui est sûr, disent les pêcheurs, c'est que ces poissons se fichent de vous. Quand vous les entendez faire leur satané petit bruit, vous êtes sûr de remonter vos filets vides ou déchirés, et c'est le moins qui puisse vous arriver. »

En fait, il doit s'agir de poissons rieurs. Il se passe des choses parfois si burlesques sur le lac de Tibériade.

Un soir, près de Bethsaïde, sur la rive orientale, Jésus dit à ses amis de prendre la barque et d'aller l'attendre de l'autre côté du lac. Cette fois, ajoute-t-il, il n'ira pas avec eux, il les rejoindra là-bas plus tard. Il ne dit pas comment, mais Pierre ne s'en fait pas pour ça : le Rabbi n'aura aucun mal à trouver un bateau pour passer de l'autre côté, les pêcheurs se disputeront plutôt l'honneur de l'avoir à leur bord.

Ce qui contrarie Pierre — car notre homme rechigne et grommelle —, c'est cette traversée nocturne. Il a déjà expliqué à Jésus que ça n'était jamais très bon de naviguer la nuit à cause des coups de vent d'ouest, surtout à cette époque, le printemps, où les différences de température sont les plus marquées. Mais Jésus insiste. Il a besoin d'être un peu seul. Pour prier, dit-il. Faux prétexte, pense Pierre. Quand le Rabbi veut s'isoler, il part à grandes enjambées, c'est un fameux marcheur, il s'en va dans un lieu écarté, souvent dans la montagne, et ça n'est pas nous qui le gênons, au contraire, on s'interpose entre lui et la foule, on court comme des chiens de troupeau après les gens qui essayent de le suivre. Pour être tout à fait tranquille, il ferait mieux d'expédier à Capharnaüm tous ceux qui se pendent à son manteau comme les *tsitsit*[*] aux quatre extrémités du châle de prière – les autres, mais pas nous.

– Allons, Pierre, dit Jésus, à tout à l'heure. La nuit est calme. Le lac aussi.

– Pour l'instant, Rabbi, pour l'instant. Ils ont l'air comme ça, le lac et la nuit, mais ça ne prouve rien. Et tu le sais très bien.

– Je sais surtout que tu es en train de perdre du temps.

Il doit avoir une idée derrière la tête, pense encore Pierre, mais laquelle ? De toute façon, ce n'est pas ce que je dirai qui le fera changer d'avis. Personne ne le fait jamais changer d'avis. Il est aussi tenace et résistant que l'encre dont se sert le scribe pour copier la Torah.

Il faudra que je demande à sa mère s'il était un petit garçon souple ou obstiné. Obstiné, je parie.

[*] Franges rituelles.

Elle ne dira pas obstiné, évidemment, elle dira :
« Eh bien, le fait est qu'il a toujours su ce qu'il
voulait. Mais c'est une qualité, Pierre, tu ne
trouves pas ? »

– Soyez tout de même prudents, tous, dit Jésus.

Il accompagne Pierre et les autres jusqu'à
l'embarcadère. À la fin du jour, une odeur d'humidité, presque de cave, monte du lac, qui contraste
avec la senteur sèche et poivrée des plantes. Jésus
les regarde délier les amarres. Il prête la main pour
retenir, le temps qu'ils embarquent, le bateau que
le courant attire. Il les suit des yeux tandis qu'ils
s'éloignent parmi les pélicans endormis. Il entend
Pierre soliloquer :

– Oui, bon, n'empêche que le Rabbi ferait aussi
bien de me laisser décider quand il s'agit de navigation, mais penses-tu !

Jésus sourit. Si Pierre ne récriminait pas, il ne
serait pas Pierre. Il tourne le dos au lac. Un vol de
flamants se détache contre les neiges du mont Hermon.

Le trajet de Bethsaïde à Capharnaüm n'est pas
très long. Il emprunte la partie nord du lac, là où
celui-ci est le plus étroit.

Mais à peine la barque a-t-elle quitté l'abri de la
terre que la bourrasque la cueille.

– Je l'avais bien dit, enrage Pierre.

Cette fois, si la tempête est éprouvante, elle n'est
pas vraiment dangereuse. En pesant sur les rames,

on parvient à tenir le cap. Quant à avancer contre le vent d'ouest, c'est une autre affaire. Chaque distance gagnée à la force des bras est presque aussitôt reperdue. La barque est invinciblement renvoyée vers le large.

Vers la fin de la nuit, il devient évident qu'on n'atteindra pas Capharnaüm tant que le vent n'aura pas molli.

Le plus sage serait de mettre à la cape et de se laisser dériver au gré des rafales jusqu'à ce que le calme revienne. Mais cela peut prendre encore plusieurs heures pendant lesquelles on va reculer sur une distance considérable qu'il faudra ensuite rattraper.

– Faisons tête au vent, décide Pierre.

Il est bon marin, il connaît son affaire. Escaladant et dévalant les vagues, le bateau va tanguer de façon désagréable, mais pour ces embarcations aux bordés mal défendus, bas sur l'eau pour faciliter la remontée des filets, tout vaut mieux que de prendre par le travers les coups de boutoir du flot et risquer de chavirer.

Seulement, pour garder la proue dans le lit du vent, il faut ramer sans répit, sans se décourager, s'échiner tout en sachant qu'on n'avance pas, qu'on ne fait que résister. Pierre empoigne les lourds avirons et prend sa part de la nage. S'il n'a pas, comme le Rabbi, le pouvoir de museler le vent, du moins peut-il faire jeu égal avec lui.

Pour les Juifs, la façon qu'a un homme

d'occuper l'espace où il se meut, de l'habiter disent-ils, même s'agissant d'un espace vaste comme la terre entière, reflète ce que cet homme est profondément, au moins autant que ce qu'il dit ou pense. De la façon qu'a Pierre d'habiter sa barque, et la tempête et la nuit sur le lac, on déduira qu'il est fier et emporté, pugnace et sage.

L'approche de l'aube est le moment où la visibilité est la moindre. De la terre s'élève une brume ouatée à laquelle se mêlent les fumées des foyers qu'on allume déjà ici ou là, dans les villages, pour préparer le premier repas du jour. La lune n'a plus assez de brillance pour éclairer et le soleil est encore sous l'horizon. Seule règne une lumière sale et brouillée qui n'est en fait qu'une variante pernicieuse de l'obscurité.

La nuit du lac n'est pas la nuit des aveugles, l'œil y distingue différentes nuances de noir, des matités ou des brillances qui permettent de relever des formes, des contours – mais dans les prémices du jour, dans ce flou sans ombres ni éclats, il n'y a rien à voir qu'un gris uniforme.

C'est pourtant dans cette grisaille que l'un des rameurs, soudain, aperçoit quelque chose qui émerge du lac. Il touche l'épaule de Pierre :

– Tu as vu ?
– Quoi ?
– Là-bas.

C'est vertical et mince. Ce pourrait être un

arbre, un if. Mais les ifs ne déambulent pas sur le lac.

— C'est une perche, dit Pierre, un de ces pieux auxquels on amarre les barques pendant qu'on dépiaute les filets.

— À cet endroit-là ? Comment pourrait-on enfoncer une perche à un endroit aussi profond ?

— Quel endroit profond ? grogne Pierre. Qu'est-ce que tu connais de la profondeur du lac ?

— C'est toi-même, quand on est passés là tout à l'heure, qui nous a fait remarquer qu'on était pile au-dessus d'une de ces fosses où il y a le plus de poissons. Tu as même ajouté que tu regrettais d'avoir dû débarquer les filets pour faire de la place.

— Ce n'est pas un pieu, ni rien de ce genre, dit un autre. Ça se déplace. Ça se promène, on dirait.

Ils regardent en plissant les yeux pour affiner leur vision. Et ce qu'ils voient – très clairement, maintenant – leur fait dresser les cheveux sur la tête.

La silhouette qui vient vers eux est celle d'un homme. Et cet homme marche sur l'eau, mais sans être soumis à ses mouvements comme un bateau, il ne monte ni ne descend selon les vagues, il les enjambe ou les laisse se briser contre ses jambes. Il marche du pas décidé de quelqu'un qui n'a pas l'intention de traîner pour se rendre là où il va – et là où il va, c'est droit sur la barque de Pierre.

— Ça ne peut pas être ça, bredouille l'un des disciples. À cause de la pénombre, ça a l'air d'un homme. Mais, en vrai, c'est juste un grand poisson dressé sur sa queue.

– Mais bien sûr ! ricane Pierre. Un grand poisson qui se balade dressé sur sa queue, on voit ça tous les jours, nous, sur le lac...

L'autre prend un air pincé. Pierre est exaspérant avec ses certitudes. Le genre d'homme qui n'arrête pas d'avancer des soi-disant vérités qu'il ne peut pas prouver – n'est-il pas le plus enthousiaste à affirmer que Jésus est le Christ, le Fils du Dieu vivant ?

– Parce que tu as une autre explication, peut-être ? demande le disciple vexé.

– Un fantôme, dit Pierre. La seule explication, c'est que c'est un fantôme.

Des cris d'épouvante lui répondent. Pierre est peut-être un excellent marin, mais il fait un piètre psychologue. Fantôme, c'est le mot qu'il ne fallait pas prononcer. C'est aussitôt la panique à bord de la barque. Lâchant les avirons, tous se portent du même côté, le plus éloigné du bord vers lequel, imperturbable, le fantôme continue d'avancer.

– Ne faites pas ça, s'égosille Pierre, vous allez nous faire chavirer !

Mais les disciples sont trop terrifiés pour entendre raison. Tremblants, avec l'impression d'avoir la bouche pleine de cendre, ils se bousculent, se serrent les uns contre les autres, s'étreignent, se griffent, et ils piaillent comme une couvée de passereaux qui devine l'ombre de l'aigle prêt à fondre sur eux :

— Qu'il s'en aille !

— Pierre, Pierre, dis-lui de partir !

— Fichons le camp d'ici, c'est un lieu maudit !

Le fantôme est maintenant tout près. On entend le bruit très étrange, presque soyeux, que font ses pas qui foulent la surface de l'eau sans s'y enfoncer. Il continue de marcher sans ralentir.

— Regardez, murmure l'un des affolés, il va nous dépasser, ce n'est pas après nous qu'il en a...

C'est alors que le fantôme s'immobilise. Il est à quelques coudées d'eux, debout sur le lac.

— Confiance, dit-il, c'est moi, n'ayez pas peur.

Tous ont cru reconnaître la voix, mais seul Pierre ose formuler la pensée délirante qui les traverse :

— La voix du Rabbi, s'écrie-t-il, c'est le Rabbi qui marche sur les eaux !

Pierre tend le cou, scrute ce ni nuit ni jour où son regard se perd dans l'opaque. Cette bouillie de lumière terne l'empêche de distinguer les traits de l'homme, mais si celui-ci est bien un être de chair, alors il y a toutes les chances pour qu'en effet ce soit Jésus. En tout cas, Pierre ne connaît personne d'autre qui soit capable de faire quelque chose d'aussi hallucinant que de venir de Bethsaïde jusqu'ici en marchant sur l'eau aussi paisiblement que s'il s'agissait de traverser une prairie.

— Est-ce que c'est toi, Rabbi, vraiment toi ?

— C'est moi, confirme tranquillement Jésus.

— Il dit qu'il est le Rabbi, chuchotent les occupants de la barque, mais si ça se trouve, c'est un piège. Méfie-toi, Pierre, les fantômes sont très forts pour tromper les gens.

Pierre n'a qu'une compétence limitée, pour ne pas dire nulle, en matière de fantômes. Mais il n'est pas tombé de la dernière pluie.

— Ne vous inquiétez pas, dit-il aux disciples, je n'ai pas l'intention de me faire avoir.

Et il lui vient aussitôt une idée que, dans son for intérieur, il n'est pas loin de trouver géniale :

— Si c'est toi, Rabbi, fais en sorte que j'aille jusqu'à toi en marchant sur l'eau.

— Viens, dit Jésus.

— D'accord, dit Pierre. D'accord, je viens.

Le temps de se demander s'il doit ou non conserver ses sandales (il décide finalement de les garder), et il s'apprête à enjamber le plat-bord. Mais une main s'accroche à son manteau, le tire en arrière :

— Tu es fou, ne fais pas ça ! Tu vas te noyer, et alors qu'est-ce qu'on deviendra sans toi ?

— Vous avez mon frère André, il est aussi bon marin que moi, dit Pierre. Et puis, je ne vais pas du tout me noyer. Si le Rabbi dit que je peux le faire, c'est que je peux le faire.

Au fond, Pierre est ravi. Enchanté de l'expérience. Pour un pêcheur que le lac a chahuté plus souvent qu'à son tour, c'est une assez belle revanche que de lui marcher dessus.

Il escalade le bordé auquel il continue de s'agripper des deux mains – comme ça, s'il sent qu'il s'enfonce, il n'aura aucun mal à se hisser dans la barque. Prudemment, il pose un pied sur l'eau. À travers le cuir de sa sandale, il la sent courir et frémir sous sa voûte plantaire. C'est une sensation fraîche, vivante, agréable en somme. Le second pied vient s'aligner près du premier. Pierre est à présent debout sur les eaux. Il tient, et sans effort. Le plus dur est fait, pense-t-il, ce ne sera plus qu'une formalité que de marcher vers Jésus qui, là-bas, lui sourit d'un air engageant.

– Eh bien, s'encourage-t-il à mi-voix, allons-y !

Il lâche le bordé. Il avance une jambe, puis l'autre. Les vagues éclatent contre ses chevilles, libérant l'écume qui monte en crépitant jusqu'à ses genoux. Encore un pas, encore un autre, ça tient toujours, et toujours cette ondulation sous ses pieds, ce battement de l'eau qui lui donne l'impression d'être la pulsation même de la vie.

Pierre jubile. Il cherche des mots pour chanter la gloire du Rabbi grâce auquel il vit des instants aussi exaltants, lui l'humble pêcheur du lac de Tibériade qui, avant de rencontrer Jésus, pouvait passer des jours et des jours sans éprouver la moindre bouffée de joie. S'il l'osait, il partirait d'un grand rire – mais il se dit que non, quand même, il convient d'afficher une certaine gravité quand on marche sur les eaux.

Ceux qui sont restés dans la barque le regardent bouchée bée. L'exploit, déjà prodigieux de la part du Rabbi, leur paraît presque plus extraordinaire venant de Pierre qui leur est tellement connu, qui est tellement l'un d'entre eux. Ce qu'il fait, se demandent certains, ne serions-nous pas capables de le faire nous aussi ?

Lui, pendant ce temps, s'enhardit, prend le large, le voilà exactement à la moitié du chemin qui le sépare de Jésus. Maintenant, même en étendant le bras, Pierre ne peut plus atteindre le bordé du bateau. Il n'a plus rien à quoi se rattraper si pour une raison ou pour une autre il venait à s'enfoncer.

Pour une raison ou pour une autre ? Eh ! Mais c'est que j'ai toutes les raisons du monde de m'enfoncer, moi ! Ce que je suis en train de faire s'oppose absolument aux lois de la nature. Ce que je suis en train de faire est tout simplement impossible. Un défi à la raison. Alors, son rire s'étrangle. Il lui revient qu'ici le lac est profond comme un gouffre. Il croit voir les museaux allongés des poissons qui montent à sa rencontre, leurs lippes boudeuses qui s'écartent sur des rangées de dents carnassières, leurs yeux froids qui jamais ne se ferment. Ô Rabbi, sais-tu qu'il n'y a rien de plus indifférent à l'homme que les poissons ? Et sais-tu que c'est à peu près sûr qu'ils guettent l'instant où je vais m'enfoncer et couler pour m'étourdir dans les remous de leur multitude grise, pour m'entraîner dans leurs abysses, dans leurs hideuses petites tanières d'herbes longues et de vase ? Tu n'as pas idée de la cruauté du monde de l'eau, ô Rabbi ! Pauvre Pierre, infortuné pêcheur pêché, étouffé, déchiqueté !

Une rafale plus forte le fait vaciller. Il a peur. Brusquement, il ne sait plus du tout comment on fait pour marcher sur l'eau, il ne sait même plus marcher du tout, ses jambes se bloquent, sa respiration se bloque, son cœur se bloque. Il sent la froidure de l'eau monter le long de son corps. Il en a tout de suite jusqu'à hauteur de la ceinture. Dans un instant, elle prendra sa poitrine dans un étau. Il essaye de s'y appuyer des deux mains, mais ses mains s'y enfoncent. L'eau ne le porte plus. Et d'ailleurs, l'a-t-elle jamais porté ? Elle le lui a fait croire, mais ça n'était pas vrai. La seule vérité, c'est qu'il va mourir. Il n'est plus qu'un cri :

— Rabbi, sauve-moi ! Rabbi...

Mais il n'a pas besoin de supplier une deuxième fois. Dès le premier appel, Jésus lui tend la main. Pierre s'y agrippe. Ah ! l'énergie du désespoir, ça n'est pas rien. Jésus l'attire à lui, l'extirpe tout ruisselant de sa gangue d'eau brillante.

— Pierre, Pierre, homme de peu de foi, pourquoi as-tu douté ?

Pierre ne répond pas. Il regarde la distance qui les sépare, Jésus et lui, de la barque qui tangue. Il se dit que ça n'était pas une si grande distance, pourtant. Il s'en est manqué de peu qu'il ne la franchisse. Comme il aurait été fier! Au lieu de quoi, il est trempé, il a froid, il a honte. Jésus le serre contre lui. Il n'en veut pas à Pierre d'avoir chuté, il savait qu'il ne ferait que la moitié du chemin, les hommes vont rarement jusqu'au bout, presque toujours ils tombent avant.

Dans la barque, il y a eu un instant de flottement quand Pierre a trébuché. Il était si bien parti, il paraissait tellement à son aise, si droit, si digne, qu'est-ce qui lui est arrivé? Devions-nous rire ou bien nous affoler devant ses gesticulations forcenées quand il a commencé à s'enfoncer?

– Ce Pierre, dit l'un des disciples, il n'en fera jamais d'autres...

– Marcher sur les eaux, je vous demande un peu!

Et nous avons choisi d'en rire. Aux larmes, à gorge déployée, à s'en tenir les côtes. Bon, ça n'est pas très charitable, mais comment ne pas rire devant l'air piteux du pêcheur détrempé que Jésus aide à remonter à bord? Sa façon furibonde de rembarrer ceux qui s'empressent pour le sécher, le réchauffer, le réconforter, est irrésistible. Et Jésus (il est dans la barque à présent, il reprend sa place à l'arrière, sur les coussins) a bien l'air d'avoir envie de pouffer lui aussi. Quand vous commencez à le connaître un peu, vous voyez ça à la façon dont ses yeux se plissent, là, juste au coin. Lui, ça n'est pas par manque de charité, par moquerie, ça serait plutôt parce que nos pitreries l'attendrissent. Il se contrôle parce qu'il est le Rabbi. Et un peu aussi, disons-le, parce qu'il a ces coussins dans lesquels étouffer son rire. Mais nous, nous ne sommes que des bougres d'hommes qui n'avons pas si souvent l'occasion de voir des choses désopilantes, alors nous n'avons aucune raison de nous retenir.

— Oh, ça va, râle Pierre, je ne vois pas ce que ça a de drôle, alors là, non, vraiment pas !

Dans un moment, les rafales ayant enfin perdu de leur violence, ils toucheront terre. Le jour s'est levé, il fait très beau comme c'est souvent le cas après qu'un coup de vent a nettoyé le ciel.

Trop impulsif pour être rancunier, Pierre n'a pas boudé longtemps. C'est lui, maintenant, qui rit de sa mésaventure. Et d'ailleurs, à qui pourrait-il en vouloir sinon à lui-même ? La seule chose qui le tracasse, c'est qu'il se demande si Jésus avait déjà tout ça en tête quand il a insisté pour qu'ils partent sans lui. Mais il n'ose pas lui poser la question. Tout en tournant ses amarres, il se contente de le regarder du coin de l'œil. Le regard de Jésus croise celui de Pierre.

Sacré Pierre, pense Jésus. Sacré Rabbi, pense Pierre.

Sur l'embarcadère, quelques personnes s'étonnent de la présence de Jésus. Ces gens étaient eux-mêmes hier soir à Bethsaïde, ils ont vu la barque s'éloigner et disparaître dans le crépuscule, tandis que le Rabbi restait seul sur le rivage. Alors, par quel tour de passe-passe se retrouve-t-il ce matin dans cette barque où il n'était pourtant pas monté ?

— Il nous a rejoints, explique Pierre.

— À bord d'une autre barque ?

— En marchant sur les eaux, répond négligemment Pierre.

On s'esclaffe. C'est curieux comme Pierre, depuis qu'il a rencontré le Nazaréen, est devenu plus léger. Déluré, presque. Ça lui va bien. La Galilée est un pays joyeux, surtout quand le printemps revient avec son cortège d'iris violets et de grandes anémones garance. Laissons les Romains à leur gravité de conquérants, et nous, soyons gais, soyons Juifs.

L'homme était déchaîné. Au sens propre du mot, car il avait rompu ses chaînes. De grosses chaînes, pourtant, et qu'on lui avait rivées comme il faut, c'est-à-dire rivées à chaud, aux poignets et aux chevilles. Il avait fallu s'y mettre à plusieurs pour le faire tenir tranquille pendant que le forgeron le ferrait. Il n'avait peur de rien, et surtout pas du feu. Il écumait de rage et sa bave, tombant par gros paquets visqueux sur le métal brûlant, se vaporisait en produisant une puanteur affreuse.

Au début, quand on pensait encore qu'il n'était atteint que de folie, on avait essayé de le soigner par des méthodes moins brutales. On le raisonnait en lui parlant de cette voix basse et douce qu'on prend pour s'approcher d'une bête inquiète, on le caressait pour lui faire comprendre qu'on l'aimait malgré tout, on lui donnait à boire des décoctions de plantes amères réputées capables d'apaiser même un taureau sauvage. Mais rien n'y faisait. Il en était arrivé à des manifestations de violence telles qu'on avait bien dû regarder la vérité en face : il n'était pas fou mais possédé. On ne peut pas grand-chose contre ça. En tout cas les paroles, caresses et décoctions sont impuissantes.

Alors, on l'avait chassé de sa maison, expulsé hors des portes de la ville. On espérait que ses démons l'entraîneraient dans quelque lieu désert où il n'aurait personne à terroriser, mais il était resté à rôder dans les parages, jusqu'au jour où il s'était arrangé une sorte de tanière dans un coin du cimetière.

On voulut y voir le signe de sa mort prochaine, mais non, malgré la précarité de son abri il résistait aux intempéries, aux bêtes qui hantent les tombeaux, aux miasmes putrides qui s'en exhalent. On ne savait pas de quoi il se nourrissait, et on ne faisait surtout rien pour le savoir, mais toujours est-il qu'il ne paraissait pas s'affaiblir. Il se frappait et se lacérait le corps avec des pierres aux arêtes coupantes, il perdait beaucoup de sang, mais jamais assez pour se vider. Certaines nuits, trompant la vigilance des gardes, il s'enhardissait à entrer dans la ville où il errait parmi les rues sombres en glapissant ses imprécations.

S'ils l'avaient vraiment voulu, les Romains auraient pu l'arrêter, le condamner et l'exécuter. Mais ils laissaient cet homme en vie pour montrer à quel point ce pays était encore plongé dans les convulsions de la barbarie, et justifier ainsi leur domination sur son peuple.

Des citoyens plus entreprenants, et surtout parfaitement excédés, avaient fini par se saisir du possédé pour l'entraver dans son gîte. D'abord avec des cordes dont il n'eut aucun mal à se défaire, puis avec des courroies qu'il rongea, et enfin avec des chaînes qu'il réussit à rompre.

Tout cela se passait au pays des Géraséniens, à l'est du lac de Tibériade. Les uns disent à Kursi, les autres à Gérasa, qui sont deux villes de la Décapole, la région des dix cités. Gérasa, située sur le Chrysorrhoas, un cours d'eau dont le nom signifie torrent d'or, est trop éloignée de la « mer » pour avoir servi de cadre à la suite de l'histoire. Kursi, sur l'estuaire du wadi Samak, conviendrait mieux. Quoi qu'il en soit, les deux villes avaient été conquises par Rome et détachées du royaume de Judée au profit de la province de Syrie. Les Juifs qui avaient choisi d'y rester malgré tout devaient se contenter du statut administratif d'étrangers.

On était donc officiellement en terre païenne.

Un jour, Jésus vient au pays des Géraséniens. Sa réputation de guérisseur est déjà telle que l'annonce de son arrivée déclenche aussitôt l'enthousiasme. Dans la communauté juive, bien sûr, mais aussi chez les païens – peu leur importe de qui ce Rabbi tient ses pouvoirs dès lors qu'il est capable de les soulager de leurs maux. Ce ne sont pas leurs faux dieux qui prendront ombrage du Dieu de Jésus. L'avantage, avec les idoles, c'est qu'elles sont généralement tolérantes et peu jalouses.

Jésus et ses amis devant arriver en barque, un cortège se forme pour se porter à leur rencontre. Les Romains laissent faire, amusés par l'incurable naïveté de ces gens si prompts à s'enticher du premier magicien de pacotille venu. D'ailleurs, si leurs renseignements sont bons, ce Galiléen commence à exaspérer sérieusement le pouvoir juif. Il brille de ses derniers feux et ne devrait pas tarder à disparaître. D'une façon ou d'une autre.

Le possédé se mêle à la foule excitée qui converge en direction des rives du lac. On ne le remarque pas. Le démon qui l'habite est assez habile pour adopter un profil bas et éviter provisoirement toute manifestation intempestive qui pourrait attirer l'attention sur son « hôte ».

Celui-ci, avant de quitter le sépulcre qui lui sert de repaire, s'est d'ailleurs un peu arrangé, toiletté de façon à ne pas trop effrayer les autres. Il a lavé les plaies horribles qu'il s'inflige. Peut-être a-t-il dérobé des vêtements convenables pour remplacer ses loques qui risqueraient de le faire prendre pour un lépreux, selon qu'il est écrit « le lépreux doit aller les vêtements en désordre afin d'être aisément identifiable ». Il marche en gardant les bras sous sa tunique, les poignets bien enfouis sous les plis pour dissimuler les bracelets de fer auxquels étaient rivées ses chaînes. Ce sont ses tsitsit à lui.

Mais comme il sent la poussière froide des tombes, les gens se détournent de lui. Il s'en moque : détournez-vous tant que vous voudrez, ricane le démon en lui, du moment que vous ne m'empêchez pas d'arriver jusqu'au Rabbi.

Car il va devoir jouer gros et serré. Même pour les démons, il y a des jours plus difficiles que d'autres, et aujourd'hui est un de ces jours. D'une certaine façon, c'est même « le » jour. Les compatriotes de l'homme qu'il hante n'ont jamais réussi à se débarrasser de lui, et il n'y parviendront jamais, mais Jésus, lui, peut le chasser. Or le démon veut rester dans cet homme et dans ce pays qu'il se plaît à épouvanter l'un et l'autre. C'est pourquoi, malgré le malaise abominable qu'il sent sourdre en lui à chaque pas qu'il fait, il a choisi d'aller s'expliquer avec Jésus.

Négocier, quoi.

Soudain, à la tête du cortège, des cris retentissent :

– C'est lui ! Là-bas, c'est le Rabbi, le voilà !

Le possédé joue des coudes pour avancer. Il se permet même quelques grognements assez répugnants pour qu'on s'écarte devant lui. Quand il arrive aux premiers rangs, il aperçoit la longue et fine silhouette de Jésus qui vient tout juste de descendre de la barque et qui étire ses membres ankylosés par la traversée.

Le démoniaque ne l'a jamais vu, mais il le

reconnaît avant même que les autres ne l'entourent en l'appelant Rabbi, Rabbi !

Il ricane : les imbéciles, avec leur Rabbi, Rabbi ! Ils ne savent donc pas qui *vraiment* est celui-là qui va et vient sur la plage de sable ? Moi, je sais.

Il se prosterne, le front contre le sable, un sable d'un noir doux, constellé d'une infinité de minuscules coquillages blancs, on dirait un ciel de nuit.

– Qu'est-ce que tu me veux, Jésus, Fils du Dieu Très-Haut ?

Car voici qui il est, ce Juif longiligne : le Fils de Dieu. Et le démoniaque le crie à s'en casser la voix, il le hurle, le vocifère. On murmure les mots d'amour, mais la haine ça se hue, ça se braille.

Il ne vient à l'idée de personne que le possédé puisse dire vrai. Même s'il n'était pas un possédé, on ne le croirait pas. Il blasphème. Dieu n'a pas de fils. Et si par extraordinaire Dieu en avait un, un fils qu'il aurait caché aux patriarches, aux rois, aux prophètes, ce fils ne serait pas un homme. Pas cet homme, toujours. Enfin quoi, regardez-le !

Alors, on se jette sur le blasphémateur, on l'empoigne par où on peut, par les bras, par les cheveux, par sa tunique. Debout ! Qu'il se relève, qu'il s'en aille, qu'il s'en aille et qu'il se taise !

Mais, même en se mettant à dix contre lui, on ne le redresse pas. Le Mal est fort. Inexpugnable, le Mal. Le possédé reste courbé, le front dans le sable noir, sa chevelure balayant le bout des sandales de Jésus. Oh ! il préférerait que la situation soit inversée, que ce soit le Fils du Dieu Très-Haut qui s'effondre à ses pieds. Mais ça, il sait que c'est impossible.

– Laissez-le, ordonne Jésus à ceux qui continuent de s'acharner sur le démoniaque.

On lui obéit. Alors, d'une voix forte, Jésus dit :

– Sors de cet homme, esprit impur.

Le possédé se tortille comme un ver sur le sable. Il savait qu'il allait souffrir, mais il ne se doutait pas que ce serait intolérable. Le Mal lui-même n'a rien inventé de comparable à ce qu'il endure, aplati aux pieds de Jésus.

– Je t'adjure, de par Dieu, ne me torture pas...

Les gens se détournent, épouvantés d'entendre un démon qui ose invoquer Dieu. Que va dire Jésus ? Va-t-il lui aussi en appeler à Dieu ? La même invocation peut-elle jaillir de la bouche du possédé et de la bouche du Rabbi ? C'est Dieu contre Dieu, alors ? Les Juifs admettent le mystère, pas l'absurde. Ils sont le peuple du Sens.

Mais Jésus n'a nul besoin d'invoquer Dieu.

– Quel est ton nom ? demande-t-il.

– Mon nom est Légion parce que nous sommes nombreux.

La foule retient son souffle. Les mieux informés savent que, chez les démons, l'aveu du nom précède de peu l'aveu de la défaite.

C'est précisément les conditions de sa capitulation que Légion est venu discuter :

– Ne me rejette pas dans l'abîme. Ne me lance pas dans le chaos. Ne me chasse pas hors du pays.

Le possédé se lève. La sueur puante qui ruisselle de son front s'est mêlée au sable noir, maculant son visage d'une boue ténébreuse. Il tend une main qui tremble en direction d'un escarpement où il y a des cochons en train de fouailler la terre en quête de leur nourriture. Ils sont une multitude, plus d'un millier de pourceaux que gardent quelques hommes.

– Là-dedans, dit-il. Dans les cochons...

– Tu veux que je t'envoie dans les cochons ?

– Ils sont beaucoup, nous sommes beaucoup. Dans les cochons, je t'implore...

Jusqu'à présent, les Juifs ont soigneusement évité de regarder du côté des cochons. C'est déjà beaucoup de les savoir là, de devoir supporter leurs grognements et l'odeur écœurante de leurs déjections. Depuis que le pays est syrien, de plus en plus de gens en élèvent. Il paraît que ça prolifère comme de l'ivraie et que c'est d'un bon rapport. N'empêche, quelle abomination. En manger constitue déjà une offense épouvantable – alors, aller loger là-dedans...

– Vas-y, dit Jésus.

Brève, la phrase. Et prononcée sur le ton du commandement plutôt que sur celui de la permission.

Légion ne discute pas plus avant. Il a bien fait de se porter à la rencontre de Jésus, finalement. Il a sauvé ce qui pouvait l'être – le plus important pour lui : il restera au pays des Géraséniens. Le Fils de Dieu ne s'est pas montré aussi impitoyable que Légion aurait pu le craindre. Ce Jésus est puissant, ça ne fait aucun doute, mais il n'a pas la rouerie, la perversité qui font les grands négociateurs. Il est tout simplement trop bon, voyez-vous, et cette bonté l'empêche. Au lieu de céder aux implorations des démons, il aurait pu les détruire. Mais non, on prend une petite voix suppliante, allez ! envoie-moi dans les cochons, et il vous y envoie. Il se peut que Dieu soit invincible (encore que !), mais une chose est sûre, une chose est acquise qui vient d'être brillamment démontrée à l'instant sur la rive à l'est du lac : Dieu est maniable.

Légion a perdu la jouissance de posséder un homme et, en le défigurant, de défigurer les autres hommes. Mais, dans l'état où Légion l'avait mis, ce malheureux n'en avait plus de toute façon pour bien longtemps à vivre. Tôt ou tard, il aurait fallu se résoudre à émigrer.

Bon ! ce n'est qu'un déménagement provisoire. Légion ne restera pas toujours dans les porcs. Quand le Fils de Dieu sera occupé ailleurs, il sortira, se mettra en chasse, cherchera qui dévorer. Ce ne sont pas les proies qui manquent. Et elles se débattent si peu. Il y en a même qui sont consentantes.

Et Légion se retire aussitôt du corps torturé du possédé pour entrer dans les panses des cochons.

À quoi cela se voit-il ? Ça ne se voit pas. Ça se verrait peut-être si on s'intéressait au possédé plutôt qu'au possédant. Si on cherchait son regard. Alors, on constaterait que ce regard a changé. Mais ce petit homme, personne ne se soucie de lui.

Sauf Jésus, aux pieds duquel il s'est assis.

Le fait est que le spectacle est ailleurs. Là-haut, sur l'escarpement, les porcs ont frémi. Un vaste frisson collectif, comme si une secousse sismique avait ébranlé cette partie de la falaise où divague le troupeau. Mais un tremblement de terre aurait aussi secoué les gardiens, au lieu de quoi ceux-ci restent solidement campés sur leurs jambes. Les hautes graminées, si sensibles au moindre souffle, n'ont pas bougé non plus.

Mais c'est vrai qu'on n'a pas le temps de réfléchir à tout ça. Il dure quoi, ce frisson ? Une seconde ou deux, trois peut-être.

Et le troupeau s'ébranle, tous les porcs se mettent à courir. Ils sont grotesques à galoper comme ça sur leurs petites pattes courtes, le groin au ras du sol, avec leurs ventres qui ballottent. On dirait une course d'outres. Mais des outres crevées, qui perdent leur contenu et se répandent. Car les bêtes, comme sous le coup d'une épouvante sans nom, se vident en courant. La falaise fume sous les pissats énormes. La queue du troupeau patauge et glisse dans les excréments des cochons de tête.

La ruée tourne à la charge. Le martèlement des sabots fourchus résonne comme un tonnerre.

On pourrait penser que les bêtes vont ralentir en approchant du bord de la falaise, qu'à l'ultime seconde leur instinct de survie va les faire obliquer sur la droite ou sur la gauche.

Les porcs ne tournent pas, ne s'arrêtent pas.

Par grappes entières, ils basculent dans le vide. Leur vitesse de précipitation est si grande qu'au lieu de tomber à la verticale et de s'écraser sur le rivage en contrebas, ils décrivent une orbe presque gracieuse avant de s'abîmer dans le lac.

Ils ont su courir, ils ne savent pas nager. Leur dernière signature en ce monde est une grande fleur d'écume. Les premières fleurs sont blanches, mais les autres, à cause du formidable remuement des eaux, sont brunes et boueuses. Les dernières fleurs seront tout à fait noires.

Sauf crier, les gardiens sur la falaise n'ont rien pu faire. Quand ils ont compris que les porcs couraient vers le précipice, des hommes ont essayé de leur couper la route. Ils se sont vite écartés. La charge était trop violente, trop sauvage, les bêtes les auraient renversés, piétinés.

Abasourdis, ils regardent maintenant retomber la poussière. Et le silence. Certains s'approchent prudemment du bord du précipice. Incrédules, scrutant le lac. Il est redevenu lisse, impavide, sauf à l'endroit de la noyade où l'eau est encore traversée de soubresauts comme le ventre de quelqu'un qui digère.

Quiconque possède ou simplement surveille un troupeau sait bien qu'une dîme y sera prélevée par les bêtes sauvages, la maladie, la foudre ou les voleurs. Une dîme, soit. Mais qui aurait pu imaginer une disparition aussi brutale et enragée du troupeau tout entier ? De mémoire de porcher, mais aussi de berger, de bouvier, de vacher, de chevrier, on n'a jamais assisté à un tel désastre.

Après un moment d'incertitude, les gardiens qui n'ont plus rien à garder détalent. Ils fuient sans se retourner.

À peine entrés dans la ville, ils se mettent à pousser des clameurs épouvantables. Ils affirment avoir été témoins de choses inouïes. Mais on les laisse s'égosiller. C'est le démoniaque qui aura encore fait des siennes, pensent les habitants, ceux du moins qui ne sont pas allés à la rencontre du Rabbi, soit qu'ils aient eu un travail pressant, soit qu'ils ne s'intéressent pas aux Rabbis, pas plus à celui-là qu'aux autres. Ils ne veulent plus entendre parler du possédé, ils sont las de ses délires morbides, de ses exploits répugnants. Il porte tort à la ville, à son commerce. On a du mal à vendre certains légumes, certains fruits, sous prétexte qu'ils ont poussé sur une terre maudite. Ah ! foutez-nous la paix avec celui-là, disent les gens aux gardiens des cochons.

Alors, les porchers investissent les bâtiments administratifs où siègent les fonctionnaires syriens, les délégués de Rome, et toute personne possédant une vague parcelle d'autorité.

Peu à peu, leur polyphonie s'accorde, s'harmonise. Leurs récits décousus trouvent un semblant de cohérence. Il ressort que le possédé et ses démons ne sont pour rien dans cette affaire : c'est le Rabbi venu de la rive ouest qui est cause de tout, c'est ce Jésus qui a provoqué le suicide collectif des cochons. Qui sait ce qu'il est encore capable de faire !

Une délégation de citoyens se forme, chargée de se porter au-devant de Jésus et de le supplier de quitter la région avant de l'avoir ravagée et rendue exsangue.

Pendant ce temps, sur le rivage, l'hécatombe a été appréciée et commentée diversement. Pour certains, surtout les étrangers, c'est Légion qui, acharné à nuire par tous les moyens, a précipité les bestiaux dans le vide. Toutes ces agonies porcines, tous ces éleveurs ruinés en quelques secondes, ces gardiens renvoyés, suspectés peut-être, ce gâchis, ce massacre parfait, ahahahahah ! Le temps qu'on comprenne ce qui était en train d'arriver, c'était déjà fini. Et on était trop loin. Et puis, on avait le soleil dans les yeux. En tout cas, c'est signé Satan.

Mais pour les Juifs nés au pays, les Juifs qui méprisent les porcs, il ne fait aucun doute que c'est le Rabbi qui a joué un tour pendable à son adversaire. En obtenant la permission de se réfugier dans les cochons, Légion croyait avoir obtenu un armistice honorable et sauvegardé une partie de ses intérêts. Mais le Rabbi ne lui a permis d'entrer dans les cochons que pour mieux le détruire et en débarrasser le pays des Géraséniens. Le plus grand affront qu'un Juif puisse infliger à un démon n'est-il pas de le contraindre à faire d'un porc son linceul ?

Plus on la rumine, plus on voit que la farce n'est pas qu'énorme : elle est raffinée, de ce raffinement juif qui rend savoureuses la carpe la plus fade, les fèves les plus insipides.

Cette fois, on doute que Jésus ait ri.

Même lorsqu'il le domine, il sait trop bien ce qu'est le Mal – et le vrai prix à payer pour le vaincre définitivement. Il n'a pas cette insouciance du jardinier qui, arrachant une mauvaise herbe, ne songe pas que des millions de graines de la même espèce dorment enfouies dans le sol, attendant patiemment qu'un prochain coup de bêche ou de soc les fasse remonter à la surface pour germer. Comme certaines araignées s'enrobent d'une bulle d'air pour habiter dans les étangs, Légion n'aura pas manqué de sécréter une bulle de haine pour survivre dans les profondeurs du lac. Le Mal s'entend si bien à simuler la mort. C'est même par cette simulation qu'il tient les hommes et les désespère le mieux. On continuera de régler longtemps, au prix fort, l'affaire des cochons noyés.

Mais si le visage du Rabbi reste grave, autour de lui l'hilarité se déchaîne.

Pour les Juifs qui se sont résignés à rester vivre sous le joug syrien, la présence des cochons sur la falaise était la preuve du peu de cas qu'on fait ici de leur foi, de leur loi et de ses interdits. Autant de pieds de porcs, autant de pieds de nez. L'élimination du troupeau impur sonne comme un avertissement donné aux dominateurs. Et de quelle manière spectaculaire !

Les Juifs sont friands de voir leur Dieu se manifester dans la puissance et la gloire. Le crépitement assourdissant des cochons tombant en grêle dans le lac de Tibériade est dans la droite ligne des giboulées de grenouilles et des averses de sauterelles que Moïse, au nom de l'Éternel, faisait pleuvoir sur l'Égypte au temps de l'Exil. L'histoire continue donc. Avec des variantes, mais elle continue.

Alors, les Géraséniens sont enchantés d'avoir vu ça. Ils manifestent leur liesse en riant et en dansant.

Les meilleurs conteurs parmi eux cherchent déjà les mots, les tournures, les accents qui seront les mieux appropriés à la relation de cette aventure. Tandis qu'ils testent leurs versions de l'événement sur ceux qui, arrivés les derniers, n'ont rien vu, un petit homme s'éloigne en direction de la ville. Il voulait rester avec le Rabbi, mais celui-ci n'a pas voulu.

Le petit homme pense à tout ce qui l'attend, et il se dit qu'il n'est pas au bout de sa journée. D'abord, il va devoir se montrer aux prêtres, leur prouver qu'il est redevenu un Juif comme les autres, verser l'obole pour sa purification et obtenir sa réintégration dans la société des hommes. Ensuite, il se demande quel médecin syrien sera le plus compétent pour soigner les plaies purulentes occasionnées à ses chevilles et à ses poignets par les chaînes qui l'entravaient. Il se dit qu'il pourrait revenir sur ses pas et demander ça au Rabbi. Ça ne lui coûterait pas beaucoup, au Rabbi, ce n'est qu'une petite guérison de rien du tout.

Mais, en se retournant, il voit Jésus au milieu d'une farandole de gens heureux. Certains se dandinent en fronçant le nez et en poussant des grognements imitant ceux des cochons. D'autres, le doigt tendu vers la falaise déserte, rient à gorge déployée.

Le petit homme renonce à déranger le Rabbi. S'il y a une chose dont il se sent devenu incapable, c'est bien d'embêter les gens. N'empêche que, s'il n'avait pas tant de choses à faire, il retournerait se mêler à eux.

Il y a si longtemps qu'il n'a pas entendu rire comme ça.

Bien qu'il n'en affiche pas les signes extérieurs de dignité qui sont le voyage à dos d'âne et une certaine ampleur du manteau, Jésus se laisse donc appeler Rabbi. Ce qui n'empêche pas les esprits de s'échauffer quant à savoir qui il est vraiment.

Agitateur politique pour les Romains (qui s'en accommodent tant que cette agitation secoue la seule société juive) et pour Hérode (qui, lui, s'en effraye autant qu'il s'en irrite), imposteur et blas-phémateur aux yeux des scribes, des pharisiens et de tous les membres en général de la hiérarchie religieuse, prophète et guérisseur selon les uns, chef de bande ivrogne et glouton selon les autres, il n'est le Messie que pour une pincée d'extra-lucides. Dont Pierre qui a entraîné quelques-uns des Douze, mais pas tous, dans ses certitudes. Encore que les certitudes de Pierre, certains jours, semblent relever de l'autosuggestion. Voire du pari. Mais le pêcheur est joueur, qui ne sait jamais ce que ramènera son filet.

Jusqu'à présent, mêlé à l'immense foule des pèlerins anonymes, Jésus n'est monté à Jérusalem que pour les trois pèlerinages annuels que prescrit la Loi. Réservant l'essentiel de son action et de son enseignement à la riante Galilée, sa terre à lui, où il accomplit la plupart de ses miracles. Pas une bourgade qui ne puisse exhiber son aveugle qui voit, son muet qui chante, son paralytique qui grimpe aux arbres, son lépreux qui a enfin cessé de s'effriter, son possédé redevenu le compagnon le plus sociable du monde.

Pourtant, il n'y a pas plus ingrat que ces Galiléens-là. Se lassant de la joie aussi vite que l'enfant de ses jouets, l'enthousiasme de la foule va de pair avec sa propension à oublier. La plupart des guéris n'ont rien de plus pressé que de tourner les talons pour repartir vaquer à leurs occupations comme si rien ne s'était passé. Est-ce parce qu'ils sont agriculteurs ou pêcheurs, que la récolte n'attend pas, que le poisson a vite fait de se corrompre s'il n'est pas aussitôt vidé, séché ou salé ?

On a souvent l'impression qu'ils viennent quémander leur miracle comme on vient réclamer un document officiel auprès d'une administration. Au dernier moment, quand on ne peut vraiment plus faire autrement, et en pestant contre la file d'attente interminable. Au point que le chef d'une synagogue est obligé de leur rappeler qu'ils ont toute la semaine pour venir se faire guérir, qu'ils ne sont pas obligés d'attendre pour ça le jour sacré du sabbat.

Et que dire de ces villages où les candidats au miracle sont si peu convaincus de la validité de leur demande que Jésus, étonné, déçu, limite ses prodiges à quelques guérisons – dont on le remercie du bout des lèvres ?

Nazareth est une des bourgades qui lui réservent l'accueil le plus froid. Pour ses habitants parmi lesquels il a grandi et vécu, il est resté le fils du charpentier et de Marie, laquelle est toujours aussi douce, aussi effacée, toujours à faire son pain et sa lessive sans que les anges descendent lui allumer son four ou lui essorer son linge. On a connu Jésus des copeaux plein les cheveux, les mains poisseuses de résine. Depuis quand est-ce en pratiquant le métier du bois qu'on acquiert des pouvoirs extraordinaires ?

Même les cités du lac, dont Capharnaüm que Jésus a favorisée plus qu'aucune autre ville, font la moue.

Comblée de bienfaits, la Galilée n'a décidément pas la reconnaissance de l'âme.

– Nul n'est prophète en son pays, reconnaît Jésus.

– Et si tu essayais Jérusalem, Rabbi ?

Le fait est que Jérusalem est incontournable. Quelle que soit l'image de lui qu'il veut donner,

Jésus doit passer par cette caisse de résonance qu'est la capitale de la Judée. Il le sait depuis le début – depuis qu'il est « sorti », comme il le dit joliment lui-même.

Mais les conditions dans lesquelles Jésus va entreprendre le voyage de Jérusalem sont exécrables. Par ses paroles, il a dressé contre lui à peu près tout ce que le pays compte d'intellectuels. Entre des docteurs de la Loi aux positions irréductibles et un Hérode d'autant plus dangereux qu'il est désarmé et aux abois, Jésus n'a qu'une marge de manœuvre si étroite qu'elle en est presque inexistante.

Il n'est dupe de rien. Non seulement le voyage sera sans retour, il le sait, mais encore faut-il qu'il en soit ainsi. S'il hésite encore un peu, c'est à cause de ceux qui le suivront et qui seront mis en danger du seul fait de marcher avec lui. Alors, il leur dit la vérité. Si ses amis décident finalement de l'accompagner, qu'au moins ils connaissent le prix de Jérusalem : souffrance et mort.

Et résurrection, ajoute-t-il. Mais ça, jusqu'où peuvent-ils y croire ?

Un jour, après avoir pesé le pour et le contre, après pas mal de réveils affolés au milieu de nuits moites, après aussi quelques très beaux matins apaisés, emplis d'une espérance contre toute attente (certains sourires de Jésus suffisaient à faire naître cette espérance), ils quittent la Galilée verte, fraîche et fruitée, pour les terres tannées, les échines rocailleuses, les blancheurs assourdies des calcaires de Judée. Le ciel de là-bas, qui n'est pas tramé par des brumes imperceptibles comme celles qui montent du Jourdain ou du lac, est d'un bleu plus sec, presque solidifié. Au fur et à mesure que la végétation devient plus clairsemée, plus rampante, l'habitat lui aussi se durcit, les maisons ont moins de branches et de feuilles, davantage de boue séchée, de briques, de pierre pour les plus riches, leurs angles sont taillés plus net. Au chant des oiseaux dans les arbres se substitue la stridulation lancinante des insectes de la pierraille. Le son qui tirait l'attention vers le haut la ramène vers le sol. D'ailleurs, les journées sentiront la poussière. On aura la gorge sèche, les pieds enflammés par le sable qui s'insinue sous les lanières des sandales brûlantes.

En même temps que le paysage, la nature de la joie change aussi. Comme on s'éloigne de l'affable Galilée, le Dieu qui riait devient un Dieu qui simplement sourit. Mais pour compenser la rugosité du chemin, la rudesse du destin, Jésus met beaucoup de tendresse dans ses sourires. Cette tendresse, qui peut-être n'était pas aussi apparente au temps des grands rires virils des années galiléennes, va attirer auprès de lui les plus belles figures de femmes de la geste évangélique.

Laissons la Galilée, mais sans encore entrer tout à fait en Judée. Arrêtons-nous au milieu des deux mondes, et au milieu du jour.

Il est midi en Samarie.

Au pied d'une montagne chevelue, la plaine de Sichem semble dévorée par quelque incendie invisible, sans flammes ni fumée, sans rugissements, qui se manifeste seulement par le tremblement des contours et une impression d'asphyxie. À la verticale du soleil, le mont Garizim porte la lumière comme un crâne la *kipa* – une lumière ronde, qui n'est bordée par aucune ombre. La terre a brûlé tous ses parfums, elle ne sent plus que la surchauffe.

Ici et aujourd'hui, exceptionnellement, Jésus est seul. Les disciples sont partis pour Sichem où ils comptent acheter des provisions. C'est une ville pas très loin, Sichem, mais la chaleur est telle que Jésus, après avoir regardé la route et le soleil, a dit qu'il préférait rester là à les attendre. Comme ils avaient l'air étonné, il a ajouté qu'il se sentait fatigué. Ce qui les a étonnés encore un peu plus.

Ils se comportent avec lui comme s'il pouvait échapper à ces contingences humaines que sont la fatigue, le manque de sommeil, la faim, la soif, le mal de ceci ou de cela. Quand ils ont besoin de lui soutirer quelque chose, ils sont les premiers à dire : « Tu dois bien comprendre, Rabbi, tu es comme nous, tout pareil. » Mais quand c'est lui qui a besoin d'eux, ils paraissent surpris. Ils semblent penser qu'il se force à leur demander de l'aide. Ils n'arrivent toujours pas à comprendre comment quelqu'un qui réanime des petites filles froides et livides, qui commande aux tempêtes et qui marche sur les eaux, pourrait avoir besoin qu'on lui passe le pain. Ils n'ont pas résolu l'ambiguïté de l'incarnation. Et pas seulement ça. Incarnation, passion, résurrection, ils ne résoudront aucune des ambiguïtés des mots en « ... on ».

Au bord de cette route de Samarie, là où Jésus s'est arrêté pour attendre le retour des Douze, il y a un puits. Ce n'est pas n'importe quel puits, il est réputé être celui où Jacob avait l'habitude d'abreuver son petit bétail. Après Jacob, les fils du patriarche continuèrent d'y mener leurs bêtes. Ce n'est pas une de ces citernes qui recueillent les pluies hivernales pour les conserver sous forme d'une flaque d'eau stagnante qui verdit et croupit dès les premières chaleurs : creusé à plus de trente mètres, ce qui fait de lui le plus profond de toute la Palestine, le puits de Jacob recèle une eau de source abondante, incomparablement fraîche et pure.

Le puits est l'objet d'une trop grande vénération pour que Jésus se soit assis sur sa margelle. Il se tient plus probablement à proximité, sur le bord de la route. Il a soif, mais aucun moyen de puiser de l'eau. Il boira tout à l'heure, au retour des disciples. En attendant, il recouvre sa tête d'un pan de sa tunique pour protéger sa nuque des ardeurs du soleil. Il ferme les yeux pour les reposer de l'éblouissement. Il est comme quelqu'un qui dort.

C'est alors qu'il entend un pas sur le chemin. Il ouvre les yeux, écarte le rabat de sa tunique. Une femme vient de passer devant lui. Elle marche vers le puits. Jésus la voit de dos. Elle porte une jarre sur la tête, et une longue corde enroulée autour de l'épaule comme font quelquefois les marins.

Après avoir noué la corde aux anses de la jarre, elle laisse celle-ci descendre dans les profondeurs du puits. Jésus entend distinctement le bruit que fait la jarre en touchant l'eau. La femme patiente un instant, le temps que la jarre se remplisse. Jésus voit maintenant ses bras remuer sous l'étoffe de sa tunique, un tissu d'un bleu presque noir. Elle est en train de remonter la jarre. Elle hale en cadence, attentive à ne pas faire osciller son récipient qui pourrait se briser en heurtant les parois du puits.

– Donne-moi à boire, dit Jésus.

Il n'a pas quitté sa place au bord du chemin. Sans cesser de remonter sa jarre, la femme se retourne vers lui. Il voit alors qu'elle n'est plus toute jeune. Mais sa beauté, qui a dû être grande, ne s'est pas fanée, elle a juste reflué comme pour mieux se concentrer dans certaines parties du visage – le regard, la bouche surtout –, laissant l'âge alourdir le menton, épaissir le nez, rider le front.

La femme toise Jésus avec ironie :

– Comment! Toi qui es Juif, tu me demandes à boire ? À moi, une Samaritaine ?

Quand elle est passée près de lui, elle n'a pas ralenti son pas, elle n'a pas eu un mot pour s'enquérir de ce qu'il faisait là, assis sur le bord de la route. Elle l'a superbement ignoré. Entre Juifs et Samaritains, on ne se mélange pas. On adore le même Dieu, mais avec des variantes telles que les deux camps s'accusent réciproquement d'hérésie. On se voue une haine furieuse depuis que les Juifs ont interdit aux Samaritains de participer aux travaux de reconstruction du Temple sous prétexte que des goïm n'étaient même pas dignes de toucher de leurs mains impures les murailles extérieures. La femme est donc de ce peuple fou qui s'embusque derrière les rochers pour attaquer et dépouiller les pèlerins juifs qui montent vers Jérusalem. Les laissant parfois pour morts. Elle est de cette race, de cette engeance qui, un jour, a commis le sacrilège sans nom de jeter des ossements humains dans le Saint des Saints pour le profaner. Ses yeux sont aussi noirs que la lumière est vive.

Jésus s'est levé. Il s'approche de la Samaritaine :
– Si tu savais qui te demande à boire, c'est toi qui m'aurais demandé de l'eau – et je te l'aurais donnée, ajoute-t-il.

Elle incline un peu la tête sur le côté, elle l'examine. Il n'a ni corde ni aucun récipient pour puiser de l'eau. Il se moque d'elle, bien sûr. Ou alors, il est stupide. Deux fois stupide, pense la Samari-

taine : et pour être demeuré trop longtemps immobile au soleil, et pour être Juif.

– Tu n'as même pas de seau, dit-elle. Comment
l'aurais-tu prise, ton eau ?

Elle finit de remonter sa jarre, la serre contre elle
tandis qu'elle défait les nœuds de la corde. Elle sait
bien qu'elle ne devrait pas discuter avec cet
inconnu. Mais ça, c'est un peu la magie des puits.
Hommes et bêtes y viennent mus par la même soif,
y partagent la même eau, alors pourquoi une
Samaritaine et un Juif ne partageraient-ils pas aussi
quelques mots ?

Jésus est venu tout près d'elle. Il la regarde en
souriant. Il a l'air content d'avoir trouvé quelqu'un
avec qui parler – ça se voit à sa façon de prendre
son temps avant de répondre, comme lorsqu'on
s'installe dans une conversation qui va durer.

– Vois-tu, dit-il en désignant la jarre pleine, qui
boit de cette eau que tu as remontée du puits aura
encore soif. Tandis que celui qui boira l'eau que
moi je lui donnerai, celui-là n'aura plus jamais soif.
Il aura – comment te dire ? – une source en lui.
Pour la vie éternelle.

Elle rit. En voilà, une trouvaille ! Les Juifs ont la
réputation d'être des malins, mais si ce Juif-là a
trouvé le moyen d'avoir de l'eau à jamais, de
l'avoir en soi comme on a son sang, sa chaleur, ses
désirs, ses chagrins, ses rêves – eh bien ! il est à lui
tout seul plus malin que tous les Juifs réunis.

– Vas-y, donne-la-moi, ton eau. Ça serait plutôt

appréciable de ne plus avoir soif et de ne plus être obligée de venir puiser ici – et plusieurs fois par jour, encore !

Et elle fait le geste de vider sa cruche dans le puits, afin que l'inconnu la remplisse de son eau extraordinaire. Mais il arrête son mouvement. Elle soupire : il lui a raconté n'importe quoi, bien sûr. C'était une farce, son histoire d'eau miraculeuse pour remplacer celle du puits de Jacob. De l'eau inusable, et quoi encore !

Elle devrait se fâcher, peut-être. Si elle avait vraiment vidé sa jarre, il aurait éclaté de rire – tu t'es bien fait avoir, la Samaritaine ! Allez, ma belle, tu n'as plus qu'à renouer ta corde et tout recommencer. Et il se serait assis sur la margelle, ce Juif blagueur, pour la regarder s'échiner une nouvelle fois à remonter la lourde jarre. Mais non, il n'aurait pas ri. Non, il ne m'aurait pas fait ça. Si j'avais été assez idiote pour vider ma jarre, c'est lui qui me l'aurait descendue et remontée. Comment je le sais ? Je le vois. Il est charmant. Je dis charmant faute d'un autre mot.

Elle a posé la cruche sur sa tête. Mais elle ne s'en va pas, elle reste là à le dévisager. À chercher le mot introuvable pour le qualifier.

– Va, dit-il. Va chercher ton mari et reviens avec lui.

– Je n'ai pas de mari.

Pourquoi a-t-elle parlé si vite ? Elle se mord les lèvres. Si elle n'avait pas sa cruche sur la tête, elle baisserait cette tête. De confusion. Que va-t-il penser ? Une femme qui avoue si vite à un inconnu qu'elle n'a pas de mari reconnaît du même coup qu'elle est une femme libre. Une femme à prendre. Il faut qu'elle s'ébroue, qu'elle se secoue pour remettre ses idées en place. Décidément, cette cruche sur sa tête l'embête. Elle la prend à deux mains, la repose sur la margelle.

Jésus sourit toujours :

– Tu as eu cinq maris. Mais tu as raison de dire qu'en ce moment tu n'en as pas, parce que l'homme avec lequel tu vis n'est que ton amant.

Là, elle reste bouche bée. Il est comme les grands magiciens qui font semblant de rater un tour, le tour de l'eau inusable, pour en réussir aussitôt un autre plus fort encore – celui de la divination.

Cet homme est un prophète. Malgré ses vêtements défraîchis, la poussière qui le recouvre de la barbe aux sandales, il y a en lui un je ne sais quoi qui ne trompe pas – toujours ce mot impossible à trouver. Et ce n'est pas tous les jours, dans la plaine de Sichem, qu'on se trouve à bavarder avec un prophète. Un si gentil prophète, si compréhensif et si courtois, qui ne vous traite pas en femme perdue sous prétexte que vous avez une vie sentimentale passablement agitée.

– Alors, explique-moi, dit-elle. Pour adorer Dieu, nos pères avaient construit un temple sur cette montagne (elle désigne le Garizim), mais vous, les Juifs, vous prétendez que c'est à Jérusalem qu'il faut l'adorer.

Comme elle a soif de vrai, pense Jésus, comme elle pose les bonnes questions ! Et comme il aura fallu du temps, avant de rencontrer quelqu'un qui se préoccupe enfin de savoir où est Dieu ! Quand on sait où vit celui qu'on cherche, c'est presque comme si on était déjà derrière sa porte, le cœur battant, en espérant qu'il va vous ouvrir, qu'il va vous inviter à entrer.

– Crois-moi, dit-il, tu n'auras bientôt plus à aller sur cette montagne, ni à Jérusalem. Plus besoin d'aller nulle part. Tu n'auras qu'à rentrer en toi. Dieu est esprit. C'est en esprit et en vérité qu'on doit l'adorer.

Non seulement il lui a dit où trouver Dieu, mais qui était Dieu et comment l'aimer. Et comme c'est simple, n'est-ce pas ? Un enfant pourrait comprendre. La Samaritaine est une enfant. Tous, pense Jésus, vous êtes tous des enfants.

Ses grands yeux noirs toujours fixés sur lui, la femme de Samarie garde le silence. Elle réfléchit. Ses longs doigts bruns jouent machinalement dans l'eau de la jarre. Il semble qu'elle veuille en rester là. Elle a compris ce que Jésus voulait dire, mais elle n'est pas sûre d'y croire. C'est très beau, ce qu'il raconte, et surtout ça a l'air possible. Dieu dans le cœur des hommes, comme cette eau vive qu'il évoquait quand nous avons commencé à parler. Tout dans le cœur des hommes, en somme. Là où est leur vérité, là où il y a peut-être la parcelle incorruptible, l'étincelle qui ne meurt jamais. Mais cet homme n'est qu'un prophète. Et surtout, ce prophète n'est qu'un homme. Les prophètes peuvent s'égarer, ça s'est vu. Quant aux hommes, non seulement ils se trompent eux-mêmes, mais ils vous trompent. Pour en avoir eu six sous son toit, dans son lit, dans ses bras, elle sait ce qu'on doit en penser, des hommes. Elle choisit la prudence et l'attente.

– Je sais qu'il vient, dit-elle. Le Messie, je sais qu'il vient. Celui qu'on appelle le Christ, il vient. Quand il sera là, c'est lui qui nous fera connaître toutes ces choses.

– C'est moi, dit Jésus, moi qui te parle.

Faut-il qu'il l'aime, faut-il qu'il ait confiance en elle, pour lui révéler ce qu'il n'avoue jamais sans réticence. D'habitude, c'est : « Et vous, qui dites-vous que je suis ? » Il laisse les autres se prononcer.

On ne saura pas comment l'aveu s'est frayé en elle – fulgurant comme l'éclair qui plonge au cœur de l'arbre ou grave et lent comme le soleil qui monte. Sait-on seulement si elle a entendu...

De toute façon, elle n'a pas le temps de répondre : voilà les disciples de retour de Sichem, chargés de victuailles, marchant de front sur la route blanche. Ils ont fait vite. Malgré Judas qui protestait qu'on ne devait pas acheter comme ça sans marchander, qu'on se faisait rouler par les Samaritains, Pierre ne leur a pas consenti une minute de répit. Pierre répugne à laisser le Rabbi seul. Avec tous ces malintentionnés, ces jaloux, ces aigris qui cherchent à lui faire un mauvais parti, c'est de la dernière imprudence.

En apercevant Jésus en train de parler familièrement avec une femme, les Douze s'immobilisent. Stupéfaits. Qu'une inconnue ait profité de leur absence pour aborder Jésus, passe encore. Ce n'est pas la première fois et ce ne sera pas la dernière qu'il se laisse amadouer. Avec lui, aucun service d'ordre ne résiste longtemps. Mais une Samaritaine! Pourquoi le Rabbi fait-il toujours des choses qui ne se font pas? Pourquoi est-il si incongru? Heureusement qu'il est midi, que la chaleur insupportable incite les gens à rester calfeutrés dans l'ombre de leurs maisons de Sichem et qu'il n'y a personne d'autre que ses disciples pour surprendre leur Rabbi occupé à converser avec cette femme, cette moins que rien de Samaritaine – si proches l'un de l'autre, tous les deux, que leurs ombres sur la terre n'en font qu'une.

Quelque chose, on ne sait pas quoi, les empêche de s'élancer vers Jésus, de lui demander pourquoi il s'entretient avec cette femme, et de la rappeler, elle, au respect des convenances. La rudoyant si nécessaire. Non, non, quelque chose les retient. Ils n'en pensent pas moins, mais ils n'interviennent pas, ils se forcent à regarder ailleurs, font mine de se passionner pour le vol d'un oiseau gris, est-ce le chant de cet oiseau qu'on entend ou les roues d'un chariot qui grincent dans le lointain, et qu'est-ce que ça peut bien être comme oiseau, et comment les oiseaux s'arrangent-ils d'un pays où il y a si peu d'arbres ?

— Ils ont fini, dit Pierre qui jetait des regards en coin vers le puits de Jacob.

De fait, l'ombre unique s'est divisée, il y a de nouveau deux ombres sur la terre, l'ombre d'un homme et l'ombre d'une femme. La Samaritaine s'éloigne. Non sans se retourner tous les deux ou trois pas pour regarder Jésus.

— Le Rabbi a dû rudement l'impressionner, dit quelqu'un, elle en oublie de remporter sa cruche.

C'est vrai, elle l'a laissée sur la margelle. Peut-être, en effet, a-t-elle l'esprit ailleurs. Ou peut-être s'est-elle rappelé que Jésus avait soif et rien pour puiser l'eau. Mais Jésus ne touche pas à la jarre. Il reste là, rêveur.

— Rabbi, disent les disciples, viens manger.

Ils ont acheté d'excellentes choses, des nourritures fraîches et parfumées, et même du vin que l'eau tirée par la Samaritaine permettra de couper. Avec cette eau, on pourra aussi procéder aux ablutions rituelles. Ce sera un festin tout à fait acceptable et Jésus n'est pas du genre à rechigner devant un bon repas.

Alors, pourquoi reste-t-il indifférent à leurs appels ?

– Rabbi, répète Pierre, si tu es fatigué il faut te nourrir pour reprendre des forces. Viens voir ce qu'on t'a apporté.

– J'ai de quoi manger, dit Jésus. Une nourriture que vous ne connaissez pas.

– Des spécialités de Samarie ? C'est cette femme qui te les a données ? Tu ne devrais pas accepter n'importe quoi. On ne sait jamais.

Pierre a froncé les sourcils. Il est inquiet. Il pense au poison. Les chefs religieux de Jérusalem ont pu concevoir l'idée d'acheter les services d'une femme pour se débarrasser discrètement de Jésus. Une Samaritaine serait la coupable idéale à jeter en pâture aux foules juives qui ne manqueraient pas de s'émouvoir de la mort du Rabbi. Décidément très pharisien, tout ça...

– Ma nourriture, dit Jésus, c'est de faire la volonté de celui qui m'a envoyé et d'accomplir son œuvre.

Pierre regarde les onze autres. Rassuré.

– Ça va, dit-il en riant, on ne nous l'a pas changé. Un moment, il m'a fait peur. Mais non, il est bien comme avant.

Pour autant, Jésus les laissera manger sans se joindre à eux. Mais c'est tout le contraire d'une bouderie. Simplement, il est heureux de cet échange avec la Samaritaine. Le bonheur d'avoir été écouté, et peut-être compris, suffit réellement à le rassasier. Il avait raison, tout à l'heure : Dieu est esprit.

Et là-dessus, la Samaritaine revient. Et cette fois, elle n'est plus toute seule.

Ce n'est pas le sixième homme de sa vie qu'elle est allée chercher comme Jésus le lui suggérait – ce sont tous les hommes de Sichem qu'elle ramène. Elle a dérangé ceux qui se restauraient, réveillé ceux qui dormaient, interrompu ceux qui travaillaient :

– Suivez-moi, j'ai rencontré quelqu'un d'extraordinaire, venez vite le voir avant qu'il s'en aille. Oh ! c'est un grand prophète, pour sûr : je ne lui ai rien dit, et pourtant il connaissait tout, absolument tout de ma vie. Au point que je me demande si ça n'est pas le Messie...

Elle n'affirme rien – preuve qu'elle n'a pas pris pour argent comptant la petite phrase de Jésus : « Le Messie, c'est moi, moi qui te parle... » Comme la plupart des gens, aussi bien ceux qui l'attendent avec impatience que ceux qui n'ont vraiment aucune hâte de le voir arriver et tout chambouler, elle s'imaginait un Messie avec un autre visage que celui de ce voyageur au regard presque trop doux. Elle le voyait autrement accoutré, et surtout autrement escorté que par cette poignée de rudes compagnons qui ont davantage l'air de rôdeurs que des courtisans du futur maître de la Palestine. Mais elle ne réfute pas complètement l'idée que ça puisse quand même être lui, le Messie – l'homme du puits. Ce n'est pas un doute qui s'est insinué en elle, c'est une espérance qui a germé.

On la suit donc. On rit, on savoure d'avance, on se frotte les mains. On n'a ni cirque ni hippodrome, à Sichem, mais on a cette femme. Grâce à elle, on ne s'ennuie jamais. Après avoir défrayé la chronique avec ses déboires conjugaux à répétition, voilà qu'elle prétend avoir trouvé le Messie, au bord d'un puits, à midi. L'homme n'est probablement qu'un saltimbanque, mais qu'importe! S'il ne demande pas trop cher pour montrer les tours qu'il sait faire, voilà quelques heures de distraction qui seront les bienvenues.

Les habitants de Sichem n'ironisent pas longtemps. Ils ont vite fait de comprendre que le soidisant devin ambulant est en réalité un Rabbi. Non seulement l'un des plus érudits, mais aussi l'un des plus fascinants qui soient. Émouvant, même, ce qui n'est pas courant chez ces Rabbis qui sont plutôt du genre sévère – ou grandiloquent.

Alors les hommes de Sichem, pourtant tous des Samaritains bon teint, insistent pour l'inviter, lui un Juif, à séjourner quelque temps dans leur ville. Malgré les protestations de Pierre (pas en Samarie, Rabbi, pas en Samarie!) Jésus décide de s'arrêter pour deux jours et deux nuits.

Ce seront les quarante-huit heures les plus exaltantes de la vie tourmentée de la Samaritaine. Sans doute s'est-elle chargée de l'organisation du séjour de cette pincée de Juifs tombés du soleil. Mauvaise épouse peut-être, mais hôtesse accomplie, elle est partout à la fois, se dépense sans compter. La nuit, c'est à peine si elle dort. Elle reste assise sur sa couche, à côté de son compagnon profondément assoupi, à supputer les chances que le Rabbi soit vraiment le Messie. À se demander ce que ça pourrait changer – si c'était vrai. Elle en rit toute seule, dans la chambre étouffante.

Mais elle ne prend pas pour elle la gloire du Rabbi, pas plus que l'alouette ne prend la lumière.

D'ailleurs, Jésus parti, plus personne ne fait attention à elle. Elle n'a été rien d'autre qu'une messagère, une femme qu'on a vue un beau jour se mettre à courir comme une folle dans les rues de Sichem, courir en pleine chaleur alors que tout le monde n'aspirait qu'à se tenir tranquille jusqu'à ce que l'ombre gagne un peu, courir en criant : Venez, venez voir cet homme, venez vite !

Comme elle était drôle ! Éparpillant au soleil la sueur de son front, de ses bras, comme autant de petites graines étincelantes. Une semeuse de lumière.

Et tout ça pour quoi ? Pour rentrer dans l'ombre, aujourd'hui. Pour être rabrouée, et même humiliée. Les habitants de Sichem lui sont reconnaissants de leur avoir permis de connaître

Jésus, mais maintenant ils n'ont plus besoin d'elle :

– Qu'il ait lu dans ton passé, on s'en fiche. Ce qu'il nous a dit lui-même va tellement plus loin que toutes tes histoires de devinettes ! Alors ne te mêle plus de rien et laisse-nous réfléchir à tout ça...

On la repousse dans la rue inondée de chaleur, on lui ferme la porte au nez. Elle ne leur en veut pas. Du moment qu'ils ont écouté ce Juif et que ça leur a fait du bien, elle est contente. Elle aussi, ça lui a fait du bien.

Au fait, question lancinante : est-il le Messie, oui ou non ? Certains ont l'air de le penser. Elle, tout ce qu'elle sait, c'est que de tous les hommes de sa vie aucun n'a compté ni ne comptera jamais autant que celui-là. Et que de toutes les heures de sa vie, l'heure de midi au puits de Jacob aura été la plus éblouissante.

En attendant, elle se hâte vers son amant. Il a faim, il doit tourner en rond dans la maison en pestant après elle, cette étourdie, cette damnée bavarde qui n'est jamais là quand on a besoin d'elle. Pas étonnant qu'elle ait été répudiée cinq fois.

Elle rit.

Elle va probablement prendre des coups pour avoir oublié de préparer le repas, mais ça ne fait rien, la vie est belle.

Il n'est plus midi, mais minuit. À Jérusalem, une autre femme. Où l'a-t-on trouvée, qui l'a dénoncée ? Son mari ? Son propre père ? Un frère ? Un amoureux ivre de jalousie ? Tout est possible, et ça n'a pas d'importance. Le seul fait incontestable, c'est qu'on l'a arrachée aux bras d'un amant. Et lui, cet homme, est-ce qu'il a seulement essayé de la défendre un peu ou bien, au contraire, a-t-il laissé emmener cette pauvre fille à qui, l'instant d'avant, il jurait qu'elle était toute sa joie et qu'il la trouvait belle ?

Quant à elle, elle n'a rien dit. Atterrée. Trop choquée par ce passage brutal de l'amour à la haine, de la douceur du lit où elle se lovait, frivole et heureuse, à la rudesse des rues à travers lesquelles on la traîne, ses pieds nus raclant la caillasse.

Elle a d'abord cru qu'ils la conduiraient directement aux portes de Jérusalem, là où ont lieu les lapidations. Pourquoi réunir un tribunal, pourquoi la juger ? Ça n'est pas la peine puisqu'on l'a prise en flagrant délit. La Loi est claire, nette et précise : il n'existe qu'un seul châtiment pour les femmes adultères. Il n'y a aucune raison de gaspiller du temps à entendre des témoins, puis à discuter du sort qu'on lui fera subir. Tout le monde a autre chose à faire, ces jours-ci.

La fête des Tentes bat son plein. En mémoire des quarante années où les Hébreux, après leur sortie d'Égypte, ont vécu dans le désert et habité sous des tentes, chaque famille est tenue de se construire un abri précaire, une hutte de roseaux, de branches, de feuillages, et d'y vivre quelques jours.

On a beau s'efforcer de faire ça sérieusement, essayer de se concentrer sur ce que ces quarante années d'errance et d'inconfort ont représenté, la fête est chaque fois l'occasion d'un joyeux désordre. Tout le monde s'amuse énormément pendant les Tentes, les Juifs comme les étrangers qui envahissent Jérusalem pour assister à ça. La jeune femme et son amant ont cru pouvoir profiter des Tentes pour se retrouver et s'aimer sans risque d'être surpris. Ils se sont dramatiquement trompés.

La femme regarde pâlir le ciel. L'aube n'est plus très loin, à présent. Ils la tueront probablement dès qu'il fera assez jour pour bien voir où les pierres la frappent. Elle espère en tout cas qu'il en sera ainsi – qu'il y aura assez de clarté pour qu'ils voient ce qu'ils font, pour qu'ils la visent à la tête. Comme ça, si les pierres ne la tuent pas tout de suite, elle aura sans doute la chance d'être assommée. Elle tombera, et, comme elle ne bougera plus, il leur suffira de quelques minutes pour l'achever. Elle a atrocement peur de mourir, même si c'est sans trop souffrir. Elle voudrait tellement que quelqu'un l'aide un peu. Mais elle sait qu'il n'y aura personne pour la secourir d'aucune façon.

Au bout d'une rue, elle voit soudain se dresser les hautes murailles du Temple illuminé par les torchères. Ils ont peut-être décidé de la faire comparaître devant le tribunal des scribes, finalement. Rien ne vaut un procès, même bref, même jugé d'avance, pour rappeler au peuple que, malgré l'occupation romaine, c'est toujours la Loi de Moïse qui s'applique. La fête des Tentes, qui rassemble des Juifs venus de toute la Palestine, est une occasion idéale pour ce genre de démonstration. Elle trouve ça cruel. Elle croyait que seuls les crucifiés devaient endurer des marches au supplice interminables.

Au commencement de la nuit, quand elle est entrée dans la chambre où l'attendait son amant, elle était jolie, propre et parfumée. Elle est peut-être restée jolie, mais elle n'est plus ni propre ni parfumée. La peur abjecte a donné à son souffle et à sa peau une odeur écœurante de bête malade. Et ça ne fera qu'empirer. Elle n'a pas vomi, elle ne s'est pas encore souillée de ses déjections, mais ça viendra sûrement. Elle va continuer à se dégrader jusqu'à l'instant de sa mort. Dès les premières blessures, elle sera assaillie par les mouches. Comme si elle n'était déjà plus qu'une charogne. L'idée de toutes ces mouches agglutinées sur ses plaies lui fait davantage honte que l'acte pour lequel on va la punir. Je suis décidément bien légère, pense-t-elle comme pour se persuader que, d'une façon ou d'une autre, elle mérite en effet d'être punie.

Comme on arrive aux portes du Temple, elle entend ceux qui l'ont arrêtée dire qu'ils vont la montrer à un Rabbi avant de l'exécuter.

Aux premières lueurs du jour, Jésus est descendu du jardin des Oliviers où il a passé la nuit sous la hutte qu'il s'est confectionnée. Grâce à son habileté d'ancien charpentier, sa hutte est moins brouillonne que celles qui l'entourent. Il s'en dégage une impression de solidité, d'assise et d'harmonie.

Il entre dans le Temple. À peine s'est-il assis sous une galerie que la foule commence à se rassembler autour de lui – des gens qui se sont réveillés et levés de bonne heure exprès pour venir l'entendre. Pierre et les autres disciples les regroupent de façon à laisser un passage libre pour le cas où Jésus devrait s'enfuir précipitamment. Car les rumeurs selon lesquelles les responsables religieux vont multiplier les occasions de le pousser à la faute pour avoir un motif de l'arrêter sont

plus insistantes que jamais. Et s'il est déjà dangereux pour lui de prêcher à Jérusalem, c'est carrément défier la raison que de le faire dans l'enceinte
du Temple. Dans la campagne et les bourgades de
Galilée, il y avait toujours moyen de s'échapper.
Mais le Temple est comme une souricière à l'intérieur de cet autre piège plus grand qu'est Jérusalem. Et cette même populace qui, pour l'heure,
acclame Jésus, peut en quelques instants devenir
un filet inextricable dans les mailles duquel il ira
s'empêtrer.

C'est par ce passage que Pierre a ouvert au
milieu de la foule que Jésus voit soudain s'avancer
des scribes qui poussent une jeune femme devant
eux. La lumière du jour est encore faible, mais les
innombrables torches qui embrasent le Temple
éclairent parfaitement la prisonnière. Il y a en elle
un mélange un peu trouble de juvénilité et de sen-
sualité. Son visage est celui d'une enfant, son corps
celui d'une femme accomplie, et même déjà
presque lourde. Elle ne pleure pas, mais sa bouche
tremble comme si elle claquait des dents. Après
tout, elle est si peu vêtue qu'elle a peut-être vraiment froid.

La petite cherche le regard de Jésus, mais
celui-ci détourne ostensiblement les yeux.

Il se penche et, du bout de son index, se met à
dessiner dans la poussière.

Comme pour minimiser le caractère dramatique
que les scribes semblent vouloir donner à la scène

– ils ont soigné leur apparition, s'approchant avec une lenteur mesurée, en quelque sorte déjà funèbre, formant autour de la femme à moitié dénudée un cortège compassé, digne et sévère.

Oh ! bien, très bien, apprécie Pierre, le Rabbi leur montre qu'il se désintéresse d'avance de cette histoire – et il a raison, ça sent le coup monté, le traquenard. Moins il en dira, mieux ça vaudra.

– Rabbi, l'interpelle un des scribes, cette femme vient d'être surprise en train de commettre un adultère. La Loi de Moïse prescrit que ces femmes-là doivent être lapidées. Mais toi, nous voudrions bien savoir ce que tu en dis ?

Astucieux. Si Jésus déclare approuver la Loi, alors pourquoi en viole-t-il constamment les prescriptions – notamment en recherchant l'amitié des pécheurs et des prostituées, en brisant les interdits du sabbat, en négligeant les ablutions rituelles avant de prendre ses repas ? Car on l'a vu faire tout cela, et pire encore. Et s'il désapprouve la Loi, il se pose en rebelle. Dans le premier cas, il sera facile de le discréditer aux yeux de tous ces naïfs qui l'écoutent bouche bée. Dans le second cas, de loin le plus intéressant, la preuve de sa duplicité sera faite et il ne restera plus qu'à l'appréhender.

Mais Jésus garde le silence et continue de faire des traits dans la poussière.

Et depuis deux mille ans, on se demande ce qu'il pouvait bien griffonner ainsi, accroupi aux pieds de la petite condamnée à mort. Si l'évangile de Jean relate ce fait, c'est qu'il a son importance. Pour l'apôtre, généralement plus enclin aux perspectives spirituelles, le fait de relever un détail en apparence aussi anodin est forcément chargé de signification. Une signification qui réside autant dans le sujet des gribouillages que dans l'acte de gribouiller. Mais Jean ne nous dit pas ce que ce dessin – ou ces mots – représentaient.

Peut-être parce que, si Jésus dessine, il ne dessine *rien*.

Du moins, rien qui ait un sens. Ce qui est une façon raffinée et pleine d'humour d'avertir les scribes que la perversité de leur question ne peut déboucher que sur l'absurde et le néant.

Mais les scribes ne comprennent rien à ce rien. C'est rare chez les Juifs, mais ceux-là sont totalement dépourvus d'humour. Ils sont venus piéger le Rabbi, et ils entendent bien le confondre. Devant le silence de Jésus, ils insistent :

– Enfin quoi ! cette Loi, tu la connais, non ? Bon, alors, ton avis ?

– Tu as forcément un point de vue là-dessus, tu en as sur tout.

Ils le savent compatissant, sensible aux détresses, prompt à voler au secours des plus faibles, alors ils tâtent du chantage :

– Voyons, Rabbi, tu dois te prononcer :

n'oublie pas que c'est la vie d'une femme qui dépend de ta réponse.

C'est vrai, on allait l'oublier, celle-là, tellement elle se tient sage ! Elle ne connaît pas Jésus, mais tout à coup elle s'est prise à espérer : il doit s'agir d'un Rabbi extrêmement important pour qu'on vienne lui demander son opinion. Est-ce que, par hasard, quelqu'un aurait des doutes sur ce qu'il convient de me faire ? J'ai donc encore l'ombre d'une chance de ne pas mourir tout à l'heure ? Oh ! si je pouvais croiser le regard de ce Rabbi, mes yeux lui diraient ma peur immense et mon espérance en train de devenir immense elle aussi ! Peut-être me trouverait-il jolie – enfin, assez jolie pour estimer que ma mort serait une espèce de gâchis ? Mais pour une raison que j'ignore, il tient son regard baissé.

– Rabbi, s'impatientent les scribes, le soleil monte et il faut que nous prenions une décision. Eh bien, d'après toi, est-ce que oui ou non nous devons lapider cette femme ?

Jésus soupire. Il redresse la tête. Il dévisage les scribes, l'un après l'autre. Il dévisage aussi la foule. La seule qui n'aura pas l'aumône d'un regard, c'est la jeune femme : on ne regarde pas un prétexte.

– Que celui d'entre vous qui n'a jamais péché lui jette la première pierre, dit-il.

Et le voilà qui se remet à ses gribouillis.

Jésus, penché sur la poussière, écoute. D'abord le silence qui a succédé à ses paroles. Un silence à peu près parfait, que trouble seulement la jeune femme qui pleurniche, car cette pauvre petite, dans son désarroi, n'a retenu qu'une chose : le Rabbi a distinctement recommandé que quelqu'un lui jette une pierre, la première a-t-il précisé, ce qui implique qu'il y en aura d'autres.

Puis Jésus entend des froissements de tuniques, des crissements de sandales, des bruits de pas qui s'éloignent et se perdent sous la galerie.

Ils s'en vont. Tous. Mais pas tous ensemble. Les plus vieux partent les premiers. De respectables vieillards, sans doute, mais auxquels l'existence a laissé le temps d'accumuler plus de canaillerie que les autres.

Et ça dure, ça dure ! C'est toujours lent à comprendre, un homme, lent à oser se regarder en face, lent à admettre qu'il n'est que ce qu'il est – alors, une foule d'hommes...

Enfin, il n'y a plus de bruits de pas. Plus rien que le crépitement de la multitude des torches qui, bien qu'il fasse jour, continuent de flamber.

Jésus efface ce qu'il traçait dans la poussière. Il se relève. Il est seul avec la coupable. Maintenant, il la regarde. Il y a beaucoup de joie dans le regard qu'il pose sur elle. Tellement de joie que c'en est insoutenable. Alors, malgré le désir qu'elle avait d'être regardée par lui, c'est elle à présent qui baisse les yeux.

Au fait, pourquoi est-elle restée, cette petite folle ? Pourquoi n'a-t-elle pas profité de la débandade générale pour s'esquiver discrètement ? Pour se perdre dans la foule, dans Jérusalem la tortueuse ? Elle n'est pas enchaînée, on ne lui a même pas attaché les mains. Alors, qu'est-ce qu'elle attend pour se sauver ? Est-ce que ça ne s'appelle pas tenter le diable ? À moins que ce soit elle qui soit tentée – par Dieu.

– Eh bien, ça alors ! s'exclame Jésus. Mais où sont donc passés ceux qui t'accusaient ?

Il regarde autour de lui, en essayant de prendre l'air le plus étonné du monde. Comme s'il ne savait pas. Comme s'il n'y était pour rien.

– Alors, comme ça, personne ne t'a condamnée ?

Elle aussi est stupéfaite. Mais elle, c'est pour de vrai. Elle bredouille :

– Non, personne.

– Moi non plus, je ne te condamne pas...

Elle ne bouge pas. Elle nous fait le coup de la tourterelle dans sa cage, on ouvre la porte et l'oiseau ne s'envole pas, il reste là à vous fixer en se demandant ce que vous attendez de lui. On attend de toi que tu vives, petite. Fin du cauchemar, il faut te réveiller. Jésus doit insister :

– Va, tu peux partir. Mais ne recommence pas.

Les mots qu'on dit à un enfant. Elle devait être bien jeunette, décidément. Assez touchante aussi, avec ses joues barbouillées de larmes. Parce qu'elle pleure sans retenue, maintenant – la décompression, comprenez-vous ?

Le texte évangélique s'est arrêté.

Mais malgré le rideau qui descend, la curiosité nous pousse à observer la scène encore un instant. À dérober quelques images encore. Que fait Jésus ? Il la regarde s'en aller. Où va-t-elle ? Chez son mari, sûrement. Cet homme qu'elle a trompé. Pourquoi ? Ne l'aime-t-il plus ? Ou bien est-ce elle qui ne l'aime plus ? Lui dira-t-elle la vérité, lui racontera-t-elle ce qui lui est arrivé cette nuit de la fête des Tentes ? Et alors, quelle sera sa réaction, à cet homme ?

Une anecdote s'achève, une histoire continue. Dont nous ne saurons rien.

La petite femme éperdue traverse la galerie, le parvis. Comme elle marche mal ! L'émotion, sans doute, la fait trébucher. Elle va finir par se flanquer par terre. Par heurter quelqu'un. Se cogner dans une colonne. Si elle tombe, Jésus se précipitera pour la relever. C'est à cause de lui qu'elle a les jambes en coton.

Elle se retourne. Elle croit avoir entendu, là-bas dans la galerie où son destin s'est joué, quelqu'un qui riait doucement. Mais non, il n'y a plus personne. Elle a dû se tromper. D'ailleurs, ce qui est arrivé n'est pas drôle. Encore que.

Car elle était rudement bien trouvée, son histoire de la première pierre. Leur tête, aux autres, quand ils ont filé en rasant les murs! Il les a bien eus, pense-t-elle, et moi, si je savais seulement qui il est, il m'aurait pour toujours.

Parfois, choqués par des paroles qu'ils ne comprennent pas, certains désertent.

Ce fut le cas lors du discours que Jésus prononça à la synagogue de Capharnaüm, dans lequel il annonçait qu'il offrirait sa chair en nourriture et son sang pour boisson. Après un instant de stupéfaction, et comme Jésus continuait, imperturbable, de marteler les mêmes mots – amen, amen, je vous le dis : ma chair est la vraie nourriture et mon sang la vraie boisson... –, un dégoût et une horreur sans nom se peignirent sur le visage des auditeurs, épouvantés par une déclaration qu'ils prenaient au premier degré.

On avait l'habitude que le Rabbi s'attribue des titres plus ou moins déconcertants (Maître du sabbat, Juge universel, Descendant de David, Nouvel Adam, Serviteur souffrant, Agneau, Bon Pasteur, Seigneur des vivants et des morts, Messie, voire même Fils de Dieu – ce qui, déjà, relevait du délire), mais un Jésus comestible, c'était une fonction qui passait l'entendement.

La plupart de ceux venus, confiants, écouter son enseignement dont on leur avait dit qu'il était tellement profond et réconfortant, étaient révoltés jusqu'à la nausée. Même parmi ses disciples les plus fidèles, de ceux qui le suivaient depuis les débuts de sa prédication, on criait à la démence. Et nombreux furent ceux qui, ce jour-là, abandonnèrent le groupe avec tapage pour rejoindre le clan des imprécateurs qui complotaient pour perdre le charpentier fou.

Mais il suffit du charme d'un miracle, d'une parabole particulièrement brillante, pour que d'autres viennent combler les rangs laissés vides par les effarouchés. Le groupe des disciples est loin d'être aussi consensuel et homogène qu'on a tendance à l'imaginer. C'est tout sauf un club figé, feutré et ronronnant. On s'y contredit, on s'y invective. Car le Juif de Palestine est un homme à sang très chaud et à neurones hyperactifs, qui n'aime rien tant que décortiquer les mots et les idées. C'est pourquoi il trouve si savoureuse l'étude infinie de sa chère Torah, à laquelle il ne cesse de découvrir de nouvelles interprétations.

Fluctuante, évolutive, avec ses frileux et ses audacieux, ses vierges, ses putains repenties, ses pauvres paysans et ses fonctionnaires enrichis, la « bande à Jésus » est une société humaine en réduction. Et comme telle, elle a son enfant terrible, son emporté, son vociférant, son fort en gueule.

Celui-là, c'est Pierre.

Dont Jésus va faire en quelque sorte son exécuteur testamentaire. Aux autres, cette élection a pu paraître déroutante, s'agissant d'un homme qui allait lâchement renier celui qu'il avait pourtant juré de suivre jusqu'à la mort. Peut-être ont-ils été surpris que Jésus ne choisisse pas plutôt Jean – « le disciple qu'il aimait », comme ce dernier se plaît à s'appeler lui-même. Mais sans doute y avait-il entre Jésus et Pierre une de ces affinités électives qui dépassent toutes les défaillances, une de ces connivences qui emportent tout.

Pierre est si irrésistiblement, si furieusement humain. Pour les hommes, c'est un frère. Presque siamois. Surtout quand il agit d'abord et réfléchit après, quand il bute, s'empêtre, et tombe. Pour Dieu, c'est l'ami rêvé. Prenant au mot Jésus qui déclare lui remettre les clefs du Royaume des Cieux, la légende l'a d'ailleurs établi comme portier du Paradis. Dommage qu'il n'y ait (très probablement) pas de portier en Paradis, car, après les affres de la mort, Pierre est exactement ce genre de grand type rassurant qu'on doit avoir le plus envie de rencontrer.

L'Évangile n'est pas de la musique de chambre. Plutôt du jazz, et du brûlant. Et Pierre est à l'Évangile ce que la trompette est au jazz : une couleur chaude, une vibration éclatante. Cet homme-tempête souffle de la joie de vivre partout où il passe. D'où l'étonnement, parfois, de constater que ce joyeux-là règne, au bout du compte, sur deux millénaires de chrétiens tristes, repliés sur un dolorisme chronique.

Un jour, Jésus choisit trois disciples – dont l'incontournable Pierre – et les conduit sur une haute montagne. Dont, après plus de trois siècles de disputes géographiques, il fut admis qu'il devait s'agir du Thabor. Si c'est bien le cas, « haute montagne » est excessif : le Thabor n'est qu'une colline qui culmine à moins de six cents mètres d'altitude. Mais sa végétation luxuriante de chênes verts, de caroubiers, de térébinthes et de lentisques, rompant avec l'immensité un peu monotone des plaines calcaires, faisait de lui comme une île irréelle suspendue en plein ciel. Depuis son sommet d'où la vue portait du mont Hermon aux plissements de Samarie, et du mont Carmel au lac de Tibériade, on avait l'impression d'avoir le monde à ses pieds.

Après la grimpée, sans doute éprouvante car les sentiers sont raides, on se restaure avant de se préparer à passer la nuit sous les étoiles.

Quelle que soit la raison pour laquelle le Rabbi a voulu escalader le Thabor, Pierre et les deux autres trouvent qu'il a eu là une riche idée. C'est en effet l'été et, dans la plaine, la chaleur reste étouffante même après le coucher du soleil. Tandis qu'ici, sur la montagne, on jouit d'une agréable fraîcheur. Sans compter tous ces arbres et ces plantes qui, avec le soir, exhalent des parfums pimentés et miellés qui font oublier les sempiternelles odeurs de plaies et de misères.

Comme à son habitude, Jésus s'éloigne un peu pour prier. On peut compter sur Pierre pour avoir auparavant battu chaque buisson afin de s'assurer qu'aucune bête sauvage n'y était tapie, prête à bondir sur le Rabbi. Quand celui-ci est en prière, il est tellement dans un autre monde, si vulnérable qu'il se laisserait égorger sans se débattre. Mais il n'y a ce soir sur le Thabor que Jésus, Pierre, Jacques et son frère Jean. Et des papillons.

Pierre bâille. Il s'enroule dans son manteau et s'étend sur le sol.

Tard dans la nuit, quelque chose réveille en même temps les trois disciples. Une impression de grande lumière derrière leurs paupières, comme si un violent incendie dévorait les térébinthes. Et des voix confuses, parmi lesquelles celle du Rabbi. On envoie promener les manteaux, on se dresse sur son séant, on se frotte les yeux, on crie qui va là ! – et qu'est-ce qu'on voit ?

Il fait jour en pleine nuit, un jour d'une luminosité insoutenable, comme si toutes les étoiles étaient descendues se rassembler au-dessus du Thabor et l'inondaient de leur resplendissement. Jésus est debout, au milieu de cette lueur éblouissante – mais lui, elle ne semble pas le gêner, on dirait même que c'est lui qui l'irradie.

Son visage rayonne comme un soleil et ses vêtements sont aveuglants de blancheur. Indifférent à ce flamboiement qui sort de lui, il converse paisiblement avec deux personnages magnifiques. Qui n'étaient pas là, Pierre en est sûr, quand il a passé tout à l'heure le sommet du Thabor au peigne fin. Mais, grâce à Dieu, ces hommes ne font apparemment pas partie de la catégorie des bêtes sauvages – au contraire, ils discutent avec Jésus de façon très amicale, et même plutôt déférente, d'un prochain voyage que le Rabbi doit entreprendre à Jérusalem.

Il faut un certain temps à Pierre pour s'apercevoir que ces deux-là lui rappellent quelqu'un. Des personnes qu'il n'a pas vraiment connues, mais dont il a tellement entendu parler qu'il est sûr de ne pas se tromper : les interlocuteurs de Jésus sont le patriarche Moïse et le prophète Élie.

Ils sont morts depuis longtemps, oui, et alors ? Leur présence chaleureuse et tranquille n'est pas plus aberrante que ces flots de lumière qui ont aboli la nuit sur le Thabor.

Personne ne lui demande rien, à Pierre. Jésus, Moïse et Élie s'entretiennent comme s'ils étaient seuls sur la montagne. Mais Pierre est du genre à penser que, sans lui, les choses ne peuvent pas aller aussi droit qu'elles devraient. C'est plus fort que lui, il faut qu'il se mêle de tout – y compris de ce qui, de toute évidence, ne le regarde pas.

Alors, il se lève tout à fait, s'approche des trois silhouettes et entre dans cette lumière insensée qui, curieusement, se laisse regarder sans blesser les yeux. Oh ! il n'a rien de particulier à dire à propos du voyage à Jérusalem, il attendra que Jésus lui en parle officiellement pour lancer la logistique et étudier avec Judas ce que ça implique sur le plan financier. Mais de voir ce qu'il voit lui donne une idée, une de ces bonnes et braves idées pratiques, frappées au coin du bon sens, dont il est coutumier :

– Rabbi, dit-il en coupant la conversation, mon avis est qu'on est vraiment très bien ici ! Je propose de dresser trois tentes – une pour toi, une pour Moïse et une pour Élie.

Et tout épanoui, pleinement satisfait de lui-même, il dévisage Jésus.

D'abord, il ne s'est pas donné le ridicule de faire comme s'il n'avait pas tout de suite identifié Moïse et Élie. Jésus ne manquera pas d'apprécier sa perspicacité – et de leur côté, le patriarche et le prophète seront sans doute flattés d'avoir été reconnus sans avoir eu besoin de se nommer.

Ensuite, sa suggestion de dresser trois tentes lui paraît évidente et nécessaire : quand on est bien quelque part – et Pierre ne s'est jamais senti aussi merveilleusement bien qu'ici et maintenant –, la première chose à faire est de se donner les moyens d'y demeurer. Sans doute des tentes ne sont-elles qu'un habitat provisoire, mais rien n'empêchera par la suite, si on continue de se sentir aussi idéalement bien, de bâtir quelque chose de plus durable.

À en croire l'évangile de Marc – qui n'y était pas, lui, sur le Thabor –, Pierre était tellement effrayé qu'il ne savait plus ce qu'il disait.

Effrayé, vraiment ? Jacques et Jean l'étaient peut-être. Encore qu'on s'étonne qu'ils soient terrorisés de voir ainsi nimbé de lumière celui qui leur a déjà donné leur baptême du merveilleux – n'ont-ils pas été les seuls disciples, avec Pierre, appelés à être témoins de la « résurrection » de la fille de Jaïre ?

Pour Pierre, en tout cas, l'épouvante ne tient pas : quand on est terrifié, on se fige sur place ou on prend ses jambes à son cou – mais on ne s'écrie pas qu'on est si bien là qu'on va dresser des tentes pour pouvoir y rester plus longtemps.

C'est peut-être pour des réactions intempestives comme celle-ci que Jésus aima tant Pierre. Pour son emportement à ne pas perdre une miette des fulgurances du bonheur. Pour penser à loger la joie sous des tentes, alors qu'éclate la gloire de Dieu.

En attendant, Pierre n'a aucun succès avec son histoire de tentes. Jésus ne lui répond pas. En revanche, une voix puissante tombe du ciel :

– Celui-ci est mon Fils bien-aimé, en qui j'ai mis tout mon amour. Écoutez-le !

C'est Dieu qui parle – non plus avec sa voix de Fils, mais avec sa voix de Père. Cette fois, oui, l'effroi est possible. Et même probable. Les trois disciples plongent vers le sol, le front dans l'humus.

Quand ils osent enfin relever la tête, la nuée lumineuse s'est dissipée. Moïse et Élie ont disparu. Jésus seul est là, qui les regarde.

Et puis le jour se lève, il faut se résoudre à regagner la plaine. Dans le déboulé des sentiers, Jésus insiste pour que ses amis ne parlent à personne de ce qu'ils ont vu sur le Thabor. Les autres acquiescent. Parleraient-ils qu'on les prendrait probablement pour des fous. Mais en attendant, et entre eux, ça discute ferme. Comme toujours après un événement considérable, on se repasse la scène, on la revit dans toutes ses péripéties, grandes et petites. Et parmi les petits détails, il y a Pierre et ses tentes. Avec le recul, Jacques et Jean ont dû bien rire – d'un rire libéré par la grande allégresse de la vision.

Cette histoire de tentes porte la signature, l'inimitable signature de Pierre. À cause de ce surnom de Pierre choisi par Jésus (le vrai nom de Pierre était Simon), et qui sent bon la solidité, la fermeté, la stabilité, on a pris l'habitude de présenter le chef des apôtres comme un réaliste, un pragmatique, un homme qui pose sur les choses de la vie un regard d'abord objectif et pratique. Convaincu et convaincant, décidé et décideur, il ne s'en laisse pas conter. Et c'est précisément pour ça, dit-on, que Jésus en a fait le seul maître après Dieu à la barre de l'Église.

Voilà en tout cas pour la réputation, l'image de marque, l'icône.

Pourtant, Pierre fut sans doute infiniment plus drôle qu'on ne le croit – qu'on *n'ose* le croire, emberlificotés que nous sommes dans notre sacro-sainte déférence qui, sans être une mauvaise chose en soi, est une attitude et non une vérité. Le premier des pontifes ne fut pas de ceux dont Chateau-briand, alors ambassadeur de France auprès du Saint-Siège, écrira : « Assis sur les doubles ruines de Rome, les papes ont l'air de n'être frappés que de la puissance de la mort. »

Qu'y aurait-il de choquant, d'ailleurs, à ce que Pierre ait eu un solide sens de l'humour et de la repartie ? Les Évangiles, qui n'ont pas de temps à perdre en digressions inutiles, ne résistent pas au plaisir de glisser ici ou là quelques « sorties » de Pierre dont l'effet comique, sur l'instant, dut être irrésistible.

Lors de la Cène, avant que ne commence le repas, Jésus ôte son manteau et s'entoure les reins d'un linge à la manière des serviteurs. Après avoir rempli d'eau une bassine, il entreprend de laver les pieds des disciples. Ceux-ci sont abasourdis, mais ils ne protestent pas : le Rabbi doit avoir ses raisons de se comporter d'une façon aussi déconcertante ; en attendant qu'il nous explique pourquoi il fait ça, laissons-le nous laver les pieds – que nous avons d'ailleurs plutôt crasseux car, à Jérusalem, c'est surtout de poussière que sont pavées les rues.

Mais lorsque Jésus en arrive à Pierre, celui-ci refuse : alors ça non, jamais de la vie, il n'est pas question une seconde que le Rabbi s'abaisse à lui laver les pieds et à les essuyer avec la serviette dont il a passé un coin dans sa ceinture ! Que les autres aient accepté, c'est leur affaire. Lui, Pierre, s'y refuse absolument.

Et tout en continuant de grommeler, il s'empresse de cacher ses grands pieds sous son banc pour les dérober aux ablutions. Jésus doit employer le seul argument qui fera capituler Pierre :

– Si je ne te lave pas, nous ne pourrons plus être des amis.

Du coup, Pierre plonge ses deux pieds dans la bassine. L'eau gicle et éclabousse partout.

– Plus des amis ? s'écrie-t-il. Plus des amis, nous deux ? Si c'est ça, alors lave-moi tout entier. Pas seulement les pieds, mais les mains. Et puis tiens, la tête aussi, tant qu'on y est !

Si Pierre est la figure dominante du cercle rapproché, les Onze autres ne sont pas pour autant de stupides moutons bêlants. Ils ont du caractère. Et des idées, dont certaines laissent parfois pantois.

Pour monter vers Jérusalem, on a donc traversé la Samarie. Un soir, des disciples sont dépêchés (probablement par Pierre) en avant-garde vers un village où l'on a prévu de se restaurer, de passer la nuit, et où Jésus prendra la parole et, comme à son habitude, guérira des malades.

Mais alors qu'on se réjouit déjà de profiter de quelques heures d'un repos bien mérité, les envoyés rappliquent au pas de course : les Samaritains, disent-ils, refusent d'ouvrir leur village à Jésus et aux siens. Pas besoin d'épiloguer sur les raisons du refus, elles tiennent sans doute à la vieille animosité entre Juifs et Samaritains.

On imagine la fureur de Pierre et ses imprécations pour vouer ces maudits Samaritains aux gémonies. C'était bien la peine, fulmine-t-il, que le Rabbi se soit conduit de façon si affectueuse avec une Samaritaine, l'autre jour au puits de Jacob! Voilà comment ces gens-là vous récompensent d'être un peu gentils avec eux. On te l'avait bien dit, Rabbi, les Samaritains se drapent dans le scandale comme toi dans ta tunique.

C'est alors que Jacques et Jean interviennent :

– Rabbi, veux-tu que nous ordonnions au feu du ciel de tomber sur ce village pour le réduire en cendres ?

Rien que ça ? Mais oui, rien que ça ! Les sourcils froncés, le regard concentré, toute leur volonté tendue, ils n'attendent que la permission de leur maître pour foudroyer les maigrelettes masures de ce hameau d'ingrats.

Ils ne doutent pas un instant de leur capacité à déclencher une apocalypse de feu sur le village samaritain : le Rabbi ne les a-t-il pas tous les deux surnommés Boanerguès, c'est-à-dire les fils du tonnerre ? Ça leur a bien plu, ça, d'être appelés fils du tonnerre. Auprès des autres, ça les pose. Ils doivent se dire qu'en frappant de *leur* foudre ce village samaritain, ils vont mériter leur surnom de la manière la plus spectaculaire et indiscutable qui soit.

Devant une telle assurance, n'importe qui leur aurait rétorqué : « Chiche ! Montrez-nous voir un peu ce que vous savez faire... » Et devinez ce qu'on aurait vu : un Jacques et un Jean échevelés, gesticulants, houspillant les petits nuages qui flottent dans l'azur parfait des beaux jours chauds de

Palestine, les sommant de se rassembler, de s'enfler, de se charger de ténèbres, et enfin d'éclater en projetant des éclairs et des boules de feu sur le village.

Y seraient-ils parvenus ? On peut en douter. Mais on ne le saura jamais, car Jésus s'empresse de les rappeler à l'ordre – son ordre à lui, l'ordre de l'amour et du pardon.

– Bon, c'est comme tu voudras, ont dû dire les deux pyromanes amateurs avec du regret dans la voix. Mais n'oublie pas que tu peux compter sur nous.

Jésus n'oublie pas. Et il lui arrive en effet de laisser les disciples mettre vraiment la main à la pâte.

Une fois, il envoie en mission soixante-douze d'entre eux :

– Comme des agneaux au milieu des loups, leur précise-t-il.

À leur retour, non seulement les agneaux n'ont pas perdu une boucle de leur toison, mais ils font un rapport triomphal des succès qu'ils ont remportés au nom de Jésus : c'est à tour de bras qu'ils ont guéri des malades et chassé des démons.

Et Jésus « exulta de joie », dit l'Évangile.

Mais il y a aussi des échecs.

Un autre fois, dans une ville, un homme réussit à se frayer un chemin jusqu'à Jésus malgré la foule incroyablement serrée qui l'entoure. Le malheureux est père d'un petit garçon qui souffre de crises d'épilepsie entraînant des convulsions si violentes qu'il est arrivé que l'enfant roule dans le feu ou tombe dans l'eau. Si bien qu'on craint toujours que la prochaine crise ne soit la dernière.

Ce qui met un comble aux angoisses du père, c'est que, ne voulant pas déranger le Rabbi, il a commencé par s'adresser à ses disciples. Ceux-ci ont tout essayé pour guérir l'enfant mais, cette fois, ils ont lamentablement échoué.

Petite remarque en passant : si le père se croit obligé de préciser à Jésus qu'il a d'abord consulté ses disciples, c'est probablement que ceux-ci s'étaient bien gardés de s'en vanter.

La populace trépigne : un miracle ! un miracle ! Les gens sont d'autant plus demandeurs qu'en apprenant que les compagnons du Rabbi n'ont pas réussi à guérir le gamin, ils pressentent que ce doit être une affaire rudement difficile.Or plus c'est difficile, plus ça a des chances d'être spectaculaire : cette fois, le Nazaréen va trouver un adversaire à sa mesure.

Mais Jésus ne montre aucun empressement. Il se fait presque tirer l'oreille. Officiellement, parce qu'il n'en peut plus de ces foules tellement avides d'être époustouflées, subjuguées. Ces foules qui n'acceptent de croire en lui et en sa parole que s'il leur donne des signes. C'est trop commode, à la fin ! Mais peut-être sa réaction d'humeur vient-elle aussi de l'échec de ses disciples – un échec qu'ils lui ont dissimulé, et dont il connaît trop bien la raison profonde. Et puis, il est assommé de fatigue, ivre de tous ces gémissements qui pénètrent son âme comme la moiteur du crépuscule imprègne chaque fibre de son vêtement – il n'a qu'une envie : un peu de solitude, s'il vous plaît, non pas pour dormir mais pour prier.

Pourtant, devant l'insistance du père, et surtout devant son désespoir, il consent à s'attarder encore un peu pour guérir le petit garçon.

Quand on lui amène l'enfant, Jésus comprend aussitôt que la prétendue épilepsie est en réalité l'effet d'une possession démoniaque – à l'inverse de ce qui se passe à notre époque où l'immense majorité des supposées hantises relèvent davantage de la médecine que de l'exorcisme.

Dès que Jésus l'affronte, le démon manifeste sa rage en poussant des glapissements affreux par la bouche de l'enfant et en secouant le pauvre petit corps de soubresauts abominables. Pour le plus vif plaisir des spectateurs.

Mêlés à la foule, les disciples qui ont raté la guérison observent la scène sans en perdre une miette, se demandant où ils ont bien pu achopper. De fait, ils ne voient pas du tout où ils se sont trompés :

– On a tout bien fait comme le Rabbi, pourtant !...

L'exorcisme accompli, le petit garçon apaisé, le père consolé et rassuré, le peuple rassasié (jusqu'à la prochaine fois), Jésus s'éloigne. On lui fait un cortège enthousiaste jusqu'au seuil de la maison où il peut enfin se retrancher avec ses disciples. Mais à peine dans la salle commune, ceux-ci le pressent de questions :

– Rabbi, demandent-ils piteusement, comment cela se fait-il que nous n'ayons pas pu, nous, chasser ce démon ?

– C'est parce que vous avez trop peu de foi. Si vous aviez de la foi gros seulement comme une graine de moutarde, vous diriez à cette montagne : « Va là-bas ! » et la montagne irait là où vous lui dites d'aller.

À travers une fenêtre, ils regardent, par-dessus l'étagement des toits de la ville, cette montagne que Jésus leur désigne et qui, dans l'ombre du soir, leur paraît plus impressionnante encore.

Perplexes, ils lissent pensivement leur barbe. Une montagne qui se déplace, on n'a jamais vu ça ! C'est au moins aussi fort que de partager en deux les eaux de la mer Rouge. Et comment se déplace-t-elle ? Comme un âne ou un dromadaire, ou quoi ? En glissant sur sa base, ou bien lui pousse-t-il des pattes ? Et s'il lui vient des pattes, combien en faut-il à une montagne de cet acabit pour se mouvoir ? Et quel bruit est-ce que ça peut bien faire, Rabbi, une montagne qui se promène ?

Mais il quitte la pièce, les laissant seuls. Il monte sur la terrasse. La nuit est trop pâle encore pour révéler toutes les étoiles. Seules les plus précoces percent la nuée bleutée des fumées qui s'élèvent des feux allumés un peu partout dans la ville pour le repas du soir.

Jésus, alors, a peut-être souri de la mine à la fois éblouie et sidérée de ses amis quand il leur a raconté l'histoire de la montagne qui marche – ce qui vraiment n'est rien du tout, comparé à ces milliards de mondes qui voyagent, courent, tourbillonnent et dansent dans l'immensité. Les hommes s'émerveillent d'un rien, s'attendrit Jésus. Qu'est-ce que ça sera quand ils commenceront à comprendre que tout est merveille – même ce qui leur fait si peur ? Ils n'ont pas idée de ce que Dieu leur a préparé. Quel immense étonnement, quel magnifique éblouissement, quelle surprise au-delà des mots vont avoir les hommes en arrivant à la Maison !

Si la foi a le pouvoir de déplacer les montagnes – ce qui serait vraiment désopilant à voir, se répètent les disciples, à condition bien sûr de se garer à temps pour ne pas se faire écraser –, il y a aussi des incrédulités tenaces qui ne manquent pas d'être drôles.

À Jérusalem, tout le monde connaît cet homme qui est aveugle de naissance. Sa cécité le rendant inapte à toute espèce de travail, il n'a eu d'autre ressource que de se faire mendiant. Tout petit, déjà, on le rencontrait rôdant près des portes du Temple, là où les gens font plus volontiers l'aumône. Les autres indigents préfèrent s'écarter de lui, car beaucoup pensent qu'on ne naît pas aveugle tout à fait par hasard, et que tout ça ressemble fort à une punition divine.

Les disciples eux-mêmes se posent la question – qui n'est ni plus ni moins que la grande question de l'origine et de la cause du mal. Au point qu'un jour, n'y tenant plus, ils interrogent Jésus : la cécité qui afflige ce malheureux est-elle la conséquence – en quelque sorte anticipée – de ses péchés, ou bien de ceux de ses parents ?

L'idée du fils payant pour les fautes du père jure un peu avec l'image du Dieu infiniment bon que leur prêche le Rabbi, mais il faut bien, après tout, que ce Dieu obtienne réparation des outrages commis contre lui. Autrefois, en tout cas, il ne s'embarrassait pas de punir des innocents : « Or, au milieu de la nuit, Yahvé frappa tout premier-né dans le pays d'Égypte, depuis le premier-né de Pharaon qui doit s'asseoir sur son trône jusqu'au premier-né du captif qui est dans le cachot... », ainsi est-il écrit au livre de l'Exode. Pourquoi Dieu ne continuerait-il pas d'employer de bonnes vieilles méthodes qui ont fait leurs preuves ?

Jésus leur répond que l'aveugle n'est pas cause de son malheur, ni ses parents non plus : les ténèbres dans lesquelles est plongé cet homme doivent servir à manifester, une fois de plus, la toute-puissance de Dieu.

Alors, mélangeant un peu de sa salive à la poussière de la rue, Jésus fait une sorte d'emplâtre qu'il applique ensuite sur les yeux de l'aveugle :

– Et maintenant, lui dit-il, va te laver à la piscine de Siloé.

Tâtonnant et trébuchant, l'aveugle s'y rend aussitôt.

Ce qu'on appelle la « piscine » de Siloé est en fait un réservoir qui reçoit l'eau du Gihon, la seule rivière alimentant Jérusalem en eau de source – mais pour autant, l'eau du Gihon n'a jamais eu la réputation de posséder la moindre vertu autre que celle d'être fraîche et potable.

Là-bas, en faisant bien attention à ne pas tomber dans la piscine, l'aveugle se penche sur l'eau, en recueille dans le creux de ses mains et lave ses yeux de l'emplâtre qui a séché en chemin.

Aussitôt qu'il a débarrassé ses yeux morts de la dernière croûte de boue, il voit.

Éperdu, il s'empresse de retourner à l'endroit où il a rencontré l'homme qui l'a guéri. Cette fois, il ne tâtonne ni ne trébuche : il court, et il lui semble qu'il n'épuisera jamais ce plaisir tout neuf qu'il découvre à galoper dans les rues tortueuses sans risquer à tout instant de heurter quelqu'un ou de se fracasser contre le pignon d'une maison.

Mais Jésus est parti sans l'attendre.

En revanche, les autres mendiants sont là, abasourdis de l'entendre leur décrire tout ce qu'il voit. Ils ne savent que penser de cette histoire ahurissante. Certes, les faux infirmes ne manquent pas dans les parages du Temple. Avec un peu d'entraînement, n'importe qui peut se faire passer pour sourd et muet, contrefaire facilement une bosse, un goitre, ou apprendre à replier une jambe sous ses fesses pour simuler une amputation. Mais ce loqueteux aux yeux blancs, ça fait des années et des années qu'on le fréquente. Personne ne pourrait jouer les simulateurs aussi longtemps, ni surtout aussi bien.

Et puis, il y a sa famille, de braves personnes qui viennent parfois lui porter quelque nourriture, ou un manteau quand les nuits menacent d'être froides, et qui n'ont jamais caché leur consternation d'avoir mis au monde un fils aveugle.

La seule explication qui tienne, disent les uns, c'est que ce grand garçon bondissant et qui délire devant tout ce qui passe dans son champ de vision (la seule vue d'un affreux chien galeux vient de lui faire pousser des hurlements d'enthousiasme) ne peut pas être le pauvre hère qu'ils croisent tous les jours. Il lui ressemble étrangement, ça c'est vrai, mais ce doit être son frère jumeau. Ou alors, un sosie.

D'autres, pourtant, affirment qu'ils le reconnaissent sans l'ombre d'un doute. D'ailleurs, le miraculé s'égosille :

– Mais si, si, c'est moi, c'est bien moi ! C'est vous qui êtes devenus aveugles, ou quoi ?

– Mais enfin, qu'est-ce qui t'est arrivé ?

– C'est ce Rabbi, vous savez, celui qu'on appelle Jésus. Il a fait de la boue, il me l'a collée sur les yeux et il m'a dit d'aller me laver à la piscine de Siloé.

Qu'est-ce que j'avais à perdre d'y aller, hein ? Bon, j'ai fait comme il disait – et le résultat, maintenant, c'est que j'y vois.

Les gens hochent la tête. Certains ont vaguement entendu parler de ce Rabbi qui guérit. Et comme ils sont tous plus ou moins affligés d'une douleur, d'une maladie, d'une infirmité quelconque, ils se disent qu'ils auraient peut-être intérêt, eux aussi, à consulter :

– Et où est-il, ton Rabbi qui fait voir les aveugles ?

– Ça, dit l'homme en regardant autour de lui, je n'en sais rien. Et c'est vraiment dommage, parce que j'aurais bien voulu qu'il sache comme c'était efficace, son emplâtre.

Bizarre, pensent les gens, extrêmement bizarre. S'il s'agit d'un miracle – et si ça n'en est pas un, qu'est-ce que c'est ? –, comment expliquer que l'Éternel, l'Unique, le Saint, béni soit-il, dont le nom est Elohim lorsqu'il juge les hommes, Tsevaot lorsqu'il combat les impies, et YHWH lorsqu'il a compassion du monde, accorde une faveur aussi incommensurable à un pareil déguenillé ?

Seuls des religieux rompus à l'étude de la Loi divine pourront peut-être tirer ça au clair. Par chance, c'est jour de sabbat, et la synagogue est pleine de scribes et de pharisiens. Pourquoi ne pas aller tout de suite leur exposer le cas ? L'ex-aveugle accepte aussitôt : la synagogue, pensez donc ! il s'en est quelquefois approché pour remplir ses narines des bonnes odeurs du bois de cèdre, des lampes à huile et du parchemin, mais il n'a jamais vu à quoi ça pouvait bien ressembler, une synagogue à Jérusalem.

La lippe dédaigneuse, les pharisiens consentent à examiner le mendiant. Après avoir fait passer devant ses yeux la lumière des lampes, ils le soumettent à un interrogatoire serré pour s'assurer qu'il est bien cet aveugle qui demandait l'aumône aux portes du Temple. Rassurés sur le fait qu'il ne peut s'agir d'un usurpateur, ils lui demandent de raconter son histoire.

L'homme ne se fait pas prier. Pour être resté si longtemps dans l'obscurité, l'humiliation et la déchéance, il se délecte d'être brusquement devenu le centre d'intérêt de personnages aussi considérables.

— Eh bien voilà, explique-t-il, c'est ce Rabbi qui s'appelle Jésus. Il a fait un peu de boue et...

On lui coupe aussitôt la parole :

— Pas si vite ! Tu dis bien qu'il a *fait* de la boue ?

— Oui. Il a craché dans la poussière, il a bien touillé, bien mélangé, et ça a donné de la boue.

Il veut poursuivre, mais on lui fait signe de se taire. Les pharisiens échangent des regards consternés : le jour du sabbat, tout travail est formellement interdit par la Loi. Or, *faire* de la boue, n'est-ce pas assimilable à un travail – celui d'un potier, par exemple ?

– Oh, mais c'était très peu de boue, proteste le guéri, bien trop peu pour un potier ! Il y en avait juste de quoi barbouiller mes yeux.

– Ce n'est pas une question de quantité, mon garçon, lui répond-on avec sévérité. Si le Rabbi a fait de la boue, il a travaillé. S'il a travaillé, il a commis un péché. Il n'y a pas à sortir de là. Ton soi-disant Rabbi est un mécréant infâme. Un grand pécheur. En tout cas, il est clair que ça n'est pas Dieu qui l'inspire.

– Pas Dieu ? gronde le miraculé. Comment ça, pas Dieu ? Vous dites n'importe quoi, voyons ! Si ce Rabbi est un blasphémateur et tout et tout, comment pourrait-il faire un joli miracle comme celui dont il m'a favorisé ?

Panique en Pharisie. Ce qui est assommant avec ces anciens aveugles, c'est que leur clairvoyance fraîchement acquise ne se limite pas à leurs yeux mais touche aussi leur intelligence. Regardez-moi ce mendiant stupide et geignard, comme il raisonne bien. Trop bien, même. Du coup, certains sont ébranlés :

– Toi qui as approché ce Rabbi, à ton avis qui est-il ?

– Qui il est ? Pas un potier, ça c'est sûr. Je dirais plutôt que c'est un prophète.

Déclaration plus secouante qu'elle n'en a l'air. À l'époque, un prophète n'est pas simplement un

241

devin qui annonce l'avenir : il est d'abord quelqu'un qui juge son temps – les faits et les hommes de son temps – selon des appréciations que Dieu lui inspire. Il se prononce contre les hérésies, bien sûr, mais il réveille aussi tous ceux qui ont tendance à s'endormir dans la routine et les préjugés. Le prophète, en somme, n'est pas forcément l'ami des pharisiens.

Ceux de la synagogue connaissent le nom de Jésus, sa personnalité et son enseignement détestables. Ils cachent de moins en moins leur intention de le faire taire, quel que soit le moyen qu'il leur faudra employer pour ça. Alors, rien ne peut les agacer davantage que d'entendre dire qu'il est un prophète, surtout venant d'un miraculé aux paroles duquel la foule stupide va évidemment souscrire sous prétexte que Dieu a eu pitié de lui. Ah, si on pouvait prouver – contre toute évidence, mais quelle importance ? – que ce claquedent, ce pouilleux, n'a bénéficié d'aucun miracle !

Après un long conciliabule, ils décident de convoquer ses parents et de faire pression sur eux :

– Cet homme, là, vous affirmez que c'est votre fils ?

– Oui, c'est lui.

– Et il est né aveugle ?

– Ça a été le drame de notre famille, se lamente la mère. Et quelle honte, pour moi qui l'ai mis au

242

monde. Avec ses pauvres yeux révulsés et tout blancs, il faisait presque peur.

– Des fois, on se demandait s'il n'aurait pas mieux valu qu'il meure, renchérit le père. Qu'est-ce qu'on pouvait faire de lui, hein ? D'ailleurs, voyez quelle a été sa réussite sociale : un mendiant. Et quel mendiant ! Il n'était même pas capable de voir que d'autres mendiants lui volaient ses aumônes, ou que des gens mettaient des cailloux dans sa sébile pour se moquer de lui – il leur disait merci, l'imbécile !

– Mais maintenant, il voit. Comment expliquez-vous ça ?

– On ne se l'explique pas. Mais quand on est venu nous dire ça, on a bien remercié Dieu. Avant, quand on offrait un sacrifice, c'était une colombe ou deux. La prochaine fois, même si on doit se ruiner pour ça, on offrira un taureau – vous qui savez ce qui plaît à Dieu, est-ce que vous ne trouvez pas que c'est une bonne idée, ça, d'offrir un taureau ?

– La bonne idée, conseillent les pharisiens d'une voix onctueuse, c'est surtout de laisser l'Éternel en dehors de toute cette affaire. Si vous nous parliez plutôt de l'homme qui a ouvert les yeux à votre fils ?

– Mais on ne sait pas qui c'est ! s'empressent-ils de répondre. D'ailleurs, on n'était même pas là quand ça s'est passé. Le seul qui pourra vous renseigner, c'est notre garçon. Demandez-lui donc. Après tout, il est assez grand pour vous répondre.

Ce n'est pas très courageux de leur part, mais il faut les comprendre : sans doute savent-ils que c'est Jésus qui a guéri leur fils, mais ils savent aussi à quel point ce même Jésus est contesté – le mot est faible – par les pharisiens qu'il n'a jamais ménagés, allant jusqu'à les traiter de « sépulcres blanchis ». Si le père et la mère confirment que c'est bien Jésus qui a accompli le miracle, ils courent au devant de très sérieux ennuis. Dont le moindre serait d'être exclus de la synagogue. Une mise à mort religieuse, en quelque sorte. Ce qui, pour des Juifs de Jérusalem, équivaut presque à une mort tout court.

Alors, après avoir remercié les pharisiens de l'intérêt qu'ils portent à leur famille, ils se hâtent de quitter la synagogue. Se détournant ostensiblement quand ils croisent leur fils qu'on ramène pour un nouvel interrogatoire.

Et cette fois, on le pousse, on le malmène comme un accusé :

– Assez ri, lui disent les pharisiens. Sache que Dieu t'entend. Si tu mens, si tu te parjures, ce qui t'attend sera terrible. Et maintenant, parle !

– Qu'est-ce que vous voulez que je vous dise de plus ?

– Nous voulons ton avis sur celui qui t'a guéri. Notre conviction à nous, c'est que c'est un pécheur.

– Un pécheur, lui ? Ça, je n'en sais rien. Mais ce

que je sais, c'est que j'étais aveugle et que je ne le suis plus.

– Comment s'y est-il pris pour t'ouvrir les yeux ? Quels gestes a-t-il faits ? Quelles puissances a-t-il invoquées ?

– Mais je vous l'ai déjà raconté ! proteste le mendiant. Le coup de la boue, tout ça, je vous l'ai expliqué. Même que ça ne vous a pas plu. Qu'est-ce qui vous prend, à présent ? Vous avez des doutes ? Est-ce que vous voudriez devenir ses disciples, par hasard ?

Les pharisiens poussent des clameurs horrifiées :

– Ne dis pas une chose pareille, malheureux ! C'est toi, qui es un disciple de ce mécréant. Nous, notre maître c'est Moïse. Lui, au moins, c'est Dieu qui lui a parlé. Qui lui a donné sa Loi. Notre Loi. Tandis que ton espèce de Rabbi, là, personne ne sait seulement d'où il vient.

– On dit qu'il est né à Bethléem, qu'il a grandi à Nazareth, que...

– Nazareth ? Peuh. Qu'est-ce qui peut sortir de bon de Nazareth ?

– Écoutez, d'où il sort, moi je m'en fiche. Il m'a ouvert les yeux – et ça, il n'aurait pas pu le faire si Dieu n'était pas de son côté.

– Abomination ! Blasphème odieux ! Tu es un misérable pécheur ! Tu es plongé depuis ta naissance dans les ténèbres du péché, et tu prétends nous donner des leçons ? À nous ? Sors d'ici, insolent ! Va-t'en et ne remets jamais les pieds à la synagogue !

Le miraculé ne se le fait pas dire deux fois. Une pirouette, et il est dehors. Tout ce qu'il demande, c'est qu'on le laisse aller se balader le nez au vent à travers Jérusalem. Vous ne savez pas ce que c'est, pharisiens, que de pouvoir promener son regard sur le monde. Voir les choses, leurs contours, leurs ombres, et les nommer. Ceci est un âne (je le reconnais à son braiment), ceci est une datte (je le reconnais au goût de sa pulpe sucrée), ceci est une jeune fille (à mon émoi, je le reconnais), et cette forme là-bas, toute grise et qui se coule au fond de la ruelle en se tortillant comme une fumée, c'est un lépreux. Je ne connaissais des lépreux que leurs sonnailles, leur odeur rance et fade. À présent je les vois avec leurs figures grignotées, mais ils ne me font pas peur : je n'ai jamais rien su de ce que vous appelez un beau visage, alors pourquoi est-ce que ça ne serait pas comme celui du lépreux, un beau visage d'homme ? Pourquoi voulez-vous absolument qu'on ait un nez au milieu de la figure, cinq doigts à chaque main ? Ce qui paraît banal à vos yeux blasés, pharisiens, pour moi c'est bouleversant. Tenez, je pourrais rester des heures à fixer une tenture bleue qui frissonne dans l'enca-drement d'une fenêtre. Des heures à me répéter : « Du bleu, c'est donc ça ? Comme c'est beau ! Et vous dites que des bleus, il y en a mille et mille, des bleus pâles et des bleus foncés, des bleus-verts, des bleus-gris, des bleus-violets ? C'est trop, ça me donne envie de pleurer ! » Mais je me retiens. Dites, ça ne serait peut-être pas très prudent de faire pleurer des yeux si neufs.

Et si, au lieu de pleurer, il riait ? D'abord, il n'ose pas. C'est que de toute sa vie d'aveugle et de famélique, il n'a jamais ri. Il n'est pas sûr de savoir. Il essaye.

Éclate alors un rire si épanoui, si vaste, si libre, que tout Jérusalem en résonne et en tremble.

Recevoir Jésus à la maison ? Mais oui, mais bien sûr, le jour qui lui conviendra, à l'heure qu'il voudra, il sera le bienvenu ! Ça n'est pas bien grand chez nous, on n'est pas bien riche, mais on dit le Rabbi si attentif aux autres, si oublieux de soi, qu'il doit savoir se contenter d'un repas frugal et ne pas prendre beaucoup de place. Ce qui n'empêche pas qu'on mettra les petits plats dans les grands.

On oublie simplement que Jésus n'est pas seul. Quand il entre dans une maison, les Douze y entrent avec lui. Quelquefois, d'autres disciples les suivent, des enfants des rues, même des chiens – comment les empêcher ? On a vite fait de se retrouver avec la maison pleine. Et si Jésus ne réclame rien pour lui-même, tous ces braves gens qui l'accompagnent sont affamés et assoiffés. Préparer à manger pour eux tous n'est pas une mince affaire. Ça exige du temps, du travail.

Demandez à Marthe.

Il faisait encore nuit, Marthe était déjà à son ouvrage. D'abord, elle a allumé son four. Et comme ça ne suffit évidemment pas à cuire, rôtir, rissoler tout ce qu'elle a prévu d'offrir, elle a creusé des trous dans la terre, les a remplis de bois qu'elle a enflammé pour faire des braises. Les trous ne se sont pas creusés tout seuls, le bois non plus n'est pas venu tout seul. Elle a préparé les poissons, apprêté les viandes, arraché les légumes, pétri et enfourné une montagne de pain, rempli de vin tout ce qu'elle a pu rassembler en fait de coupes et de cruches (elle a dû courir chez les voisins pour s'en faire prêter), elle a puisé de l'eau, il en faut beaucoup pour remplir les grandes jarres destinées aux ablutions, elle a dressé des pyramides de fruits.

Le jour commence à poindre, et elle a l'impression de n'avoir rien fait. À présent, elle doit tout à la fois surveiller les cuissons et fignoler la décoration de sa maison. Elle a dans l'idée de joncher sa table de fleurs. Mais pour que celles-ci gardent une apparence de fraîcheur, il lui faudra aller les cueillir au dernier moment, juste quand tout le monde arrivera et qu'elle ne saura plus où donner de la tête.

En fait, si on veut bien regarder les choses en face, ça fait deux jours qu'elle s'échine.

Quand elle a accepté d'ouvrir sa maison de Béthanie et de préparer un repas pour Jésus, elle n'a pas réfléchi à tout ce que ça impliquait.

D'abord, elle n'a pas pensé aux disciples. Ou si elle y a pensé, elle s'est dit qu'ils pourraient bien se restaurer dehors, dans la courette. On n'est pas si mal, sous la glycine. Mais on lui a fait remarquer que le Rabbi n'accepterait jamais de se prélasser devant une table généreuse alors que ses compagnons devraient rester à l'extérieur. Ça n'est tout simplement pas le genre de Jésus. Bon, s'est dit Marthe, alors si c'est ça, eh bien! qu'ils viennent tous...

L'autre erreur de Marthe, c'est d'avoir compté sur Marie pour l'aider. Marie est sa sœur. C'est une fille merveilleuse, si affectueuse et si sage. La plupart des gens la trouvent même assez jolie, mais de cette beauté dont il semble qu'un rien peut la flétrir, la froisser, la déchirer. La beauté des pavots fragiles, comme dit Marthe qui, à cause de ça, a toujours tendance à protéger sa sœur.

Elle l'a associée à la préparation du grand repas pour Jésus, mais en lui confiant les tâches les moins rustiques. Marthe vide et écaille les poissons, Marie les farcit. Marthe se brise les reins à arracher les légumes du potager, Marie reste assise pour les éplucher en leur donnant des formes amusantes. C'est Marthe qui casse les amandes, Marie qui les dispose en rosaces de pétales blancs.

Ce matin, malgré la fatigue qui se faisait déjà sentir, Marthe a longuement brossé les cheveux de sa sœur, l'a conseillée sur le choix de ses vêtements. Que l'une de nous deux au moins fasse honneur au visiteur, songe Marthe, qu'elle soit un peu charmante à regarder; moi, je n'aurai pas le temps de faire la coquette, le Rabbi devra me prendre comme je suis – en sueur, les bras enfarinés jusqu'aux coudes, la robe fripée, tachée, et mieux vaut ne pas parler de ma coiffure ! C'est donc Marie qui sera *cette femme qui a plus de prix que les perles* ainsi qu'il est écrit au livre des Proverbes, *cette vigne généreuse au fond de la maison* que chantent les Psaumes. Ce n'est pas que le Rabbi s'intéresse particulièrement aux femmes, mais il paraît qu'il s'émeut de toutes les attentions qu'on a pour lui, même les plus naïves et les plus maladroites. Une délicatesse, un mot gentil, et le voilà heureux – pour un rien, vraiment, il sourit.

Et Jésus entre dans Béthanie. Marthe le sait rien qu'en entendant s'enfler la rumeur dans la rue, les cris des gens, les aboiements des chiens, le craquement sec des palmes qu'on arrache aux dattiers pour les agiter autour du Rabbi, pour l'éventer et chasser les mouches. Elle s'affole : il est en avance, terriblement en avance ! Que va-t-il penser en découvrant la maison encore tout en désordre ? Elle dépêche sa sœur à la rencontre du Rabbi et de ses amis :

– Va l'accueillir, toi. Tâche de le retenir encore un peu. Je ne sais pas, moi, fais-lui visiter la ville, emmène-le voir des malades.

Et Marthe se précipite à ses fourneaux. Elle noue un linge autour de son front pour que la sueur qui ruisselle sur son visage ne tombe pas sur la nourriture. Il faut absolument qu'elle calme les battements de son cœur. Elle veut tellement que sa réception soit réussie. Non pas pour recevoir des félicitations, mais pour faire plaisir au Rabbi. Elle a l'impression que rien n'est prêt. Oh! il s'en faut de peu que tout soit parfait – mais ce peu lui semble hors d'atteinte.

À plusieurs reprises, en passant devant Jésus et Marie qui conversent tranquillement, Marthe lance à sa sœur des regards éloquents. Elle a besoin d'elle. Mais Marie semble ne pas comprendre. Elle s'est accroupie aux genoux du Rabbi. Elle l'écoute, fascinée, plus petite fille sage que jamais.

Je t'en foutrai, moi, des petites filles sages! pense Marthe en multipliant les passages devant Marie – et les regards éloquents. Mais elle n'ose pas en faire plus : on ne coupe pas la parole à quelqu'un comme le Rabbi.

Au bout d'un moment, pourtant, elle n'en peut plus. Elle sait qu'elle ne devrait pas, mais c'est plus fort qu'elle. Elle se plante devant Jésus, les poings sur les hanches, la forte femme dans toute sa splendeur :

– Excuse-moi de t'interrompre, Rabbi, mais...

Il lève sur elle ses yeux doux – où, tout de même, elle croit voir danser une petite lueur amusée :

– Mais quoi, Marthe ?

– Mais c'est Marie! Enfin quoi, tu trouves ça

normal, toi, qu'elle me laisse trimer et faire tout le travail ? Je sais bien que tu dois lui raconter des choses absolument passionnantes, mais moi...

— Marthe, Marthe, sourit Jésus, tu t'agites...

— Évidemment, que je m'agite ! Il faut bien que quelqu'un s'agite dans cette maison, si on veut passer à table !

— ... mais ta sœur a choisi la meilleure part.

Une fois qu'ils ont relaté ce qu'ils voulaient mettre en lumière, les auteurs de l'Évangile coupent la scène. Assez sèchement, parfois. C'est le cas ici : la suite « domestique » de l'histoire ne les intéresse pas. Mais nous restons libres de ne pas tout de suite tourner la page, libres d'imaginer la stupéfaction de Marthe découvrant que, malgré tout le mal qu'elle se donne pour bien faire les choses, c'est elle qui est dans son tort.

Bouche bée, les yeux écarquillés par la stupeur – elle s'attendait manifestement à ce que le Rabbi, réputé pour son sens de la justice, houspille Marie –, Marthe a un de ces petits airs ahuris qui a dû être irrésistible. Sans doute Jésus s'empresse-t-il de la consoler. Et Marie se relève, confuse et rougissante :

— Oh, pauvre Marthe ! Tu as raison de me gronder, je me conduis comme une étourdie ! Attends, je vais t'aider. Bon, voyons, qu'est-ce qu'il reste à faire ?

Mais qui sait si Jésus ne la fait pas se rasseoir,

invitant Marthe à en faire autant ? Et l'effet comique glisse alors du visage de Marthe à celui des disciples qui se sont casés comme ils pouvaient dans l'étroite salle commune – et qui, du coup, se demandent si ce repas tant convoité, et dont les préparatifs dégagent des fumets aussi alléchants, va jamais leur être servi, à présent que les deux sœurs partagent une même extase aux pieds de Jésus.

Allons ! ce n'est pas la première fois qu'on sera en retard pour passer à table – sans compter tous les repas avalés sur le pouce, et ceux qu'on a carrément dû sauter...

Il en fallait, de la santé et de l'énergie, pour suivre le Rabbi. On pourrait penser qu'étant Dieu et régnant pour l'éternité, Jésus prendrait son temps. Mais non, pas du tout : ses dernières années sur la terre – ses trois années de vie publique – sont celles d'un homme en état d'urgence. Il y a quelque chose de haletant dans ses pérégrinations à travers la Palestine.

Et lorsque se précisent les menaces d'arrestation, et même de lapidation (on en est quelquefois si près que les tueurs ont déjà ramassé les pierres qu'ils vont lui lancer, ils les soupèsent en les faisant sauter dans le creux de leurs mains), on ne voyage plus, on fuit – cours, Rabbi, cours ! supplient les disciples, et Jésus s'échappe, souvent de justesse. Son manteau flotte derrière lui et lui fait comme les ailes d'un ange.

Non seulement Jésus est presque constamment sur les routes, mais il se soucie comme d'une guigne de l'équilibre entre les heures d'activité et celles de repos. En fait d'alternance, il n'en connaît qu'une : le jour pour aimer, la nuit pour prier. Il dit qu'aimer et prier, c'est un peu la même chose. Il dort par courtes bouffées, semble-t-il. On s'efforce de l'imiter, mais même les anciens pêcheurs du lac s'essoufflent à suivre son rythme. Lui, en trois ans de ce train-là, flotte dans sa tunique. Il est devenu un long chat maigre. D'ailleurs, comme ceux des chats, ses yeux brillent dans l'obscurité.

Il se rit de la nuit.

Au jardin des Oliviers, le soir de son arrestation, alors qu'il s'est isolé pour prier, il s'attriste – et s'étonne – que ses amis soient incapables de veiller avec lui. À deux reprises, il est venu voir ce qu'ils faisaient et les a trouvés profondément endormis. Les disciples le savent bien, pourtant, que cette nuit est celle de tous les dangers – le Rabbi a été assez clair là-dessus, tout à l'heure, quand ils ont mangé la Pâque tous ensemble. Mais leurs yeux se ferment malgré eux. Voilà des gens qui, de toute évidence, n'en peuvent plus. Il fallait décidément que ce fût la dernière nuit. Ils ne seraient pas allés beaucoup plus loin.

Lui, il tient debout. Jusqu'au bout il va tenir,

résister. Après qu'on l'a flagellé, blessé, chargé des poutres de sa croix, c'est vrai qu'il tombe dans les rues de Jérusalem. Mais il va se relever.

Même sa mort, il l'affronte debout. Dressé sur ses pieds cloués.

À l'irruption brutale de Judas conduisant de l'autre côté du Cédron une grande foule armée de glaives et de gourdins, l'histoire joyeuse du Christ s'interrompt.

Au cours du procès de Jésus, puis pendant son supplice, on croira bien entendre quelques rires parmi la foule. Mais c'est du ricanement, cela, pas du rire. Il y a surtout du silence, un silence effaré, sur la colline hors les murs où ont lieu les mises à mort.

Les livres n'ont qu'une façon de faire une minute de silence, c'est la page blanche :

Vendredi dans l'après-midi, le temps s'est détraqué. Vers trois heures, le ciel est devenu livide et il a commencé à se craqueler comme une faïence prête à tomber en morceaux. On s'est dit qu'on allait se prendre sur la tête quelque chose de pas mal, mais non, il n'a pas plu. Au contraire, l'air était si sec qu'un éclair aurait suffi à l'enflammer. Par chance, on n'a pas eu d'éclairs non plus. En fait, ça ne devait pas être un orage au sens où on l'entend d'habitude. Ça n'était pas non plus une éclipse, bien que la lumière du jour eût presque complètement disparu. On sait désormais prévoir les éclipses de soleil, elles sont annoncées longtemps à l'avance. Mais ce qui est arrivé n'avait manifestement été prévu par personne. Et puis, les éclipses ne durent jamais bien longtemps, tandis que là, Jérusalem est restée plusieurs heures dans les ténèbres. La seule chose commune avec une éclipse a été la peur qu'ont éprouvée les animaux. Les bêtes enfermées dans le Temple, celles qu'on destine aux sacrifices, doivent avoir une sorte de prescience de leur mort car elles poussent jour et nuit des cris lamentables. La plupart des gens qui arrivent à Jérusalem rêvent de trouver un logement à proximité du Temple, mais à cause des bêtes, ils ont vite fait de s'apercevoir que ce n'est pas un quartier si plaisant que ça à habiter. Toujours est-il que, très curieusement, ces bêtes du Temple semblaient cette fois plongées dans la stupeur – alors que les autres, celles qui vaquent librement à travers la ville ou qui broutent l'herbe rase des collines, s'éparpillaient dans tous les sens avec des braillements qui vous glaçaient le sang. Il faisait très chaud, une touffeur insupportable, et on a frissonné. Sur presque toutes les terrasses, on a ramassé des oiseaux morts. Ils étaient raides, les ailes écartées, ils donnaient l'impression d'avoir été foudroyés en plein vol.

Samedi, on a encore eu cette espèce d'orage qui n'en était pas un. Mais c'était déjà plus lointain, on sentait que ça s'en allait. Le ciel avait perdu cette noirceur épaisse, étouffante, qu'il avait eue la veille. Il était devenu gris, bêtement gris. Tout à fait ce genre de grisaille plate, monotone, qui convient à une journée vide, nue, sans événement. Une journée où l'on ne trouve rien à faire qu'à attendre. Pour un jour de sabbat, ça n'était pas plus mal.

Et puis, dans la nuit du samedi au dimanche, quand la mère de Jésus a regardé par la fenêtre, elle a vu quelques étoiles. Quelques-unes seulement, mais c'était le signe que la couche nuageuse commençait à se déchirer et qu'on allait bientôt retrouver ce beau temps et cet air limpide qui font partie des plaisirs de la vie à Jérusalem. Marie est restée accoudée à contempler les premières étoiles. À guetter s'il en viendrait d'autres.

Au bout d'un moment, un disciple est venu près d'elle. Elle n'a pas eu besoin de se retourner pour savoir qui il était : elle reconnaît chacun d'eux à un détail – une façon de faire glisser ses sandales ou de respirer, l'odeur d'une haleine, le froissement particulier d'une tunique. Il lui a doucement posé une main sur l'épaule, comme pour lui rappeler que c'était à lui, Jean, que le Rabbi, au moment de mourir, avait confié le soin de veiller sur elle.

Il lui a dit qu'elle ferait mieux d'aller dormir un peu, mais elle a secoué la tête. Depuis la mort de Jésus, elle ne dort plus. C'est comme ça, Jean, je suis sa mère, je l'ai tellement, oh ! tellement aimé. Oui, je comprends, a dit Jean, moi non plus, je n'arrive pas à dormir. Marie a dit qu'en plus de la mort de son fils, il y avait la mort de Judas qui lui faisait beaucoup de peine. Jean s'est offusqué : Judas n'avait eu que ce qu'il méritait, et son châtiment devait se poursuivre en pire là où il était à présent – dans la géhenne. Là-dessus, Jean croyait se rappeler que Jésus avait été on ne peut plus clair. Marie a dit que oui, bien sûr, mais qu'on ne savait pas ce qu'avait été le désespoir de Judas, ni ce qui avait envahi son cœur à l'instant où il s'était pendu. Jean a protesté qu'il y avait quand même des limites à ce que Dieu pouvait pardonner, et Marie a chuchoté que, justement, il n'y en avait peut-être pas, des limites. Et ils n'en ont plus parlé.

Au début, Marie et Jean pouvaient compter les étoiles. Et puis c'est devenu impossible, tout à coup il y en a eu trop.

Il ne fait pas encore jour. Marie de Magdala, qu'on appelle aussi Marie-Madeleine, se lève la première. Comme convenu la veille, elle s'empresse de réveiller les autres femmes près de qui elle a passé la nuit. Elles s'habillent dans l'obscurité. Elles sont pressées. Le cadavre du Rabbi est au tombeau depuis vendredi, et ce ne sont pas les premières onctions de myrrhe et d'aloès que lui ont prodiguées Joseph d'Arimathie et Nicodème après la descente de croix qui vont suffire à arrêter le processus de décomposition. D'autant que le corps est couvert de plaies, déchiré de partout, et que les chairs martyrisées se corrompent plus vite que les autres. À cause du sabbat, on n'a rien pu faire de toute la journée d'hier, et il est vraiment temps, maintenant, de procéder à l'embaumement.

C'est toujours une tâche particulièrement éprouvante, et d'autant plus quand il s'agit d'un homme qu'on a passionnément aimé; mais c'est la dernière chose que ces femmes puissent faire pour lui, et elles n'y manqueraient pour rien au monde.

Elles emportent, serrées contre elles, les huiles parfumées et les plantes aromatiques qu'elles ont hâtivement préparées avant que ne s'allument les lumières du sabbat. Elles prennent aussi une lampe, car le tombeau est profond et on n'y verra probablement pas grand-chose à l'intérieur.

La nuit est encore obscure quand elles s'enfoncent dans un réseau tortueux d'arcades et de voûtes basses, avant de grimper une rampe qui tient davantage de l'escalier que de la rue. Les murs délabrés alternent avec de hautes façades aveugles flanquées de colonnes dont les feuilles d'acanthe des chapiteaux laissent couler goutte à goutte la rosée du matin qui vient. En l'absence de soleil, une fraîcheur de cave, une fraîcheur terreuse, monte de la ville. Même si on voulait s'efforcer de penser à autre chose, Jérusalem sent le tombeau.

Parvenues en haut de la rampe, les femmes se retournent pour s'assurer qu'elles n'ont pas été repérées. Bien qu'aucune accusation n'ait été directement portée contre ceux qui ont suivi le Rabbi, on ne peut pas écarter tout à fait la menace d'une arrestation. Mais tout est tranquille dans la ville qui, vue d'ici, semble une masse d'ocre sombre, à la fois unité et fouillis de toits plats et de maisonnettes, tellement imbriquées les unes dans les autres qu'on a presque l'impression d'une seule bâtisse dessinée par un architecte fou. Ou d'une

fleur sans tige ni feuilles, une immense fleur mate
où la seule brillance est celle des flammes de quelques lampes fugitives. Il n'y a qu'à l'est, dans la
direction où doit bientôt paraître le soleil, que les
murs d'enceinte commencent à prendre une colo-
ration d'un brun plus chaud, flammé d'orangé.

Marie-Madeleine fait signe qu'on peut continuer. Elles sont tout près, maintenant, du dos de la
colline et du rocher sur lequel se dressent toujours
les trois croix qu'on y a plantées. Celles-ci, à
présent qu'elles sont nues, paraissent plus grêles
que lorsque les suppliciés y étaient attachés. Il
semble presque impossible qu'on puisse mourir
sur ce bois dérisoire, et dans de telles souffrances.

Le champ des morts n'est pas un beau jardin,
mais un bon jardin. La terre, qui provient des
déblais ôtés aux tombeaux, y est excellente d'avoir
été retournée. Les figuiers sycomores y poussent
bien, ainsi que les lauriers et toutes sortes de
plantes utiles à la préparation des huiles pour les
embaumements. Le rideau sombre des cyprès fait
ressortir la pierre blanche des nombreux sépulcres.

Le jour qui hésitait l'emporte enfin à l'instant
précis où les femmes franchissent l'entrée du jardin. Le disque du soleil apparaît, radieux, derrière
les murailles en contrebas. Il va faire très beau sur
Jérusalem, aujourd'hui.

En passant devant les tombeaux scellés, Marie de Magdala pense soudain à quelque chose : l'espèce de caverne où on a mis le Rabbi a été fermée par une très grosse pierre. En forme de roue, cette pierre peut être déplacée pour dégager l'entrée du tombeau – mais Marie craint que, même en unissant leurs forces, les femmes ne soient jamais capables de seulement l'ébranler.

Or, en s'approchant, elles constatent que quelqu'un a fait le travail à leur place : l'énorme pierre a été roulée, dévoilant la bouche obscure de la tombe.

Aux yeux de Marie-Madeleine et de ses compagnes, l'ouverture de la tombe ne peut avoir qu'une seule explication : les soldats romains.

La mort de Jésus n'a pas satisfait pleinement les responsables religieux de Jérusalem. On peut leur reprocher bien des choses, mais ils ont le mérite d'avoir étudié soigneusement ses paroles – toutes ses paroles, même et surtout celles qui leur semblaient un blasphème.

L'exécution et la mise au tombeau de cet imposteur ne leur a pas fait oublier une rumeur selon laquelle il aurait affirmé qu'il ressusciterait trois jours après sa mort. Sornettes, évidemment. Sauf que depuis que Jésus a « réveillé » des gens qu'on croyait morts (ou du moins qu'il a eu le flair, ou la chance, de se trouver là pile au moment où ils se réveillaient), il y a des naïfs pour croire qu'il les a ressuscités pour tout de bon et qu'il sera capable d'en faire autant pour lui-même.

Imaginez le succès d'une secte qui se prévaudrait de maîtriser la mort ! Du coup, certains des illuminés qui ont suivi le Nazaréen pourraient tenter d'accréditer cette absurdité en volant le cadavre de leur maître, et en répandant ensuite le bruit que sa tombe est vide parce que son occupant est ressuscité. C'est d'un infantilisme incommensurable, mais ça peut marcher.

Alors, à peine le supplicié descendu de son gibet, les prêtres sont venus trouver Ponce Pilate :

– Tu te trompes si tu crois cette affaire classée, lui ont-ils dit.

Le Romain les a écoutés avec une grande attention. Il éprouve un sentiment de malaise : il n'aurait jamais dû ordonner qu'on crucifie Jésus. Ce n'est pas la mort de l'agitateur qui le perturbe, mais de s'être laissé forcer la main par les Juifs. Ceux-ci ont très bien compris que Pilate était contre cette condamnation à mort, et qu'il ne l'a finalement prononcée – oh ! du bout des lèvres – que par crainte d'une émeute. De quelque façon qu'on retourne les choses, il a fait preuve de faiblesse – lui, le procurateur, le représentant de la toute-puissance romaine. Il a commis une erreur politique dont les conséquences peuvent être graves pour l'avenir de son mandat en Judée et la suite de sa carrière. Le Sénat de Rome n'aime pas beaucoup les maladresses.

Le seul réconfort de Pilate est d'espérer que la mort et l'ensevelissement de Jésus mettent une fin définitive à ce malencontreux incident. Raison nécessaire et suffisante pour ne pas permettre que tout rebondisse sous couvert d'une stupide histoire de résurrection.

– Je comprends parfaitement vos préoccupations, a-t-il dit aux prêtres. Et je les partage. Rome ne tolérera pas qu'une bande d'excités abusent de la crédulité des foules placées sous la protection de César. Je vais mettre à votre disposition des légionnaires de ma garde. Des hommes absolument sûrs. Ils surveilleront le tombeau pendant la période sensible – trois jours, c'est bien ça ? Après quoi, tout danger étant écarté, je ne veux plus jamais entendre parler de ce Jésus.

Pilate a donné des ordres, et tout a été fait comme il disait.

Or le troisième jour est arrivé, autorisant les soldats à quitter leur faction devant le tombeau. Mais ce sont des hommes de devoir. Et avant de regagner leur casernement, sans doute ont-ils voulu vérifier que le cadavre confié à leur garde était toujours dans la tombe. Ils ont donc roulé la lourde pierre pour s'en assurer.

Voilà ce que se disent Marie-Madeleine et ses amies.

Mais ce qu'elles ne comprennent pas, c'est pourquoi, s'ils sont si consciencieux, les légionnaires n'ont pas remis cette pierre en place. La seule explication plausible, c'est qu'ils se trouvent toujours à l'intérieur. Occupés à quoi faire ? À profaner le corps ? Que peuvent-ils espérer récupérer sur un supplicié qui ne possédait rien, dont même la tunique qu'il portait pour mourir lui a été arrachée et tirée au sort ?

Tout en s'approchant prudemment, les femmes commencent à regretter d'être venues seules. Elles auraient mieux fait de demander à quelques-uns des disciples de les accompagner.

– Ce qui est bizarre, dit l'une d'elles à voix basse, c'est qu'on n'entend rien. Pourtant, avec leurs cuirasses et leurs armes, les soldats devraient faire du raffut. Surtout que c'est étroit, là-dedans.

– Tout est si calme, chuchote une autre.

Comme le soleil monte, les oiseaux s'en donnent à cœur joie. Le champ des morts n'a jamais eu autant l'air d'un jardin.

Elles sont maintenant devant l'ouverture béante.

Marie de Magdala est restée un peu en retrait. Elle ne se sent pas bien, son cœur bat la chamade. Elle est venue par amour, mais c'est précisément cet amour en elle qui s'épouvante à l'idée de soulever le linceul que Joseph d'Arimathie a acheté pour y envelopper Jésus, de découvrir celui-ci livide, rigide et froid, commençant à dégager l'odeur fade de la mort malgré les onctions d'aloès et de myrrhe. Elle a peur de trouver sur son visage, inscrites de façon indélébile, les traces d'une souf-france sans nom.

C'est donc cette dernière image de lui qu'elle devra emporter et garder à jamais ? Une image défigurée, un odieux mensonge d'image, car il était si beau dans la vie, si beau quand il souriait, et il souriait souvent. À elle, bien sûr, mais pas seule-ment. Alors, qui a fait ça ? Qui *lui* a fait ça ? Qui n'a pas vu, qui n'a pas compris qu'il était l'homme le plus merveilleux du monde ? Marie de Magdala n'est pas grand-chose, elle, et pourtant elle a tout vu au premier regard qu'elle a posé sur lui, tout compris au premier mot qu'il a prononcé.

Mais maintenant, elle ne voit plus, elle ne comprend plus. Elle est comme un papillon de nuit qui se cogne et se déchire à la lampe, sauf que la lumière qui l'aveugle est noire. Tout ce sur quoi elle s'appuyait, se soulevait pour s'envoler, tourne en cendres. Pourquoi ne l'écrase-t-on pas une bonne fois, pour en finir ?

Elle ne remarque pas que ses compagnes sont entrées dans la tombe. Elle ne voit ni n'entend rien de ce qui se passe à l'intérieur.

C'est une sorte de caverne aux parois de pierre brute, rugueuse, équarrie grossièrement. Aucun travail de maçonnerie, juste le ventre d'un rocher.

Par étourderie, par émotion, Marie a gardé la lampe, et sans cette lampe, ses compagnes devraient n'y rien voir du tout.

Elles y voient pourtant comme en plein jour.

Une lumière intense, exigeante, a impitoyablement chassé toute obscurité, la pourchassant derrière chaque pli rocheux, la débusquant au fond des plus petites encoignures. Cette lumière irradie tout, elle règne sans partage, elle ne permet même pas aux ombres des femmes de s'étirer sur le sol.

La banquette où le corps avait été déposé est vide. Enfin, pas tout à fait : il y a toujours le linceul qui est là, ainsi que le linge qui avait servi à recouvrir la tête. Ils ont été soigneusement pliés et posés l'un à côté de l'autre, comme on arrange son lit après y avoir dormi.

Un jeune homme est assis, juste à droite en entrant. Il n'a pas l'air le moins du monde importuné par la violence de la lumière. D'ailleurs, le jeune homme et la lumière donnent l'impression d'être de même nature. Au point que le vêtement qu'il porte est si blanc qu'on le dirait tissé de cette lumière elle-même.

C'est un jeune homme sensible et perspicace, en tout cas, qui a l'air de comprendre ce que son allure et sa présence ici peuvent avoir d'inattendu et d'effrayant. Il s'empresse de dire aux femmes de ne pas avoir peur. Il sait, ajoute-t-il, qu'elles sont venues voir Jésus – il précise bien, pour qu'il n'y ait aucun doute : Jésus de Nazareth, le crucifié.

– Mais il n'est pas ici, dit encore le jeune homme. Oh ! vous ne vous êtes pas trompées, c'est bien l'endroit où on l'avait mis. Mais il est ressuscité. Il est en Galilée. Il vous y attend. Allez vite le faire savoir aux autres.

Marie de Magdala les voit ressortir du tombeau comme des folles. Elles ouvrent la bouche pour crier, mais aucun son n'en sort. Après tout, peut-être essayent-elles seulement de respirer ? Quelque chose, dans la tombe, leur a visiblement coupé le souffle.

— Eh quoi ? fait Marie.

Elles la dévisagent, les yeux hagards :

— Il n'est plus là !

— Qui n'est plus là ?

— Le Rabbi. Jésus n'est plus là.

Elles s'élancent à travers le jardin. Marie croit les entendre dire qu'elles vont chercher Pierre. Elle pense que c'est en effet une bonne idée. Si on a enlevé le corps du Rabbi, Pierre saura probablement quoi faire, qui interroger, où chercher. Car il faut le retrouver, ce corps. Il y a un instant, Marie de Magdala était désespérée à la pensée de revoir Jésus mort ; à présent, il lui paraît plus intolérable encore de ne jamais le revoir du tout, quel que soit l'état lamentable dans lequel il est.

— Je vais avec vous, attendez-moi ! s'écrie-t-elle en s'élançant à son tour.

Jamais femmes n'ont couru aussi vite.

Que disent-elles exactement à Pierre ? Elles sont bouleversées, elles bredouillent des phrases à peu près incohérentes. Et quand elles arrivent à trouver leurs mots, elles parlent toutes à la fois et on ne comprend rien à leur caquetage.

Sinon que Jésus n'est plus dans son tombeau.

— On l'a enlevé! se lamente Marie de Magdala, dont la voix un peu grave, presque rauque, domine les autres.

— Non, non, tente de rectifier une autre Marie (la mère de Jacques), ce n'est pas exactement ça que nous a dit le jeune homme...

— Un jeune homme? demande Pierre. Quel jeune homme? Un jeune soldat romain, c'est ça?

— Jamais de la vie, proteste Jeanne. Où as-tu pris que les soldats romains, jeunes ou pas, étaient habillés tout en blanc?

— Ce qui est sûr, sanglote Marie-Madeleine, c'est qu'on ne sait pas où est le Rabbi!

— Mais si, on le sait! s'emporte Jeanne. Il est en Galilée.

— En Galilée? s'étrangle Pierre. Mais comment, étant mort, serait-il sorti de son tombeau pour aller en Galilée?

— Parce qu'il est ressuscité, ose enfin balbutier la mère de Jacques — mais trop bas pour que Marie-Madeleine ait entendu le mot que la femme a prononcé presque avec effroi, comme si c'était un mot trop fort pour elle.

Pierre, lui, a parfaitement saisi. Mais il n'y croit pas. Radotages, pense-t-il. Bien compréhensibles, d'ailleurs, bien excusables de la part de ces femmes qui ont été trop choquées par la mort tragique du Rabbi pour admettre que tout ait pu s'arrêter si brutalement, si cruellement. Les paroles et l'exemple de Jésus sont si forts qu'ils ont toutes les chances de lui survivre, et pour longtemps sans doute, mais cette survie-là ne leur suffit pas : c'est lui qu'elles veulent – et vivant, comme avant.

Plutôt que de regarder la vérité en face – une vérité atroce, Pierre est le premier à en convenir, mais c'est souvent le lot des vérités que d'être aux limites du supportable –, ces pauvres femmes préfèrent se consoler d'un mensonge. Mais est-ce vraiment un mensonge ? N'est-ce pas plutôt une démarche désespérée, probablement inconsciente, pour obliger leur beau rêve à continuer coûte que coûte ?

Pierre pensait bien que si l'une ou l'autre cédait à ce genre de tentation, Marie de Magdala en serait. Pierre aime infiniment Marie-Madeleine, mais il n'oublie pas comment Jésus se l'est attachée : en la délivrant des sept démons – un record ! – qui la tourmentaient. Normal qu'elle soit restée un peu fragile, la chère petite.

Mais de là à la traiter d'hystérique, il y a un pas que Pierre ne franchira pas : d'avoir lui-même renié Jésus, et par trois fois, lui a fait prendre conscience de ce qu'il y a d'imprévisible, d'ambigu, et surtout de douloureux dans la nature humaine. D'un autre côté, en tant que responsable du petit groupe qui va désormais s'efforcer de perpétuer la mémoire et l'enseignement de Jésus, il sait qu'il ne peut pas se permettre de laisser se répandre des rumeurs incontrôlées.

Son devoir est de faire toute la clarté sur cette affaire. Avant que les choses n'aillent trop loin, et sans blesser personne.

Prenant Jean avec lui, il se précipite vers le tombeau. Marie-Madeleine, toujours en larmes, court avec eux.

Il ne s'est pas écoulé une heure depuis le lever du jour que les ruelles sont encombrées par une foule de plus en plus dense et affairée. C'est toujours comme ça au lendemain du sabbat, la ville se prend d'une activité fébrile, comme pour compenser la torpeur du jour sacré pendant lequel tout s'est arrêté.

La plupart des marchands se bousculent d'un même côté de la rue, celui où les acheteurs s'attardent plus volontiers parce qu'il restera plus longtemps ombragé au fur et à mesure que montera le soleil – et avec lui la chaleur. Pour autant, la partie déjà violemment ensoleillée n'est pas dégagée : c'est là que se couchent les chèvres grises, les ânes qui ont porté les marchandises, et les mendiants qui exhibent leurs disgrâces en attendant la fin du marché pour farfouiller parmi les rebuts. Les mouches, quant à elles, sont partout, tissant une tente invisible mais bruissante au-dessus des ruelles.

De peur de heurter quelqu'un ou de renverser les amoncellements de marchandises qui s'empilent à même la chaussée, Pierre et Jean doivent ralentir leur course.

– Mais plus vite, les supplie Marie-Madeleine, plus vite !

Jusqu'à présent, par déférence due à cet aîné qui est aussi son chef, Jean a réglé son allure sur celle de Pierre. Mais là, en vue du jardin des morts, il n'y tient plus. Dans quelques instants, il va affronter la vérité la plus importante de toute sa vie.

Il est celui qui s'est approché le plus près de la croix, assez pour pouvoir entendre la pauvre et faible voix du Rabbi qui l'appelait pour lui confier sa mère. À un moment donné, son visage était même si proche des pieds cloués l'un sur l'autre qu'il a perçu sur sa joue la chaleur de la fièvre qui dévorait le crucifié. Il est le seul à avoir respiré l'odeur de la sueur et du sang qui ruisselaient du corps supplicié. Cette agonie, il ne l'oubliera jamais. Comme il n'a pas oublié non plus les paroles de Jésus quand il évoquait sa résurrection – beaucoup plus qu'une simple espérance, c'était presque une promesse, n'est-ce pas ?

Maintenant, Jean va savoir ce qui, de la certitude de la mort ou de la promesse de la vie, régit vraiment le destin des hommes.

Alors, il dépasse Pierre et file à perdre haleine à travers le jardin, droit vers le tombeau. Et là, il s'arrête. Comme si cet espace au-delà de l'ouverture creusée dans le rocher recelait quelque chose de trop grand pour lui.

Le seul geste qu'il ose, c'est tendre son cou aussi loin qu'il peut. Il scrute l'intérieur de la caverne. Et il voit qu'il n'y a rien à voir.

Il ne s'attendait pas à ça. Ce n'est qu'une demi-vérité.

Pierre le rejoint :

– Eh bien ?

– Tu n'as qu'à regarder, dit Jean.

Pierre entre dans le sépulcre. Où il n'y a plus de jeune homme en blanc, mais ça il s'y attendait un peu. Où il n'y a que ce linceul et ce linge – bien pliés, les femmes avaient déjà remarqué ça. C'est tout.

Mais est-ce que c'est peu ou est-ce que c'est beaucoup ?

Jean, alors, entre à son tour. Et à peine a-t-il passé le seuil que la lumière se fait en lui, fulgurante. Une certitude l'empoigne, au point qu'il en vacille et doit s'adosser à la paroi rugueuse.

– C'est vrai ! s'écrie-t-il.

– Qu'est-ce qui est vrai ?

– Il est ressuscité. Il est vivant.

– Attends une seconde, grommelle Pierre, qu'est-ce qui te fait dire ça ?

Jean le dévisage. Il n'a pas de réponse à proposer. Pas plus que si, à l'heure où le soleil est au zénith, quelqu'un lui demandait : « Qu'est-ce qui te fait dire qu'il fait jour ? »

Il sourit. Cher tombeau qui ne retient rien! Chère mort qui n'existe plus!

– Je n'ai vraiment plus rien à faire dans cet endroit, dit Jean.

Et il sort. Pierre, resté seul, continue de regarder autour de lui.

Pendant ce temps, Marie-Madeleine s'est arrêtée à proximité du tombeau. Elle n'a pas tellement envie d'y entrer. Elle a peur que ce soit au-dessus de ses forces. Déjà qu'elle n'arrête pas de sangloter. Et puis, à quoi bon puisqu'elle sait que la tombe est vide ?

La seule chose qui l'intéresse, c'est de retrouver ce cadavre qui a disparu.

Elle voit Jean qui sort le premier du sépulcre. Il est fou de joie. Il court dans tous les sens, il gambade, il fait des bonds – est-ce qu'il essayerait de danser, par hasard ? Il rit, même. Ce qui semble inimaginable, quand on sait à quel point la mort de Jésus l'avait laissé bouleversé. Il est peut-être devenu fou, se dit Marie. Elle va vers lui pour le questionner, mais il détale sans l'attendre.

Pierre sort à son tour. Il a l'air très étonné, vraiment. Il doit se demander pourquoi ceux qui ont emporté le corps du Rabbi l'ont sorti de son linceul, songe Marie – qui se le demande aussi. Et surtout, pourquoi ils se sont donné le mal de tout bien replier comme il faut. C'est idiot. Les voleurs sont pressés de filer, d'habitude. Marie voudrait bien l'interroger lui aussi, mais Pierre lui adresse un petit geste de la main comme pour dire : « Oh non, plus tard, les questions, hein ! plus tard... »

Un radieux et un perplexe. Ce tombeau vide a décidément sur les gens des effets variés et déconcertants, pense Marie de Magdala – qui se dit alors qu'elle ferait peut-être aussi bien d'aller se rendre compte par elle-même.

Les anges sont débordés, ce matin. Cette fois, ce n'est plus un jeune homme en blanc qui est là, mais deux.

Ils ont beau avoir surgi de nulle part et irradier une lumière indescriptible, l'idée qu'il puisse s'agir d'êtres surnaturels n'effleure même pas Marie. D'ailleurs, penserait-elle avoir affaire à des anges que son attitude serait la même : ça lui est complètement égal de savoir qui sont ces gens. Tout ce qu'elle voit, c'est que ces deux-là vont peut-être pouvoir la renseigner sur l'endroit où des malfaisants ont caché le cadavre du crucifié. Son obsession, son idée fixe, c'est de retrouver le corps de Jésus. Surtout qu'apparemment, il n'y a plus qu'elle à le chercher. Pierre et Jean, qui étaient pourtant venus exprès pour ça, ont filé comme des dératés. L'un complètement hagard, l'autre dans un état de jubilation inexplicable.

– Pourquoi donc pleures-tu ? s'enquièrent gentiment les inconnus.

– C'est parce qu'on a enlevé mon Rabbi et que je ne sais pas où on l'a mis, explique-t-elle en ravalant ses larmes.

Elle est sur le point de leur demander s'ils n'auraient pas vu ou entendu quelque chose lorsqu'elle sent une présence derrière elle. Elle se retourne. Tiens ! un jardinier. Jusqu'alors, elle n'avait pas remarqué sa présence, mais c'est normal : il n'y a personne de plus silencieux, de plus feutré et discret qu'un jardinier, surtout un jardinier chargé du jardin des morts.

Alors ça, pense-t-elle, c'est une aubaine ! Parce qu'un jardinier, ça sait tout ce qui se passe dans son jardin. Tout ce qui s'y trame. Rien ne vaut un œil de jardinier pour débusquer ce qui risque de perturber l'équilibre de son fragile et frémissant royaume. Il entend les bruits les plus infimes, jusqu'aux grignotements de la chenille dont le petit corps charnu et velu imite parfaitement la jeune feuille veloutée dont elle se régale. Des pilleurs de tombes, des voleurs de cadavres, n'ont aucune chance de tromper la vigilance d'un jardinier.

D'ailleurs, voyez comme ce jardinier-là s'inquiète tout de suite, en vrai professionnel, de ce que Marie vient faire ici :

– Femme, pourquoi pleures-tu ? Qui cherches-tu ?

Il a bien dit « *qui* cherches-tu ? » et non pas « *que* cherches-tu ? ». Comme s'il avait deviné pourquoi la jeune femme est venue fureter dans ce tombeau.

Marie réussit à sourire à travers ses larmes : elle a enfin rencontré quelqu'un qui va la conduire à l'endroit où est caché le corps du crucifié. D'ailleurs, si ça se trouve, c'est peut-être le jardinier lui-même qui a enlevé Jésus. Oui, oui, pense-t-elle avec soulagement, c'est même sûrement ce qui s'est passé : après que les Romains se furent éloignés, le jardinier a sans doute essayé de remettre la pierre en place, mais il n'y est pas parvenu. Alors, plutôt que de laisser un cadavre à moitié embaumé livré aux chiens errants, il a préféré l'emporter et le mettre à l'abri. Brave homme de jardinier ! Pour un peu, Marie l'embrasserait :

– Si c'est toi qui l'as emporté, dis-moi où tu l'as mis. Et moi, ajoute-t-elle, j'irai le reprendre.

Car pour ne pas déranger davantage l'excellent jardinier, elle est prête à ramener toute seule le corps de Jésus. Elle portera le Fils de Dieu comme on porte un enfant malade. Elle empêchera sa tête de ballotter, ses pieds de traîner par terre. Elle n'est pas si forte que ça, mais son amour compensera sa faiblesse.

Et sur le chemin, elle lui parlera. Il y a encore tant de choses qu'elle n'a pas pu lui dire, parce qu'il était toujours tellement entouré – agressé, même, presque étouffé. Elle lui parlait dans son cœur, mais l'entendait-il ? Il affirmait que toutes les prières sont écoutées, sinon exaucées. Mais pouvait-on appeler prières ces cris qu'elle poussait en silence ? Les autres, quand ils prient, trouvent des paroles magnifiques, des formules qui donnent le frisson. Certaines sont si belles qu'on se les transmet de génération en génération, qu'on les lit et relit inlassablement à la synagogue. Rien de comparable avec les éclairs sans mots qui traversaient la tête de Marie.

– Marie, dit le jardinier.

Elle s'ébroue. Pardon, jardinier, j'étais partie à rêver.

– Marie !

Elle lève les yeux. Qu'est-ce qu'il a, le jardinier ? On dirait qu'il s'amuse. Comme si j'avais dit quelque chose de drôle. Comme si j'étais drôle. Drôle, moi, avec mes joues barbouillées de larmes ? Depuis le début, je vois bien qu'il me regarde bizarrement. Mes cheveux sont tout emmêlés, d'accord, mais j'ai tellement couru depuis ce matin ! Peut-être qu'il se moque de ma robe que j'ai un peu déchirée à des épines ? Et au fait, comment sait-il que je m'appelle Marie ?

Elle fait un pas de plus vers le jardinier. Et alors, elle comprend.

L'anomalie n'est pas qu'il ait, lui, cet air si réjoui – l'anomalie est que Marie ne soit pas, elle, éperdument joyeuse. Et joyeuse est un mot lamentablement pâle à côté de ce qui vient d'éclater et qui est en train de la traverser de l'extrême pointe des cheveux jusqu'au bout des orteils, en irradiant chaque infinitésimale partie de son être.

Si c'est ça qu'on appelle la joie, la joie est dangereuse.

Elle vous noie, vous suffoque, vous brûle, elle vous prend le cœur pour en faire un ballon, elle éclate de rire et le lance, ça rebondit partout, vous avez l'impression d'avoir des cœurs plein la bouche, des cœurs qui vous fourmillent dans les doigts, des cœurs qui vous allument derrière le front des cascades de lumières déchirantes, c'est épouvantablement voluptueux, tout ça, il est évident qu'une petite jeune femme n'y survivra pas, d'ailleurs on se sent tomber, on chavire, attention ! vite un pan de rocher où s'appuyer, sinon Marie la trop joyeuse va s'écrouler – et puis, non, tenez : mieux que le rocher, il y a *lui*.

Elle lance en avant ses jolis bras ronds, enlace le jardinier qui n'est pas le jardinier.

– Rabbi ! s'écrie-t-elle en se jetant sur Jésus.

Doucement, il desserre son étreinte. Elle veut le reprendre, il se recule. Elle ne sait plus quoi faire, elle s'effondre, sa chevelure caressant les pieds du Ressuscité où le long clou à section triangulaire de la crucifixion a laissé comme une petite bouche rose et gonflée.

– Ne me touche pas, Marie...

Il comprend qu'elle ait ce grand besoin de

l'effleurer, de le palper, de le tenir embrassé. C'est pour ça qu'il a d'abord laissé ses mains danser sur lui. Comme ça, elle a bien senti le grain de sa peau, sa chaleur de vivant. Elle sait qu'il n'est ni un fantôme, ni une hallucination.

Elle aurait pu en devenir folle. Mais elle est protégée par la simplicité merveilleuse de son amour. Elle n'a pas dit : « Comment c'est possible, ça, une chose pareille ? », elle n'y a même pas pensé. Elle aime, son amour est sauf, il est vainqueur, personne ne pourra jamais lui enlever cette évidence. Alors, le reste, elle s'en fiche éperdument. Mais tout de même, mademoiselle de Magdala, soyez un peu sage à présent : on ne pétrit pas la gloire de Dieu comme du bon pain. Une gloire à côté de laquelle le soleil qui s'est épanoui, radieux dans le ciel de Jérusalem, n'est qu'un petit scarabée de rien du tout, qui se traîne, poignant, sombre et glacé.

– Va plutôt trouver les autres, va vite leur dire que je monte vers mon Père qui est votre Père, vers mon Dieu qui est votre Dieu.

Lequel des deux s'est éloigné le premier ? Toujours est-il que Marie est toute seule dans le jardin. Elle quitte le tombeau vide sans se retourner. Elle n'emporte pas le linceul, ni l'étoffe qui recouvrait le visage. Elle se demande si c'est Jésus qui les a si parfaitement pliés. Elle pense que oui. Ça lui ressemble assez. Un homme comme les autres aurait tout laissé en vrac. Les hommes comme les autres ne prennent jamais le temps de ranger, surtout quand ils ne sont pas chez eux. Lui, si. Quelle heure pouvait-il être quand il est ressuscité ? Faisait-il encore nuit ? Elle l'imagine, solitaire dans son tombeau, assis sur la banquette en pierre, pliant ses linges en attendant que quelqu'un vienne. Parlant aux chauves-souris, aux rossignols, aux petites bêtes de la nuit. Tranquille et heureux comme quelqu'un qui a préparé la plus belle surprise dont on puisse rêver et qui espère bien qu'elle va plaire. Il regarde, à travers la découpe irrégulière de l'ouverture, les soldats romains qui éteignent leur feu de bivouac et s'en vont dans un bruit de boucliers et de glaives entrechoqués, laissant derrière eux l'odeur des cendres, du cuir saturé de sueur, et de ce trou où ils ont enfoui leurs ordures sous des feuilles. L'immense surprise est aussi pour eux, mais ils ne le savent pas.

Marie reprend le chemin de la ville. Dans les rues, sur les places, les gens vaquent à leurs occupations comme tous les jours. Ils ne se doutent de rien. Marie est la seule à avoir revu Jésus vivant. La seule de tout Jérusalem, et même la seule du monde entier, à l'avoir serré contre elle. Elle sent encore la pression chaude de son corps, là, contre sa poitrine et son ventre. De temps en temps, c'est plus fort qu'elle, l'émotion la submerge et elle pleure en riant.

Bon, et maintenant ? Où est-il passé ? Où s'est-il réfugié ? Qui prend soin de lui ? La vérité, c'est que personne n'en sait rien – et que personne ne s'en inquiète vraiment.

Pour les habitants de Jérusalem, il ne fait absolument aucun doute que Jésus est mort. Beaucoup sont venus assister à son supplice et, bien qu'il ait fait cet après-midi-là un temps de chien que pourtant rien ne laissait prévoir, la plupart des spectateurs sont restés jusqu'au bout. Ils ont vu le cadavre qu'on déclouait pour le descendre de la croix, ils ont été bouleversés par le chagrin si digne et si poignant de la mère du condamné, et du coup ils ont approuvé le geste généreux de Joseph d'Arimathie offrant d'ensevelir le pauvre corps livide, brisé, affreusement souillé de sang, dans la tombe qu'il s'était réservée pour lui-même.

Aujourd'hui, il y a bien cette rumeur selon laquelle le corps aurait disparu. Mais les responsables religieux ont eu vite fait de trouver la parade : en échange d'une somme d'argent paraît-il assez coquette, ils ont persuadé les légionnaires qui étaient de garde au tombeau de dire que les disciples du Nazaréen étaient venus dérober son corps.

– Mais n'étiez-vous pas là-bas précisément pour les en empêcher ? s'étonnent les gens.

– Eh oui ! reconnaissent les soldats. Seulement, ces Juifs sont des malins : ils ont profité d'un moment où on dormait.

Quelqu'un leur a-t-il fait remarquer que, s'ils dormaient, ils n'avaient pas pu voir les rusés disciples pénétrer dans la tombe, subtiliser le cadavre et s'enfuir avec ? Et que des sentinelles qui cèdent au sommeil reçoivent plus souvent des coups de pied aux fesses que des gratifications ?

Toujours est-il qu'ils ne sont qu'une poignée à croire (et encore !) à la Résurrection.

Ces premiers croyants, ces premiers éblouis, sont loin d'aller crier leur joie sur les places publiques. Pour l'heure, ils cherchent avant tout à sauver leur peau. Ils se terrent, par crainte d'être recherchés et appréhendés comme complices du condamné. Enfermés dans la maison amie où ils ont célébré la Pâque, et dont toutes les issues ont été soigneusement verrouillées, ils essayent de se faire oublier en attendant que l'orage s'éloigne.

C'est là, dans la chambre haute de cette maison pleine de peur et de doute, que Jésus leur rend visite à deux reprises.

Comment est-il entré dans cette pièce que les disciples ont transformée en place forte ? En fait, il n'est pas « entré » à proprement parler : il s'est tout simplement trouvé là. L'instant d'avant, il n'y était pas, et l'instant d'après il y était. Ce qui n'a pas dû arranger les choses quand il s'est agi de convaincre Thomas, absent ce jour-là, de la visite du Rabbi :

— Alors, comme ça, il est passé à travers les murs ?

— Puisqu'on te le dit, bougre d'incrédule !

— À d'autres !

— Écoute, Thomas, réfléchis un instant : un simple mur, pour quelqu'un qui est revenu de la mort, ça n'est sûrement plus un obstacle.

— Revenu de la mort, hein ? Ça, c'est vous qui le dites !

— Mais puisqu'on te répète que nous avons vu Jésus...

— Vous aviez tellement envie que ce soit vrai que vous avez *cru* le voir. Venez plutôt m'aider à déballer ce que je suis allé acheter en ville pour renouveler nos provisions. Au fait, nos affaires n'ont pas l'air de vouloir s'arranger. En laissant traîner l'oreille, j'ai entendu dire que c'était nous autres qu'on accusait d'avoir enlevé le corps du Rabbi. Les gens sont vraiment prêts à croire n'importe quoi, de nos jours...

Comme Thomas s'obstine dans son refus d'admettre la réalité de la Résurrection, Jésus revient une seconde fois – huit jours après sa première visite, précise le texte de l'évangile de Jean.

Là encore, il néglige la porte et, souriant, les mains ouvertes en signe de paix, se présente soudainement au milieu de ses amis. Le temps de confondre Thomas, et il disparaît. Sans laisser, semble-t-il, aucune consigne « pratique » aux disciples. Si tel ou tel d'entre eux s'est inquiété de ce qu'il convenait de faire dans l'immédiat, rien ne laisse supposer que Jésus ait cherché à les secouer – en les engageant, par exemple, à sortir de leur cachette pour aller claironner partout qu'ils l'avaient revu vivant.

Pour eux, cette stratégie de la discrétion n'a du reste rien de surprenant. Ils imaginent trop bien la stupeur, le choc que provoquerait une apparition du Rabbi au Temple ou à la synagogue. Ou même tout simplement sur un marché de Jérusalem, dans l'odeur lourde et sucrée des fruits que le soleil fait éclater, au milieu du caquetage des poules et du bêlement des rares agneaux qui ont survécu aux égorgements en série de la Pâque.

Obtiendrait-il un triomphe ? Rien n'est moins sûr ! Il déclencherait plus probablement une panique sans nom, un effroi de fin du monde. Les hommes sont ainsi faits : ils ont beau espérer de toutes leurs forces que la mort n'est qu'un trompel'œil, l'idée d'un trépassé revenant se mêler à eux les épouvante.

Au cours des journées qui suivent la Résurrection, Jésus est donc extraordinairement pudique, discret, presque parcimonieux. C'est bien avec son corps qu'il est ressuscité – il n'est pas un spectre, une vapeur, une buée : en témoigne le geste de Thomas mettant ses mains dans l'échancrure des plaies – mais cette chair est d'une autre nature. Telle en tout cas qu'il n'est pas possible à tout le monde de *voir* et de *reconnaître* le Ressuscité.

En direction du nord-ouest, la route traverse un paysage feuilleté par l'érosion du vent. Les strates de terre rocheuse font comme les degrés d'un immense escalier qui tantôt monte et tantôt s'abaisse. Mais sauf à être celui d'un oiseau qui plane, le regard ne discerne pas cette configuration. Le marcheur la devine seulement à la fatigue qui raidit ses muscles.

Pourtant, en dépit du terrain, et bien qu'il fasse beaucoup trop chaud pour un mois de nisan, les deux hommes avancent encore d'un bon pas. Ils n'en sont, il est vrai, qu'au début de leur voyage de retour. Ils viennent tout juste de quitter Jérusalem, où les fêtes de la Pâque se sont achevées dans une ambiance de confusion et de malaise – du moins pour eux.

À leur droite, sur un chemin de traverse qui se rapproche de leur route (il va s'y confondre un peu plus loin, comme l'affluent dans sa rivière), ils ont remarqué depuis un moment la silhouette d'un voyageur. Il va dans la même direction qu'eux, et lui aussi a une foulée longue et souple.

– On va avoir de la compagnie, dit Cléophas.

Il n'est pas plus enchanté que ça à l'idée de faire route avec un inconnu. Les pèlerins solitaires sont généralement d'incorrigibles cancaneurs en manque d'auditoire. Celui-ci va vouloir se mêler à la conversation, et ses préoccupations ne seront pas forcément celles de Cléophas et de son ami.

Mais la route qu'ils suivent n'offre aucune échappatoire, et il faudra se résoudre à subir son caquet. Cléophas espère seulement que le voyageur n'a pas, comme eux, l'intention de s'arrêter pour la nuit à Emmaüs : encore supportables sur un chemin ouvert à tous les vents, certains bavards deviennent exaspérants dans la promiscuité d'une salle d'auberge.

À la jonction, l'inconnu rejoint Cléophas et son compagnon. Tout en échangeant les salutations d'usage, Cléophas examine le nouveau venu. Détail curieux s'agissant d'un pèlerin, il ne porte aucun paquetage – son seul équipement est un solide bâton dont il doit se servir pour écarter les vipères noires qui abondent sur ces chemins caillouteux. Ce qui fait craindre à Cléophas que l'individu ne soit de ces voyageurs sans destination, dont l'itinéraire n'est fixé que par le hasard des rencontres et la générosité de leurs compagnons de route.

Mais Cléophas se pique d'assez bien connaître les hommes, de deviner au premier coup d'œil s'ils sont plutôt bons ou plutôt mauvais. Et celui-ci a un visage trop avenant, un regard trop lumineux, une voix trop claire pour être un bandit. Avec sa peau récurée de frais, ses cheveux qui dansent et sa tunique qui dégage une agréable senteur d'herbes, il est aussi propre qu'on peut l'être compte tenu de la poussière à laquelle nul n'échappe.

La perspicacité de Cléophas s'arrête là. Il n'a pas reconnu Jésus.

Contrairement aux craintes de Cléophas, l'inconnu se montre peu disert. Et comme les deux pèlerins ne sont pas très loquaces eux non plus, la marche n'est scandée que par le frottement des sandales sur la route et le crissement des insectes.

– Est-ce que je me trompe, demande soudain Jésus, ou il y a quelque chose qui vous rend tristes ?

Cléophas et son ami s'arrêtent et le dévisagent avec consternation. D'où sort-il donc, celui-là, pour ne pas savoir ?

– Tu n'as donc pas entendu parler de ce qui est arrivé à Jérusalem ?

– Ah bon, il est arrivé quelque chose ?

Jésus s'entend comme personne à jouer les étonnés. Il ne hausse pas les sourcils, non, il plisse ses yeux, les allonge en amandes. Il n'ouvre pas stupidement la bouche comme un poisson qui s'asphyxie, il retrousse légèrement la commissure de ses lèvres, esquissant un sourire plein du plaisir anticipé d'être surpris par la réponse qu'on va lui donner.

— Toute la ville a été secouée par cette affaire, explique Cléophas. On a crucifié un homme. Jésus de Nazareth, c'est comme ça qu'on l'appelait parce qu'il était originaire de là-bas. Un trou perdu, Nazareth. Et d'autant plus un trou que la plupart des maisons ont été creusées à même la pente de la colline. Comme des grottes ou des terriers.

— Ce Jésus n'était qu'un pas grand-chose, alors, dit Jésus.

— Au contraire ! se récrie Cléophas. Il disait des choses que personne n'avait dites avant lui. Des choses très belles, très fortes. On ne pouvait pas s'empêcher de penser qu'il avait raison. Et non seulement des paroles, mais aussi des actes. D'ailleurs, avec ses prodiges, il a convaincu beaucoup de gens.

— Certains étaient même persuadés que c'était lui, le Messie, renchérit l'ami de Cléophas.

— Et ça n'était pas lui ? dit Jésus dont les yeux ne sont plus qu'une fente où brille une lumière dorée qui fait songer à du miel.

— Il faut croire que non, dit Cléophas. Mais si tu penses que le peuple s'est montré naïf, tu te trompes : le roi Hérode lui-même, pendant un moment, s'est demandé si Jésus n'était pas le Messie. Sauf que, pour Hérode, ça n'était pas un rêve mais un cauchemar.

– Vous avez l'air d'être très au courant...

Bien qu'il n'y ait autour d'eux que des pierres, de la lumière et des sauterelles, Cléophas baisse la voix :

– Garde ça pour toi, confie-t-il, mais mon ami et moi avons été de ceux qui ont suivi Jésus. Nous n'étions pas de ses intimes, mais nous avons eu souvent la joie de le voir et de l'entendre. Quand il est entré à Jérusalem pour la Pâque, nous étions sûrs que le grand moment était enfin arrivé. Et puis, quelque chose n'a pas marché. Il a été arrêté, jugé, condamné. Et exécuté de la plus ignoble façon : sur une croix, en même temps que deux criminels – des vrais, ceux-là !

– Tu imagines notre déception, conclut l'ami de Cléophas.

Ils se remettent à marcher en silence, plongés dans leurs réflexions. Au bout d'un moment, Cléophas se secoue comme un chien qui s'ébroue :

– Note bien que l'histoire a une suite – oui, mais tellement incroyable !

– Quelle suite ?

– Quand Jésus est mort, là-haut sur sa croix, le sabbat était sur le point de commencer. Et du coup, forcément, on n'a pas eu le temps de l'embaumer comme il aurait fallu. Alors, le dimanche, des femmes qui l'avaient aimé se sont rendues à son tombeau pour finir l'embaumement. Seulement, elles ont trouvé le tombeau vide.

– Tu veux dire que quelqu'un avait subtilisé le corps ?

– Probablement, oui. Mais les femmes ont prétendu avoir vu des anges qui leur auraient dit que Jésus était ressuscité.

– Les anges, fait remarquer Jésus, c'est sérieux.

– Les anges, oui, mais les femmes ! déplore Cléophas. Qui peut croire à ce que racontent des femmes ? Elles inventent cette histoire pour se rendre intéressantes. Mais c'est bien en vain.

– Peut-être n'es-tu pas Juif, intervient l'autre pèlerin, et ne comprends-tu pas qui doit être le Messie que nous attendons ?

– Et si c'était vous qui ne compreniez pas ? sourit Jésus.

Sans cesser de marcher, il leur rappelle, leur commente, leur détaille tous les passages de l'Écriture qui, depuis le temps de Moïse, parlent du Messie et annoncent quelles souffrances celui-ci doit endurer avant d'entrer dans sa gloire.

Ils ont cheminé longtemps. Tenus en haleine par ce que leur dit Jésus, Cléophas et son ami n'ont pas senti le temps passer. Trop fascinés pour seulement songer à mordre dans cette sorte de brique odorante – un gâteau constitué de figues sèches pressées ensemble – que ne manquent jamais d'emporter avec eux les voyageurs prévoyants.

Mais à présent, le soir tombe et il faut songer à faire halte pour la nuit. Comme l'avait prévu Cléophas, on arrive en vue d'Emmaüs, à une soixantaine de stades de Jérusalem. Ce n'est qu'un semis de maisons frustes, pour la plupart de simples cubes de torchis et de pierre, mais qui s'éparpillent sur une colline plantée de beaux arbres dont l'ombre est un délice de fraîcheur après la torpeur brûlante de la route. Placée là comme une oasis, l'auberge d'Emmaüs jouit d'une bonne réputation auprès des pèlerins qui se rendent à Jérusalem ou en reviennent.

– C'est ici que nous nous arrêtons, mon compagnon et moi, dit Cléophas.

– En ce cas, dit Jésus, il me reste à vous souhaiter une nuit reposante. J'ai été très heureux, vraiment, de faire ce chemin avec vous.

On se salue avec effusion, et puis Jésus s'éloigne – pas trop vite, cependant, pour leur donner une chance de le rappeler.

Les deux pèlerins le suivent des yeux, soudain décontenancés de le voir prolonger sa marche. Il ne va tout de même pas continuer jusqu'aux limites de ses forces, et dormir sur le bord de la chaussée, simplement enroulé dans son manteau ? La nuit, les routes de Judée ne sont pas si sûres que ça. Mais peut-être, pense Cléophas, cet homme n'a-t-il pas de quoi payer son repas et sa nuitée dans une auberge – un voyageur sans bagage, ça se pourrait bien.

Si c'est le cas, le moins qu'on puisse faire est de l'inviter. D'ailleurs, on lui doit bien ça en échange de la façon merveilleuse qu'il a eue de partager sa connaissance – impressionnante, il faut le dire – des textes sacrés.

Même s'ils ne croient pas que « leur » Jésus ait été davantage qu'un homme exceptionnel, ce qui n'est déjà pas mal, même s'ils persistent à penser que cette histoire biscornue de tombeau vide, d'anges et de résurrection, n'est qu'un délire de femmes en proie à un excès d'émotions, Cléophas et son ami se sentent un peu réconfortés par tout ce que leur compagnon de route leur a expliqué à propos du Messie.

Et peut-être n'a-t-il pas encore tout dit, peut-être a-t-il d'autres révélations passionnantes à leur faire ?

Après une brève concertation, ils courent après lui :

– Reste donc souper et dormir avec nous ! On repartira ensemble demain matin.

Le temps de procéder aux ablutions rituelles, et on passe à table. La longue course au soleil a aiguisé les appétits et donné soif. En ces lendemains de fête, l'auberge est pleine d'une clientèle de pèlerins, et l'ambiance est animée. Joyeuse, même : apparemment, la mise à mort du Nazaréen n'a pas troublé tout le monde.

Malgré l'affluence, Jésus et ses deux amis ont

trouvé à s'installer un peu à l'écart des autres – ce qui vaut mieux pour ce qui va arriver.

Lorsqu'on dépose sur la table les galettes de pain qui sentent bon le blé chaud, Jésus en saisit une. Il l'élève légèrement et, dans le halo de lumière de la lampe à huile, la galette prend alors une couleur d'or. Jésus la rompt et en distribue les morceaux à Cléophas et à son ami :

– Prenez, dit-il, prenez et mangez...

Alors, à l'instant même où leurs doigts se referment sur le fragment de pain tiède et doré qu'il leur offre, les pèlerins reconnaissent Jésus de Nazareth.

Sans l'ombre d'un doute possible, leur invité du soir est bien celui-là en qui ils avaient mis toute leur confiance, tout leur espoir, jusqu'au jour où, en mourant d'une mort hideuse, il a tout ravagé, tout emporté comme un voleur dans les ténèbres de son tombeau.

Les morceaux de galette blonde leur échappent des doigts, tombent sans bruit sur la table. L'amour non plus ne fait pas de bruit.

Autour d'eux, le brouhaha continue. Les convives parlent haut, plaisantent et rient. Mais Cléophas et son ami ne les entendent pas. Ils ne les voient même pas. Leur regard est concentré sur la seule vision qui justifie qu'on ait des yeux pour voir : le Vivant, tout près d'eux, qui leur sourit.

Ils voudraient que cela ne s'arrête jamais. Ne jamais ciller ne fût-ce qu'une fraction de seconde, ne jamais tourner la tête, ne jamais bouger, ne jamais quitter cette table ni cet instant, ne jamais sortir de cette auberge ni ne jamais dormir – oh! surtout ne jamais dormir, ne pas fermer les yeux.

Ils savent maintenant que l'éternité n'est pas seulement un désir de l'homme mais la vraie dimension pour laquelle il est créé.

Et tout aussi soudainement qu'ils ont vu, ils ne voient plus.

Nous n'avons pas rêvé. L'épisode de la reconnaissance, de l'identification, de nos yeux enfin grands ouverts, n'a duré qu'un instant – mais avant ça, nous avons eu ces longues heures avec lui sur la route au soleil, à entendre grincer les courroies de ses sandales, à respirer l'odeur laineuse de son manteau, à voir son ombre s'allonger sur l'herbe sèche des talus. Ces heures-là, on ne peut pas les nier. On ne peut pas dire qu'elles n'ont pas existé. Alors, comment se fait-il que nous ne l'ayons pas tout de suite reconnu puisqu'il était *vrai*, et *vraiment* avec nous? Était-il donc à ce point méconnaissable? Masqué? Grimé? Déguisé? Pas du tout. Il marchait à découvert, tranquillement, face au soleil. Mais il nous était impossible d'admettre que Jésus soit ressuscité – alors, comment aurions-nous pu concevoir, oui, simplement concevoir, que ce voyageur qui nous avait rejoints puisse être lui?

Pour l'appeler Jésus, il fallait d'abord l'appeler

Ressuscité, ce qui nous semblait extravagant. Pour que l'histoire ait un sens, il fallait la commencer par la fin. La renverser. La convertir.

– Est-ce que vous n'étiez pas trois, tout à l'heure ? demande l'aubergiste en déposant sur la table un plat de concombres et du sel.

– Si, confirme Cléophas. Mais comme tu vois, il est parti...

Il désigne la banquette vide. À la place où se tenait Jésus, il y a quelques miettes qui sont tombées quand il a rompu le pain.

– Votre ami n'est pas malade, au moins ? s'inquiète l'aubergiste.

Jésus malade ? Et pourquoi pas mort, tant qu'on y est ? Cléophas et son compagnon ont du mal à réprimer une envie de rire. Si tu savais, aubergiste ! Mais comment lui expliquer, à ce brave homme ? Vous nous voyez lui déclarer tranquillement : « Cet homme qui était avec nous, cet homme à notre table, c'est Jésus de Nazareth. Si, si, *le* Jésus de Nazareth, celui-là même qui a été crucifié à Jérusalem. Tu as bien dû en entendre parler, non ? Comment dis-tu ? Tu pensais qu'il était mort ? Mais il l'était, aubergiste, il l'était ! Seulement voilà, il ne l'est plus. Il est vivant comme toi et nous. Infiniment plus vivant que toi et nous, même. Enfin, vivant d'une autre vie. Une vie sans fin. Tu n'y comprends rien ? Oh, alors là, rassure-toi, tu n'es pas le seul... » ?

– Tout va bien, le rassure Cléophas. Sauf qu'on ne va pas pouvoir rester.

– Mais vous venez à peine d'arriver ! Le repas va vous être servi dans un instant. Et il est très bon, je vous assure. Ce soir, nous avons au menu...

L'aubergiste s'apprête à détailler la composition de son souper.

– On te fait confiance, l'interrompt Cléophas, c'est sûrement un festin. Mais là, tu vois, il faut vraiment qu'on s'en aille.

Il se lève, vide sur la table le contenu de sa bourse.

– C'est trop, dit l'aubergiste. Pour des gens qui n'ont rien bu ni rien mangé...

Mais Cléophas est déjà sorti. Son compagnon l'imite. Les autres convives les suivent des yeux. Eux aussi s'interrogent : n'y avait-il pas un autre homme avec ces deux-là quand ils sont entrés dans la salle ? Il faut croire que non, sinon il serait toujours là. On a dû se tromper, pensent-ils. Prendre pour un homme ce qui n'était qu'une ombre sur le mur. Pourtant, certains disent avoir croisé son regard qui était à la fois grave et heureux.

– Il m'a rappelé quelqu'un, dit un client.

– N'allez pas répandre le bruit que j'accueille des fantômes, supplie l'aubergiste en faisant le tour des tables.

Dehors, la nuit est tiède. Elle sent la résine. Un orage roule dans le lointain, vers l'ouest, sur la plaine côtière. Mais le ciel est dégagé au-dessus de la colline d'Emmaüs. La lune éclaire la route qui épouse les ondulations des méplats rocheux.

Les deux pèlerins n'ont pas eu besoin de se concerter sur le fait qu'ils devaient quitter l'auberge et regagner Jérusalem au plus tôt. Ils sont les dépositaires d'une révélation bien trop extra-ordinaire pour la réserver à la clientèle fatiguée d'une auberge de village. Une pareille nouvelle mérite un public large et choisi.

Ils reprennent donc la direction de la grande ville. Ils ne sentent plus leur lassitude. Ils ne marchent pas, ils courent. Quand leur cœur cogne trop vite, ils s'arrêtent un instant. Ils se laissent tomber sur le bas-côté du chemin, les pieds en feu, les mains tremblantes. Leur jubilation leur fait presque mal. Dans le fond, ils sont ravis d'avoir été dupés, ils n'en finissent pas d'admirer la façon dont Jésus les a mystifiés.

— Ah ! il nous a bien eus...

— Ce qu'il a dû nous trouver stupides, quand nous pleurions sa mort alors qu'il était là, sur le chemin.

Pleine de cupidité, de jalousie morbide, d'intolérance, de haine et de violence, la première partie du drame — l'arrestation, le procès, la crucifixion et la mort — porte la signature d'un collectif de petits humains qui se croyaient grandioses et n'étaient que pathétiques.

Mais l'épilogue, lui, est l'œuvre de Dieu seul. La

partition de la Résurrection n'est pas seulement éblouissante, elle est aussi charmante. Elle qui engage toute l'humanité, elle qui lui donne enfin son sens, se présente comme la plus ravissante des comédies.

Jésus n'abuse pas les hommes, il semble jouer avec eux — et pour eux.

Avec tendresse, avec délicatesse, le Ressuscité pudique emprunte des personnalités simplement aimables, quotidiennes et avenantes : un jardinier, ou un voyageur qui se montre si discret qu'il faut insister beaucoup pour l'inviter. Et d'autres, peut-être, dont nous ne savons rien.

Dans la première lettre qu'il destine aux habitants de Corinthe, l'apôtre Paul indique que plus de cinq cents personnes ont revu Jésus après sa Résurrection. Cinq cents à la fois, précise-t-il, et dont certaines sont encore en vie. C'est beaucoup, cinq cents témoins subjugués, ça en fait des ah ! et des oh ! d'émerveillement. D'un seul coup, cinq cents visages radieux, cinq cents trognes enchantées, mille yeux qui brillent. On aimerait connaître la façon dont Jésus s'y est pris ce jour-là. Mais on ne sait pas. Pour Paul, c'est une évidence sur laquelle il n'est pas nécessaire de s'étendre. Mais si ç'avait été vraiment très spectaculaire, on le saurait sans doute. Comme ça n'est pas le cas, on est en droit de penser que, là encore,

Jésus préféra partager sa joie plutôt que manifester sa gloire.

Car même s'il porte encore dans sa chair les stigmates du prix qu'il a dû payer, on ne peut pas imaginer Jésus autrement que joyeux d'avoir vaincu la mort. Jamais personne avant lui n'a remporté pareille victoire sur pareil adversaire.

Il ne fait pas tout à fait jour quand les pèlerins d'Emmaüs entrent à Jérusalem.

Les yeux rougis tellement ils ont pleuré d'avoir été aimés comme ça, les mâchoires douloureuses tellement ils ont ri d'eux-mêmes.

Même si les Onze restent ensemble, la petite société de fait qu'ils avaient formée est, socialement parlant, au bord de la dissolution. Depuis la disparition du Rabbi – car, ressuscité ou non, celui-ci n'est plus physiquement présent à leur tête – ils ne savent plus trop ce qu'ils doivent faire. D'autant que les donateurs qui faisaient vivre le groupe n'ont plus aucune raison de financer une entreprise qui paraît désormais sans objet. Voire compromettante.

Ce n'est pas tant la flèche qui s'est brisée en plein vol que la cible qui a disparu dans la brume.

Le mieux qu'ils aient à faire est donc de retourner en Galilée. Les femmes maintiennent leur version selon laquelle des anges leur auraient dit que c'était là-bas que Jésus les attendait. Et puis, ils sont chez eux en Galilée.

Pierre reprend son métier de pêcheur. Après avoir récupéré sa barque et ramendé ses filets, le voilà de nouveau sur le lac. Il a enrôlé dans son équipage quelques-uns de ses compagnons d'épopée : Thomas, Nathanaël, les deux fils de Zébédée, et deux autres encore dont les noms nous sont inconnus. Avec Pierre, ils sont donc sept qui vont maintenant devoir vivre des résultats de la pêche. Ce qui, même en tenant compte de la compétence de Pierre et de l'abondance de la ressource, fait beaucoup de monde pour un seul petit bateau.

Un soir, ils embarquent tous ensemble et font route vers Tabgha, une zone que Pierre sait particulièrement poissonneuse car elle avoisine des sources d'eau chaude autour desquelles les poissons se rassemblent.

Ils passent toute la nuit à lancer les filets, sans rien prendre. Harassés, ils voudraient bien regagner le port de Capharnaüm. Mais Pierre n'est pas disposé à renoncer. Les filets vides sont une véritable insulte à son instinct de pêcheur jusque-là infaillible. Et puis, dans la situation précaire où ils sont tous, une pareille bredouille risque d'avoir de graves conséquences économiques. Il faut à tout prix remonter du poisson.

Abandonnant la manœuvre de la barque à ses équipiers, Pierre décide de lancer lui-même les filets. Peut-être ses matelots ont-ils perdu la main sur les routes de Palestine. C'est que le maniement de l'épervier, un filet de forme circulaire lourdement plombé, demande une habileté particulière : il faut se garder de mettre en fuite le poisson en provoquant trop d'éclaboussures au moment où la plombée pénètre dans l'eau, et il faut ensuite remonter l'engin en prenant soin de ne pas le laisser trop s'ouvrir, ce qui aurait pour effet de libérer les proies qu'il a capturées.

Pour être plus à l'aise dans ses mouvements, Pierre préfère se déshabiller complètement. On est entre hommes, la nuit est sombre, sa nudité ne choquera personne.

Mais il a beau faire, l'épervier reste désespérément mou et vide.

Les premières lueurs de l'aube effleurent le lac. On commence à distinguer nettement le rivage planté d'eucalyptus et de palmiers dont le vert tendre se détache sur le violet sombre du ciel.

On voit surtout un grand rocher qui s'avance dans le lac et, sur ce rocher, une silhouette qui observe le travail des pêcheurs :

– Ohé ! les enfants, est-ce que vous avez du poisson ?

Comme tous les pêcheurs, Pierre a horreur qu'on lui demande « si ça mord ». Surtout que les gens vous posent systématiquement ce genre de question les fois où on n'attrape rien. Et puis, qui est-il, celui-là, qui les appelle « les enfants » ? La barque est assez loin du rocher et le jour encore pâlichon, c'est vrai, mais pas au point de confondre sept rudes hommes avec des jeunots.

Pierre hausse les épaules et grommelle quelques jurons dont il a le secret.

Mais parmi l'équipage désœuvré, quelqu'un met les mains en porte-voix et hurle que non, on n'a rien pris du tout – rien de toute la nuit.

– Tais-toi donc! râle Pierre. Est-ce que ça le regarde, ce type?

– Peut-être qu'il veut nous aider?

– Nous aider, hein? Il est sur son rocher, bête comme un pélican, et nous on est ici. Et jusqu'à preuve du contraire, c'est ici que ça se passe.

– Ohé! les enfants, crie de nouveau le type-bête-comme-un-pélican, moi, si j'étais vous, je lancerais le filet à droite...

– Comme si on l'avait attendu! enrage Pierre. J'ai essayé de tous les côtés, et ce foutu poisson n'est nulle part.

– Ça ne te coûte rien de lancer encore une fois à droite, comme il a dit.

– Oh! ça va, dit Pierre, celui qui m'apprendra à pêcher n'est pas encore né.

Et pour bien montrer à l'homme du rivage le peu de cas qu'il fait de ses conseils, il s'apprête à jeter son filet sur la gauche. Mais à la dernière seconde, à l'instant de déployer l'épervier, il se ravise et lance sur sa droite. En espérant que l'enquiquineur, là-bas, n'aura rien vu.

Le filet s'envole en sifflant. Il reste un court instant comme suspendu au-dessus du lac. Puis, entraîné par sa plombée, il s'abat en corolle et s'enfonce dans l'eau couleur saphir dont il trouble à peine l'uniformité. Le lancer a été parfait.

À peine l'épervier a-t-il plongé que Pierre sent une forte vibration courir dans le cordage par lequel il retient le filet en train de descendre dans les profondeurs. C'est un signal que le pêcheur connaît bien : il vient de coiffer un banc de poissons ; ceux-ci, devinant le piège qui se referme sur eux, s'éparpillent follement en se jetant sur les mailles.

Aux soubresauts frénétiques qui agitent le filin et se communiquent jusque dans son bras qu'il a raidi, Pierre devine qu'il a affaire à un banc comportant une quantité énorme de poissons qui évoluent probablement sur plusieurs niveaux de profondeur.

– Aidez-moi ! crie-t-il à ses amis. Ça grouille trop fort, là-dedans, on va déchirer !

Les hommes se précipitent pour lui prêter main forte. Au risque de déséquilibrer la barque et de la faire chavirer. Mais la perte du filet serait pire qu'un bain forcé.

Arc-boutés contre le plat-bord, ils halent de toutes leurs forces. Mais ils ont beau faire, ils perdent plus de cordage qu'ils n'en regagnent. Ils ont croché dans une masse de poissons telle qu'ils ont l'impression que c'est l'épervier qui va avoir le dernier mot et les entraîner tous vers le fond.

– Tu vois bien qu'il y avait du poisson à droite, risque Thomas. Pourquoi tu ne voulais pas le croire ?

– Tu es bien le dernier à pouvoir me traiter

d'incrédule, gronde Pierre. Tire donc plus fort, au lieu de faire le malin.

À force de se jeter contre les mailles dans lesquelles ils s'empêtrent par les ouïes, les poissons finissent par s'épuiser plus vite que les hommes. Le banc semble soudain s'assagir et renoncer. Les saccades du filin se font moins fortes, la tension du filet mollit enfin.

– C'est maintenant ou jamais! vocifère Pierre. Allez, on tire dessus! Tous ensemble!

En poussant des han! de bûcherons, les pêcheurs remontent l'épervier. Le filet vient lentement, mais sûrement.

Lorsqu'il apparaît enfin à la surface, il ressemble au dos arrondi d'un monstre marin à la chair frissonnante et toute semée d'étincelles argentées.

Agrippés au plat-bord, les mains écorchées par le cordage, les hommes regardent avec stupéfaction ce qu'ils ont arraché aux profondeurs. Non seulement il y a beaucoup de poissons, mais ce sont des spécimens magnifiques appartenant aux espèces les plus prisées.

– Je n'en ai jamais capturé autant en une seule fois, dit Pierre qui a du mal à reprendre son souffle.

– Tu oublies le jour où on a failli sombrer tellement notre barque en était remplie, fait remarquer un des disciples..

– C'est vrai, dit Pierre. Même que ce jour-là,

c'est le Rabbi qui nous avait conseillé sur l'endroit où jeter nos filets et... et...

Il s'interrompt brusquement. Un idée folle vient de lui traverser l'esprit. Il se retourne vers le rivage, plisse les yeux pour affiner son regard.

L'homme est toujours là-bas, sur l'avancée rocheuse. Il s'est accroupi et semble s'affairer à allumer un feu. On voit briller une flamme naissante, et un mince filet de fumée bleue monte tout droit dans le ciel de l'aube.

L'homme est évidemment trop loin – une centaine de mètres – pour qu'on puisse distinguer son visage, mais Pierre mettrait sa main à couper qu'il sourit.

– Tu sais, dit une voix derrière lui, c'est le Rabbi qui est là-bas...

C'est Jean qui a parlé. Tout doucement, comme s'il s'en voulait un peu d'avoir compris avant Pierre.

Au fond de lui, Pierre sait que Jean a raison. Lui aussi a « senti » la présence du Ressuscité. Mais il résiste encore, comme quelqu'un qui se protège contre le risque d'une désillusion. Il y a des jours et des jours que Jésus ne s'est plus manifesté, et Pierre a essayé de se faire à l'idée que, peut-être, il ne le reverrait plus jamais, en tout cas pas sur cette terre.

– Eh ! ne t'emballe pas, dit-il. D'ici, on voit mal...

– Pas besoin de voir pour savoir. Cette pêche

prodigieuse, cette façon de nous appeler « les enfants », ça ne peut être que lui.

Alors, Pierre n'hésite plus. S'il n'a pas été le premier à identifier Jésus, il sera le premier à le rejoindre.

Cédant au caractère impulsif qui est le sien, il grimpe sur le plat-bord pour s'élancer à la nage vers le rivage. Il est dans la tenue idéale pour ce genre d'exercice : à l'exception d'un pagne autour des reins, il est nu.

Mais à l'instant de se jeter à l'eau, il se ravise. Et il fait une chose totalement déconcertante, une chose qu'il a peut-être été le seul homme au monde à avoir jamais faite : avant de plonger, il renfile scrupuleusement ses vêtements bien secs, noue sa ceinture et chausse ses sandales.

Et sous les yeux abasourdis de ses compagnons, c'est tout habillé qu'il se précipite dans le lac où, soufflant comme un phoque, il nage furieusement en direction du rivage.

À la force des muscles, Pierre se hisse sur l'avancée rocheuse. Il claque des dents. C'est que l'eau du lac est plutôt froide à cette époque de l'année, et ses vêtements trempés enserrent son corps d'une cuirasse de glace. Mais qu'importe ! Encore à moitié vautré sur le rocher, il regarde le Ressuscité avec des yeux d'affamé.

Quelque chose l'empêche pourtant de s'abandonner à la joie : la peur que Jésus, comme il l'a déjà fait lors de ses deux « visites » dans la maison de Jérusalem, ne disparaisse aussitôt qu'il se sera fait reconnaître.

Cette fois, pourtant, Jésus a l'air de vouloir s'attarder. Pierre remarque qu'il a non seulement allumé un feu, mais qu'il a préparé du pain et commencé à le faire cuire dans la cendre brûlante.

Rassuré, Pierre se met à rire : après avoir joué au jardinier du Golgotha puis au pèlerin d'Emmaüs, voici Jésus dans un rôle inattendu de cuisinier. Ce qui tombe on ne peut mieux, car, après les efforts qu'ils ont fournis, les pêcheurs ont besoin de refaire leurs forces. Et apparemment, Jésus ne compte pas les nourrir seulement de galettes bien chaudes – c'est un vrai régal qu'il va leur concocter :

– Pierre, apporte-moi donc de ce poisson que vous venez de prendre...

S'ébrouant comme un chien mouillé, Pierre se précipite vers la barque qui vient d'accoster contre le rocher.

– Vite, vite, s'écrie-t-il, le Rabbi veut du poisson !

– Il n'y a que l'embarras du choix, répondent les pêcheurs. On vient de compter, on en a attrapé cent cinquante-trois d'un coup.

– Une vraie pêche miraculeuse ! fait Pierre en farfouillant parmi les poissons échappés du filet, qui se tordent au fond de la barque en cherchant désespérément à gagner les recoins où stagne un peu d'eau.

– L'autre miracle, dit un des fils de Zébédée, c'est que ton filet ne se soit pas déchiré.

Jésus ne laisse à personne le soin de préparer les poissons, de les mettre à griller sur les braises après les avoir farcis d'herbes aromatiques. Quand la couleur des écailles passe de l'argent au bronze, que la peau se craquelle en laissant fuser une vapeur odorante, il ouvre les poissons, les humecte d'huile d'olive et en garnit des fragments de pain qu'il replie et pince sur la chair nacrée et parfumée.

– Prenez et mangez...

Les disciples prennent – mais ne mangent pas tout de suite.

Ils guettent l'attitude de Jésus : va-t-il *effectivement* partager leur repas ou bien se contentera-t-il de les regarder dévorer ? Ils ont terriblement hâte de savoir. Ils sont peut-être des hommes un peu frustes, mais ils ont quand même compris que la Résurrection n'était pas qu'une jolie petite magie de plus, qu'elle n'avait pas seulement réveillé et revivifié Jésus comme lui-même l'avait fait pour la fille de Jaïre, pour le fils de la veuve de Naïm ou pour Lazare.

En un éclair fulgurant, la Résurrection a pulvérisé toutes les lois naturelles et bousculé l'univers.

C'est quoi, alors, un ressuscité – un vrai ? Ça fonctionne comment ? Dans ce corps qui est à la fois reconnaissable et stupéfiant, comment jonglent ensemble le sensible et le spirituel ? Nous ne doutons pas qu'un ressuscité puisse parler, sourire, prier bien sûr, surtout prier – mais *est-ce que ça mange* ?

Ils regardent Jésus qui, après les avoir tous servis, prépare une huitième bouchée. Ni plus grosse ni plus petite que les sept précédentes. S'ils ont bien compté, celle-ci doit être pour lui. Elle l'est. Il l'approche de ses lèvres, y mord et l'avale, disant peut-être qu'il est très bon, vraiment, ce poisson – vous ne trouvez pas, vous autres ?

Comme Jésus est vivant ! pensent-ils.

Alors, pour dénouer leur gorge serrée par l'excès du bonheur, Pierre et les autres rient. Ils n'ont plus peur. Ils n'auront plus jamais peur. Jésus n'a pas fait que leur gagner le Ciel, il l'a réconcilié avec la Terre.

Il fait jour à présent. À l'est, le soleil est encore assez bas pour allonger, presque d'une rive à l'autre, son reflet d'or sur les eaux du lac. Les voiles flasques, quelques barques se prélassent sur ce miroitement, comme pour se ragaillardir de lumière après leur longue nuit de pêche. De temps à autre, une brusque risée regonfle leurs voiles, et les bateaux courent un instant avec une sorte d'allégresse, effilochant la traînée lumineuse comme une soie qu'on déchire. Des éclats phosphorescents sautillent de vague en vague avant de s'éteindre en ricochant sur les berges. Puis le vent retombe, et les barques piquent du nez, soulevées par leur propre sillage qui les rattrape. On entend le bruit mat de leurs flancs noirs qui s'entre-choquent et les voix éraillées des marins rappelant le vent. Mais celui-ci se fait plus capricieux au fur et à mesure que la lumière s'épanouit. Alors, on ferle les voiles et c'est à la rame que les barques s'éloignent en se dandinant vers le rivage. Masqués par une mousse de brume bleue, les ports sont invisibles, mais les patrons des bateaux les repèrent aux aboiements des chiens qui ont flairé le retour des flottilles.

Du lac monte une odeur de mouillure et de limon froid. Quand il fera plus chaud, dans une heure ou deux, c'est la senteur des eucalyptus qui dominera. Plus tard encore, celle de la saumure et des feux d'herbes sèches. Ainsi, rien qu'aux effluves, un aveugle des bords du lac peut-il suivre précisément la course du temps.

Des oiseaux décrivent des cercles au-dessus de la barque de Pierre amarrée à l'éperon rocheux où a eu lieu le repas. Eux aussi veulent leur part du fes-tin. Les plus hardis se posent sur le dôme du filet encore plein et tentent de picorer les yeux des poissons à travers les mailles. Pierre et ses compa-gnons les laissent faire. Ils sont trop béats, là, pour embêter les oiseaux.

— Pierre, m'aimes-tu ? demande soudain Jésus.

Qui sait comment s'acheva le repas de l'aube, sur le rocher de Tabgha ? Jésus de Nazareth embarqua-t-il avec Pierre et les autres pour revenir à Capharnaüm ? Ou bien disparut-il brusquement à leurs yeux, les laissant de nouveau seuls – mais riches d'une certitude telle que le jour viendra où ils préféreront mourir plutôt que de renier ce qui, pour eux, est devenu l'évidence ?

Quelque temps après, Jésus quitta ce monde pour l'autre.

De cet autre monde, il n'a rien dit qui permette de s'en faire une image. Il ne l'a jamais décrit. Ce n'est pas tant que les mots lui manquaient, mais personne n'aurait compris. L'aptitude de l'homme à la joie est tellement limitée. On ne peut que pressentir. Deviner que c'est un endroit où le bonheur existe enfin – et sans fin.

Là-bas, à la Maison, sauf à supposer qu'en traversant la mort nous perdions cette façon simple et belle d'exprimer notre ravissement, nous rirons d'avoir tant pleuré.

Chaufour – La Roche
1995 - 1999

Achevé d'imprimer en juillet 2012 en Espagne par
Black Print CPI Iberica, S.L.
Sant Andreu de la Barca (08740)
Dépôt légal 1ʳᵉ publication : novembre 2001
Édition 08 – juillet 2012
LIBRAIRIE GÉNÉRALE FRANÇAISE – 31, rue de Fleurus – 75278 Paris Cedex 06

31/5194/1